LA FONTAINE AUX VIOLETTES

DU MÊME AUTEUR

CHEZ LE MÊME ÉDITEUR

Le Bois de Lune, 2003, nouvelle édition 2015
La Forge au Loup, 2001, nouvelle édition 2015
La Cour aux paons, 2002, nouvelle édition 2011
Le Maître ardoisier, 2004
Les Tisserands de la Licorne, 2005
Le Vent de l'aube, 2006, nouvelle édition 2019
Les Chemins de garance, 2007, nouvelle édition 2017
La Figuière en héritage, 2008, nouvelle édition 2014
La Nuit de l'amandier, 2009
La Combe aux Oliviers, 2010
Les Bateliers du Rhône, 2012
La Maison du Cap, 2016
Edition collector *La Combe aux Oliviers* suivi de *La Nuit de l'amandier*, 2017
A travers la nuit et le vent, 2018

CHEZ RTL ÉDITIONS

Les Dames du Sud, 1986

AUX ÉDITIONS OMNIBUS

Les Dames de Meuse, 2012
Romans de ma Provence, 2014

AUX ÉDITIONS CALMANN-LÉVY

Le Moulin des Sources, 2010
Le Mas des tilleuls, 2011
La Grange de Rochebrune, 2013
Retour au pays bleu, 2013
Le Fils maudit, 2014
Les Sentiers de l'exil, 2015
Les roses sont éternelles, 2016
Le Maître du Castellar, 2017
Edition collector *En Provence*, 2018
Le Secret de Belle Epine, 2019

Françoise Bourdon

LA FONTAINE AUX VIOLETTES

Roman

Terres de France

PRESSES DE LA CITÉ

ISBN 978-2-258-14800-0
Dépôt légal : octobre 2019

Presses de la Cité — un département **place des éditeurs**

place des éditeurs

LIVRE I

Rosine

Le bonheur de l'amour [...]
disparaît comme une ombre.

Shakespeare

1

1879

Le ciel couleur d'aquarelle annonçait une radieuse journée hivernale. Une brume vaporeuse s'élevait au-dessus de la mer. Emmitouflée dans un châle de laine grise, Rosine se glissa sur le seuil de la cabane et prit une longue inspiration.

L'air frais du petit matin la réveilla tout à fait. Elle se rendit jusqu'à l'appentis où se tenaient leurs deux chèvres, remplit son bol en terraille de lait, bourru et mousseux, et le but bien au chaud auprès des bêtes, qui lui donnaient des petits coups de corne dans les hanches.

Elle aimait ses chèvres tout comme elle appréciait l'odeur légèrement âcre du lait fraîchement tiré.

Elle s'étira et, pieds nus, regagna la salle meublée de façon sommaire.

Chaque fois qu'elle y pénétrait, elle éprouvait la même sensation d'étouffement, comme si elle avait été prisonnière de ce décor spartiate.

Grand-mère Anna, qu'elle appelait Nonna, occupait la meilleure place, près du feu.

Toute vêtue de noir, ratatinée sur sa chaise qu'elle avait apportée du Piémont, elle passait ses journées à tricoter châles, chaussettes et mitaines. Bien que sa vue ait baissé, elle ne perdait jamais ses mailles, contrairement à Rosine, malhabile en ce domaine.

La cabane, outre l'âtre, contenait une table boiteuse, un banc et une seconde chaise, réservée au maître de maison. Son père, Sandro Barelli, ouvrier agricole, aurait été encore bel homme avec sa haute taille, ses cheveux drus grisonnants et ses yeux sombres, s'il n'avait pas eu sa « patte folle », comme il disait, conséquence malheureuse d'un piège à loup. Malgré son handicap, il travaillait dur, sans jamais se plaindre. C'était lui qui avait insisté pour entraîner les siens vers le comté de Nice, trois ans après son rattachement à la France.

Rosine était née en France au terme d'un périple épuisant pour Teresina, sa mère. Celle-ci avait manqué mourir des suites de ses couches et ne s'était jamais vraiment adaptée à leur nouvelle vie. Son Piémont natal lui manquait, tout comme ses parents et ses sœurs, qu'ils avaient laissés derrière eux. Elle s'était remise lentement, grâce aux soins de sa belle-mère, avait donné naissance à un second enfant, un fils prénommé Luigi, avant de s'éteindre, à seulement vingt-trois ans.

Rosine, bien qu'elle ait connu sa mère souvent alitée, avait mis du temps à se remettre. Elle adorait la belle Teresina. Heureusement, Nonna veillait sur elle et sur son petit frère car Sandro, fou de chagrin, avait pris le pli d'aller boire son absinthe le soir au village.

De retour à la cabane au milieu de la nuit, quand il n'était pas allongé ivre dans le fossé, il lui fallait du temps pour retrouver ses esprits. Il perdait donc régulièrement son emploi. Il avait pourtant la réputation d'être un bon ouvrier... à la condition de rester sobre. On l'engageait encore pour sa force et aussi parce qu'on pouvait lui proposer un maigre salaire, ce qui provoquait la colère de Rosine.

Son père, maîtrisant mal le français, se faisait souvent escroquer.

Elle avait quitté l'école du village à douze ans, sans avoir obtenu son certificat d'études, mais peu importait à Sandro, qui était illettré. Rosine savait lire, écrire et compter. N'était-ce pas le principal ?

Elle-même louait ses services le temps des olivades, quand le ciel bleu et les premières gelées annonçaient une belle récolte. Nonna lui avait appris l'art de la bugade[1] et Rosine se rendait une fois par mois dans les familles les plus aisées.

1. La lessive.

Là, les manches retroussées, un grand tablier ceignant sa taille, un fichu protégeant ses cheveux fauves, elle s'activait au-dessus du cuvier en bois. Sa grand-mère lui avait transmis les règles ancestrales.

D'abord, mouiller le linge à l'eau chaude. Les parois de la bugadière étaient doublées d'une toile propre, débordant à l'extérieur.

Rosine plaçait les torchons et les draps au fond du cuvier. Par-dessus, les taies, les nappes et les serviettes. Tout en haut, les chemises, culottes, camisoles. On répandait ensuite au-dessus le lessif, composé des cendres récupérées sous le potager, dûment tamisées de coquilles d'œuf et de copeaux de savon de Marseille. Ce lessif était recouvert d'un drap formant bourrelet autour de la bugadière.

On humectait le drap à intervalles réguliers et l'eau chaude, chargée de cendres diluées, traversait les linges.

Si elle appréciait de manipuler du linge de qualité, Rosine détestait laver les dessous d'autrui.

Nonna affirmait que c'était le meilleur moyen de percer les secrets des maîtres, mais Rosine ne s'y intéressait guère. Elle, elle rêvait de porter un jour des culottes de soie, des corsets baleinés, des bas arachnéens… En attendant, elle devait se contenter été comme hiver de robes taillées dans de vieilles nippes et ses dessous étaient en coton rugueux. Elle marchait pieds nus dans les collines, ne mettant ses sabots que pour se présenter chez ses patrons.

On parlait à son sujet, la traitant parfois de boumiane[1], ce qui la faisait rire. Elle était une sauvageonne, attachée à sa liberté et désireuse de mener une autre vie. Son père la laissait libre d'aller et venir à sa guise, du moment que la soupe du soir était prête. Sa seule exigence consistait à lui ordonner de se garder chaste jusqu'au mariage. Rosine en riait. Elle ne risquait pas de compromettre son avenir avec un paysan balourd du village ! Elle, elle souhaitait rencontrer un « monsieur », qui lui offrirait l'existence dont elle rêvait.

Les mains de sa grand-mère interrompirent leur mouvement de va-et-vient.

— Tu as pensé à nourrir les lapins ?

— Oui, Nonna, mentit Rosine.

Si elle aimait ses chèvres, elle ne supportait pas les lapins. D'ailleurs, c'était Luigi qui était censé s'en occuper. Mais son jeune frère préférait courir les collines et tirer avec sa fronde sur les oiseaux. Luigi avait poussé tout seul, et Rosine s'inquiétait à son sujet. Mais elle ne pouvait en parler à son père, qui se désintéressait de la question.

Pour lui, tant que ses enfants étaient rentrés le soir pour le souper, tout allait bien.

Rosine haussa les épaules. Que Luigi se débrouille ! Elle était lasse de lui faire des recommandations qu'il refusait de suivre.

---

1. Bohémienne.

Elle s'enveloppa dans son châle et sortit après avoir salué gaiement sa grand-mère. Le temps était superbe, elle n'avait pas envie de rester au coin de l'âtre.

De retour au pays après avoir roulé sa bosse en Australie et en Californie, Emmanuel Moulins avait éprouvé le besoin de rendre de son lustre à la bastide familiale. Bâtie au début du XVIIIe siècle par un aïeul que le commerce d'indiennes avait enrichi, la Fontaine aux Violettes était vite devenue célèbre dans la région de Grasse pour la beauté de ses proportions et l'élégance de son mobilier.

Cependant, au fil des années, tandis que ses successeurs accumulaient les déboires financiers, la bastide avait perdu de sa superbe. Le toit avait commencé à prendre l'eau, les gouttières à fuir.

En 1812, le grand-père d'Emmanuel, revenu indemne de la campagne de Russie, avait fait procéder aux réparations les plus urgentes et aménagé le parc. Il avait fait consolider la fontaine en pierre qui avait donné son nom au domaine.

Jérôme Moulins, cet aïeul bonapartiste, vouait un véritable culte à son empereur, et aux violettes. Il avait raconté à maintes reprises à son fils et à son petit-fils que Joséphine portait un bouquet de violettes à la ceinture de sa robe le jour de sa première rencontre avec Napoléon. Par la suite, celui-ci avait pris le pli de lui offrir un bouquet de violettes à la date anniversaire de leur mariage.

L'Empereur, parti en exil pour l'île d'Elbe, avait promis : « Je reviendrai au temps des violettes », et, en effet, il avait débarqué à Golfe-Juan au mois de février 1815. Après les Cent Jours, les nostalgiques de l'Empire étaient restés fidèles aux violettes.

Les Moulins n'échappaient pas à la règle et Emmanuel, le fils, avait décidé de développer la culture de la fleur hivernale après avoir étudié à Toulouse. Ne disait-on pas du pays de Grasse qu'il était propice aux fleurs ? Au printemps, le parfum du jasmin grisait les cueilleuses venues d'Italie.

Les conditions étaient optimales : les violettes venaient bien sous les oliviers, le climat leur convenait et la première récolte s'était révélée prometteuse.

Emmanuel avait l'ambition d'implanter les violettes tout autour de Tourrettes. Si son projet prenait forme, il pourrait embaucher une douzaine de femmes.

Il se savait responsable de la Fontaine aux Violettes et avait à cœur d'agrandir le domaine. Son père comptait sur lui pour restaurer la fortune familiale.

Il mettrait tout en œuvre en ce sens.

2

1879

Le matin, le vent piquant de février pinçait les mains des cueilleuses de violettes. Il leur était impossible de porter des mitaines, qui rendaient leurs gestes maladroits.

Rosine, comme la plupart de ses camarades de travail, soufflait sur ses doigts. Courbée au-dessus des parcelles situées à l'ombre des oliviers, elle œuvrait rapidement, détachant d'un coup sec la fleur de son pédoncule.

L'après-midi, le soleil réchauffait le dos des cueilleuses, qui poussaient souvent la chansonnette. Rosine était ravie d'apprendre les refrains en vogue et plus encore les airs d'opéra, qui la faisaient vibrer.

Les Piémontaises étaient nombreuses dans les champs de violettes. Elles travaillaient dur, toujours joyeuses. Elles vivaient chichement afin de rapporter à leur famille le plus d'argent possible.

Habituée à économiser le moindre sou, tout comme elles, Rosine se contentait de peu. Du pain, du fromage de chèvre, l'eau de la fontaine... Elle travaillait sans se plaindre, tout en aspirant à une autre vie.

Un jour... se promettait-elle.

Elle s'était liée d'amitié avec Anaïs, qui habitait Vence. Mariée, mère d'une petite fille, elle la confiait à sa propre mère le temps de la cueillette. Calme et réfléchie, Anaïs tempérait le caractère bouillonnant de Rosine. Elle plongeait parfois le visage dans les fleurs odorantes et, les yeux mi-clos, se laissait aller à rêver : « Dire que mon homme ne m'a seulement jamais offert une fleur ! »

Rosine s'esclaffait. « Ça ne se fait pas, par chez nous ! »

On racontait en effet aux cueilleuses éberluées que les violettes, leurs violettes, étaient acheminées rapidement vers Paris où, réunies en bouquets ronds et en bottes, elles seraient vendues aux bourgeois désireux de rendre hommage à leur épouse ou à leur fiancée.

« La vie à Paris... tu imagines ! » s'émerveillait Rosine.

Anaïs, plus réaliste, modérait l'enthousiasme de son amie :

« Tout ne doit pas être toujours rose, crois-moi ! La misère reste la misère, chez nous comme à Paris... »

Rosine refusait de l'entendre. Les quelques confidences égrenées par l'épouse du jardinier, les paniers d'osier emportant vers la gare de Vence-Cagnes leurs bottes de violettes, vers le PLM, alimentaient ses rêves.

Le PLM, Paris-Lyon-Méditerranée, quel nom magique pour un train mythique ! Rosine se répétait ces trois initiales en se disant qu'un jour, peut-être...

Lorsqu'elle rentrait le soir, titubante de fatigue, Luigi avait tôt fait de la ramener à la réalité :

« Tu aurais pu préparer le souper », grommelait-il.

Lui avait couru les collines tout au long du jour ! Mais c'était le garçon, le fils unique, même s'il était plus paresseux qu'une couleuvre.

« Laisse, petite », chuchotait Nonna, qui avait fait cuire la soupe dans le vieux chaudron culotté.

La plupart du temps, Rosine était si épuisée qu'elle s'endormait aussitôt après avoir avalé deux assiettées de soupe. Elle montait se coucher dans le grenier à foin, où son chat Misti se collait contre son flanc pour lui tenir chaud, et elle tombait dans un sommeil lourd.

Le lendemain, elle rejoignait ses camarades alors que la brume floutait les contours des montagnes. Les filles se claquaient la bise, échangeaient quelques mots avant de se mettre au travail. Lorsqu'il faisait particulièrement froid, madame Alphonsine, la gouvernante, apportait des pots de café, fort et sucré. La première fois, Rosine avait éprouvé comme une révélation. C'était si bon ! Madame Alphonsine avait souri.

« Tu aimes le café à ce point ? »

Rosine, les joues empourprées, avait hoché la tête. Cela aussi faisait partie de ses rêves d'avenir. Boire du café chaque jour. Un délice...

Le soir, Nonna avait froncé les sourcils quand elle lui en avait parlé.

« Ce n'est pas pour nous, petite. On est pauvres, tellement pauvres qu'on a dû quitter notre pays. N'oublie jamais ça ! »

Pour Rosine, l'Italie, le Piémont constituaient des entités abstraites. N'était-elle pas née de l'autre côté de la frontière, dans le comté de Nice annexé à la France ?

Juste deux ans après le vote du plébiscite des 15 et 16 avril 1860...

Elle, son pays était le comté de Nice, le village, et aussi la Fontaine aux Violettes. La demeure symbolisait pour elle un rêve inaccessible. Les soirs d'été, elle se glissait sous les oliviers au-dessous de la terrasse et observait, admirative, les membres de la famille Moulins qui devisaient en buvant café et liqueurs.

Les toilettes des dames la fascinaient. Chloé, la fille cadette, qui devait avoir dix-huit ans, toujours vêtue de bleu et de blanc, donnait l'impression de ne jamais salir ou même froisser ses robes. Rosine, émerveillée, se demandait quel effet cela faisait de vivre entourée de domestiques, de ne pas avoir à aller puiser l'eau ou à travailler comme une bête de somme. Elle gardait cependant ces interrogations pour elle car, sinon, Nonna lui aurait encore rappelé que c'était ainsi et qu'il fallait s'y résigner. Rosine refusait la résignation, tout comme elle n'admettait pas que Luigi ait le droit de vagabonder à sa guise alors qu'elle-même devait effectuer les tâches ménagères. C'était trop injuste ! Et elle ne se privait pas de le faire remarquer, même si, ce faisant, elle subissait les foudres paternelles.

« Matta[1] ! soupirait sa grand-mère. Il en est ainsi depuis que le monde est monde. Et tu crois tout bouleverser ? »

Si Rosine avait été sage, elle aurait admis que sa grand-mère avait raison. Mais elle refusait aussi la sagesse. Ce n'était pas de son âge !

La jeune fille releva la tête. Son dos lui faisait mal, elle avait besoin de se dégourdir les jambes. Il n'était pas question, cependant, de casser le rythme.

Elle se remit donc au travail, guettant les trois séries de trois tintements suivis d'une « pleine volée » des cloches qui appelleraient à l'angélus du soir. Sa tâche lui pesait, même si elle aimait les violettes.

Elle imaginait les jeunes femmes qui recevaient des paniers débordant des petites fleurs. A Paris, naturellement. A Paris, tout était différent.

Elle esquissa un sourire. Un jour...

1. Folle.

Elle n'aurait pas dû s'approcher aussi près de la demeure des Moulins. Cela avait été plus fort qu'elle. En entendant la musique provenant du salon par la porte-fenêtre grande ouverte, elle n'avait pu résister.

C'était une musique légère et entraînante, qui vous donnait des fourmis dans les jambes.

Rosine, le cœur battant, se glissa sur la terrasse. Personne. D'où venait-elle alors ? Du piano de mademoiselle Chloé ? Non, c'était impossible, on aurait dit un véritable orchestre.

Son père, passionné de bel canto, l'avait emmenée un jour à l'Opéra de Nice, situé près de la porte Saint-Eloi. Quelle expédition ! Ils étaient descendus pieds nus, leurs galoches accrochées autour du cou pour les économiser. Quatre heures de chemin rien que pour l'aller…

Ils s'étaient rafraîchis à l'eau des fontaines, avaient mangé du pain et des oignons. Ils étaient restés debout au parterre, mais cela importait peu à Rosine. Le rideau de scène, les quatre étages de loges, la grande loge royale soutenue par deux cariatides dorées avaient émerveillé l'adolescente. Elle avait été transportée en écoutant *Le Trouvère* de Verdi, et avait sangloté à la mort de Leonora.

A sa sortie de l'Opéra, elle avait juré à son père qu'elle deviendrait une cantatrice, et il ne s'était pas moqué d'elle. Peut-être parce que, déjà perdu dans les brumes de l'alcool, il n'avait pas vraiment compris ce qu'elle disait. Rosine avait alors treize ans mais elle n'avait rien oublié.

Elle se rapprocha du salon, écarquilla les yeux. Elle aperçut un objet étrange, en forme de gigantesque oreille surmontant un coffret de bois. Elle n'avait jamais rien vu de pareil.

— Intriguée ?

La voix dans son dos la fit sursauter. Prise en faute, elle se retourna vivement, se trouva nez à nez avec le fils de la maison.

— Oh ! fit-elle en plaquant la main sur ses lèvres.

Un large sourire éclaira le visage d'Emmanuel Moulins.

— Il s'agit d'un phonographe, reprit-il. Une invention révolutionnaire, que je me suis procurée à prix d'or aux Etats-Unis. Ma sœur en est folle.

Il lui saisit le poignet.

— Venez voir.

Elle le suivit sans se poser de questions.

Ne regarde pas autour de toi comme si tu n'avais jamais rien vu ! s'exhorta-t-elle.

Cependant, c'était plus fort qu'elle, elle observait le dallage à damier noir et blanc, les tapis moelleux dans lesquels s'enfonçaient ses pieds nus, les murs lambrissés, les meubles précieux.

C'était un autre monde, dans lequel elle n'avait pas sa place.

Cette idée fouetta son orgueil. Après tout... qui pouvait le décider ?

— Regardez...

Tandis qu'Emmanuel lui expliquait le fonctionnement de l'appareil, elle l'examinait à la dérobée. Grand, mince, il avait l'aisance de celui qui vivait sans se demander de quoi demain serait fait. Des cheveux châtains bouclés accentuaient son allure juvénile.

Elle soutint son regard sombre.

— Je n'y comprends pas grand-chose, avoua-t-elle.

Il rit de bon cœur.

— Vous avez raison, le mécanisme est compliqué. Seul le résultat compte, n'est-ce pas ?

Il tourna la manivelle. De nouveau, une musique entraînante emplit la pièce.

Rosine sourit.

— C'est… magique ! souffla-t-elle.

— Le progrès technique, mon petit ! Il est en marche, et rien ne pourra l'arrêter.

Une voix féminine le héla. Il se rembrunit.

— Ma sœur. Je dois vous laisser. Comment vous appelle-t-on ?

— Rosine.

— Eh bien, à demain, Rosine, à la même heure, sous le grand chêne. Vous y serez, n'est-ce pas ?

Elle rougit, acquiesça, tandis qu'il l'enveloppait d'un regard indéfinissable. Admiratif ? Complice ? Elle n'aurait su le dire.

— Filez, à présent, reprit-il, alors que Chloé s'impatientait.

Elle obéit.

3

1879

La cueillette des fleurs d'oranger avait succédé à celle des violettes, puis vint celle du jasmin. Rosine travaillait désormais à Vence, son amie Anaïs à ses côtés, et elle aurait trouvé que la vie était belle si un tourment secret n'était venu l'obséder.

La chaleur était de plus en plus lourde, et Rosine la supportait mal, ce qui ne lui ressemblait pas. Elle qui allait toujours tête nue portait un chapeau de paille acheté trois sous sur le marché de Vence et se fatiguait plus vite que d'habitude.

A intervalles réguliers, Anaïs lui jetait des regards inquiets lorsqu'elle la voyait blêmir.

« Tu es sûre que tu vas bien ? s'alarmait-elle. Tu n'as pas mangé quelque chose qui ne passe pas ? »

La chère était maigre chez les Barelli. Nonna cuisinait bien de temps à autre un lapin ou encore des grives, mais leur ordinaire se composait surtout de tians d'herbes et de fruits cueillis à la maraude par Luigi.

La jeune fille secoua la tête.

— Non, je n'y comprends rien. Tu me connais, Anaïs, je ne suis pas du genre à me pâmer parce qu'un rat court dans mes jambes !

Elles rirent pendant qu'elles cueillaient les délicates fleurs blanches car, la veille, Chloé Moulins avait affolé sa famille et le personnel de la Fontaine aux Violettes au prétexte qu'elle avait aperçu une souris dans l'escalier.

Anaïs renchérit :

— Pour sûr, tu as du caractère ! Mais alors... qu'est-ce que cela peut être ?

Ne réfléchis pas plus, je t'en conjure, l'implora silencieusement Rosine. Je t'en supplie, ne prononce pas ce mot maudit !

Mais Anaïs ne prit pas garde à cette supplique muette. Ses yeux s'écarquillèrent soudain.

— Rosine... tu n'es pas grosse, n'est-ce pas ? Seigneur ! Quelqu'un t'aurait forcée ? Pourquoi ne m'as-tu rien dit ?

— Tais-toi ! siffla Rosine en lui agrippant le bras. Pas un mot, à personne. Et rassure-toi, on ne m'a pas forcée.

Oui, elle avait aimé faire l'amour avec Emmanuel, sous les oliviers. Elle avait aimé se faire dévêtir par lui, pièce après pièce, l'entendre s'émerveiller sur la douceur de sa peau, la beauté de son corps. Si elle ne comprenait pas tout ce qu'il disait, il s'agissait de compliments, à coup sûr.

Elle n'avait pas crié lorsqu'il avait pesé brusquement sur elle, elle n'avait pas cherché à fuir. Elle l'avait retenu, avait suggéré : « Recommençons. » Plus tard, il lui avait dit en riant qu'elle était une amoureuse. Elle l'avait pris pour un compliment.

Elle ne regrettait pas de s'être laissé trousser dès leur troisième rendez-vous. N'en avait-elle pas autant envie que lui ? Elle ne croyait pas aux sermons ni aux menaces de monsieur le curé Vobert, qui tonnait chaque dimanche depuis sa chaire. Si Dieu avait vraiment existé, il n'aurait pas permis que sa mère meure à vingt-trois ans...

Bien sûr, elle aurait aimé qu'Emmanuel lui fasse de grandes déclarations comme à l'Opéra ; mais peut-être était-il timide ? Ne disparaissait-il pas dès que sa mère, sa sœur ou son père s'approchaient des champs de fleurs ?

— Pardi ! fit Anaïs après qu'elle lui eut tout raconté. Il sait bien que toi et lui, c'est une histoire finie avant d'avoir commencé !

Rosine se rebella. Et s'il l'aimait ? Et si...

— Ça ne se fait pas ! coupa Anaïs, péremptoire. Il n'y a que dans les contes de fées qu'une cueilleuse de fleurs pourrait épouser le fils du maître. Réveille-toi, Rosine ! A présent, il faut savoir si tu es vraiment grosse. Je connais une bonne femme, au pied des Baous. Tu devrais aller la voir.

— Et si je suis grosse ?

Anaïs poussa un long soupir.

— Si c'est ça, il faudra prier très fort pour que les contes de fées se réalisent !

Une semaine plus tard, s'étant résolue à agir, Rosine s'entendit confirmer sa grossesse. C'était pour la Noël, « un beau petit Jésus », lui annonça la sage-femme, et elle se raidit pour ne pas pleurer.

Elle ne voyait plus Emmanuel, parti pour Grasse, où il tentait de percer les secrets des parfumeurs. De toute manière, qu'aurait-elle pu lui dire ? S'il avait éprouvé quelque sentiment pour elle, il serait resté à la Fontaine aux Violettes. Elle était seule, face à son père qui la renierait.

Fin juin, alors que les roses à parfum embaumaient l'air, Emmanuel revint au domaine. Rosine, qui, le cœur en émoi, avait vu passer son dogcart[1], s'arrangea pour croiser son chemin.

Il eut l'air étonné.

— Te voilà... Comment t'appelles-tu déjà ? Rosette...

— Rosine, rectifia-t-elle, le visage fermé.

Elle ajouta :

— J'attends un enfant pour Noël.

Sa vie durant, elle n'oublierait jamais sa réaction. D'abord stupéfait, il partit ensuite d'un grand rire.

1. Du mot anglais signifiant « charrette à chiens », une petite voiture découverte.

— Hé ! Que veux-tu que ça me fasse ? Je suppose ne pas être le seul à avoir bénéficié de tes faveurs. Fais-le, ton mioche, et va le déposer à l'hospice !

Rosine recula d'un pas.

— Comment pouvez-vous être aussi cruel ? C'est de votre enfant qu'il s'agit.

— Tu en as la preuve ? Non, n'est-ce pas ! Alors, file, et que je ne te revoie plus par ici, sinon ton père pourrait bien perdre son fermage…

Cruel, ingrat et menaçant… Sous le choc, Rosine s'enfuit. Elle courut jusqu'à leur cabane, son seul refuge, s'abattit contre sa grand-mère, qui préparait la soupe journalière.

— Nonna, Nonna…

Elle ne pouvait en dire plus, c'était impossible, les mots ne franchissaient pas le barrage de ses lèvres. La vieille Piémontaise lui caressa les cheveux, d'un geste infiniment tendre.

— Dis-moi, petite. Un chagrin partagé est moins lourd.

Cependant, au fur et à mesure que Rosine racontait, sa grand-mère se raidissait.

— *Che fortuna !*[1] gémit-elle à la fin du récit de la jeune fille. Tu ne peux pas rester ici, ton père mourrait de honte et de chagrin.

Rosine lui jeta un regard perdu.

— Que puis-je faire, Nonna ?

---

1. « Quel malheur ! »

— Retourner chez nous, au Piémont, décida soudain la vieille femme. On dira que tu es veuve, ta tante Giovanna te recueillera…

Arriver comme une mendiante, être regardée de haut parce que, fatalement, personne ne croirait cette histoire… revenait-on de France quand on avait eu la chance d'y naître ? Rosine releva la tête.

— Jamais ! lança-t-elle. Si je dois partir, ce sera pour aller à Paris !

L'instant d'avant, elle n'y pensait même pas. Elle ne se demanda pas, d'ailleurs, comment elle y parviendrait, mais l'idée venait de s'imposer à elle.

Sa grand-mère ne dissimula pas son scepticisme :

— Paris… *Fumo e specchi !*[1] s'énerva la vieille femme. Tu crois vraiment qu'ils t'attendent, là-bas ?

C'était un langage que Rosine refusait d'entendre. Caresser des projets constituait pour elle le meilleur moyen de ne pas s'effondrer.

Elle irait à Paris.

1. « Miroir aux alouettes ! »

4

1879

Paris. C'était devenu une obsession pour Rosine. A Paris, elle pourrait cacher son déshonneur ; on ignorerait qu'elle n'était pas mariée. A Anaïs qui suggérait Nice, une ville en pleine expansion économique, où l'on embauchait de plus en plus de domestiques pour répondre à la demande des hivernants étrangers, Rosine répondait : « Non, Nice est trop proche d'ici. Paris sera mieux pour moi. »

Sa grand-mère ne lui parlait plus de rien mais, chaque jour, la jeune fille avait l'impression qu'elle scrutait son tour de taille. Elle, de son côté, bandait son ventre et ses seins, paniquée à l'idée que « cela » allait se voir. Elle redoutait surtout le regard aiguisé de son frère. Celui-ci n'hésiterait pas à la dénoncer à leur père s'il découvrait le pot aux roses. Il devenait donc urgent de partir, bien qu'elle n'ait pas d'argent.

Un matin, Anaïs la rejoignit en arborant une mine de conspiratrice.

— J'ai trouvé ! lui annonça-t-elle. Teobaldo.

— Le colporteur ? Tu n'as rien de mieux à me proposer ?

— Il te conduira au moins jusqu'à Toulon. Il s'y rend chaque année pour voir sa fille. Demande-lui s'il veut bien t'emmener.

— Et après ?

— Après... à Dieu vat ! Tu auras au moins fait un bout de chemin. Et puis... il paraît que le PLM s'arrête aussi à Toulon !

Ce n'est pas une si mauvaise idée, songea Rosine, appliquée à trier les fleurs.

Le temps pressait, et elle avait confiance en Teobaldo, le vieux colporteur génois que tout le monde connaissait dans les collines.

Le soir même, elle descendait jusqu'au cabanon du vieil homme, situé à mi-chemin entre Tourrettes et Vence.

Elle s'immobilisa avant de frapper à sa porte. Le promontoire sur lequel le cabanon était bâti offrait une vue sublime sur la Méditerranée. Elle aimait son pays, se dit-elle, même si elle ne pouvait y rester. Le cœur lourd, elle fit face au colporteur aux cheveux et à la barbe en broussaille. Lorsqu'elle était enfant, elle venait caresser Bella, sa jument grise. Il l'avait toujours bien accueillie.

Le visage de Teobaldo s'éclaira.

— Rosine, ma belle ! Ça me fait plaisir de te revoir.

Elle lui exposa le but de sa visite sans préciser certains points. Elle ne voulait pas le choquer ni s'exposer à ce qu'il ébruite son histoire.

— Et que feras-tu à Toulon ? s'enquit-il.

Rosine s'efforça de ne pas rougir sous son regard pénétrant.

— J'ai une amie, là-bas. Elle va me trouver du travail, tu comprends, il ne faut pas le dire à mon père pour ne pas lui donner de faux espoirs.

C'était une très mauvaise excuse, ils le savaient tous deux. Teobaldo se racla la gorge.

— Quand ma fille est partie… il y a plus de vingt ans, j'aurais bien aimé qu'elle tombe sur quelqu'un comme moi, déclara-t-il lentement.

Ils échangèrent un regard hésitant, comme s'ils se demandaient jusqu'à quel point ils pouvaient se confier l'un à l'autre. Rosine rompit les chiens la première :

— Quand partons-nous, Teobaldo ? Parce que tu vas m'emmener, n'est-ce pas ?

Il ne pouvait pas refuser. Il opina de la tête, l'air grave. La jeune fille lui sauta au cou.

— Oh, merci, merci, Teobaldo !

Sans pouvoir expliquer pourquoi, il eut le sentiment de commettre une erreur.

Mais il se doutait bien que, avec ou sans lui, elle serait partie.

Dès qu'elle eut tourné le dos à Tourrettes, Rosine s'efforça de se claquemurer le cœur. Elle n'avait pas le choix, même si elle souffrait horriblement d'avoir dû quitter sa chère Nonna. Rosine n'aima pas Toulon. Elle se sentit perdue dans la vieille ville, malgré les conseils de Maria, la fille de Teobaldo. Celle-ci tenait une maison dans le quartier du port. Teobaldo avait beaucoup hésité avant de l'avouer à la jeune fille, durant le voyage.

« Tu comprends, lui avait-il expliqué avec gêne, quand elle est partie, elle a suivi un beau parleur qui lui promettait l'amour éternel. Basta ! Ensuite... Eh bien, il s'est servi d'elle jusqu'à ce qu'elle le quitte et se débrouille par elle-même. Et puis, elle a réussi. »

Maria lui avait raconté son histoire et, ce faisant, avait mis en garde Rosine. Celle-ci devait se défier des bellâtres prompts à vous demander un « service » parce qu'ils ont des « soucis financiers », éviter de répondre aux petites annonces, ne pas se rendre seule dans une pension...

« Qu'est-ce que je peux faire, alors ? » s'était désespérée la jeune fille, qui avait besoin d'argent.

Maria s'était montrée directe :

« La boniche. Tu seras esclave des patrons, payée une misère, tu travailleras sans répit mais au moins, tu seras respectable. »

Toutes deux avaient regardé la bonne, Lucie qui, les bras chargés de bûches, alimentait le feu dans la cheminée. La trentaine, le visage las, elle semblait porter le poids du monde sur ses épaules voûtées. Elle était vêtue d'une sorte de sarrau noir que recouvrait un tablier de même couleur. A côté d'elle, Maria, dans sa robe bleue, ressemblait à un oiseau de paradis, malgré ses cernes et son double menton.

Respectable... le mot était intéressant.

Si cela signifiait se faire séduire par un fils de famille, Rosine n'en voulait pas. Elle désirait prendre sa revanche sur la vie, devenir quelqu'un. A quel prix ? Là était le problème. Sa grand-mère l'avait élevée selon des principes sévères. Principes que la jeune fille avait jetés aux orties dès qu'elle avait croisé le regard d'Emmanuel... Certes, elle aurait aimé mener la même existence que mademoiselle Chloé, entre essayages de toilettes, réceptions, cours de piano et de danse... Or elle était née du mauvais côté de la barrière.

Ces pensées se bousculaient dans la tête de Rosine, tandis qu'elle observait le fonctionnement de la maison de Maria. Il y avait quatre filles, dont les âges s'échelonnaient de vingt à quarante-cinq ans, Lucie, la bonne, et Doudou, le chat de la maison, un gros matou au pelage roux et blanc.

Rosine avait vite compris que, là encore, c'était une forme d'esclavage puisque les filles devaient tout payer, la location des draps et du linge de dessous aussi bien que le maquillage, la nourriture, les boissons, les condoms. Ces fameux condoms avaient plongé la jeune fille dans la perplexité. Si seulement elle avait connu leur existence… avant ! Sa vie n'aurait pas été bouleversée, et elle n'aurait pas été contrainte de fuir Tourrettes.

En même temps, l'étui représentait une garantie de liberté pour les jeunes femmes ayant choisi la voie de la galanterie.

Les mains posées sur son ventre, Rosine réfléchissait. Faire la boniche… très peu pour elle ! Mais être prisonnière d'une maison, vivre en permanence entre ses murs aux côtés de femmes avec qui elle n'aurait pas forcément d'affinités, et devoir se soumettre aux ordres et consignes de la tenancière… il n'en était pas question ! Son caractère rebelle ne supportait pas cette idée.

Maria sourit.

— Ma belle, il ne te reste plus qu'une solution. Etre une fille insoumise. Cela t'irait bien, d'ailleurs. Sache cependant que ce choix comporte de nombreux risques. Tu es seule, face au client. Sans protection.

— Sans avoir non plus à partager l'argent.

Tout à coup, Rosine réalisa qu'elle envisageait sérieusement de se tourner vers cette voie. A quoi cela tenait-il ? A son désir de vivre une autre vie, de prendre sa revanche sur Emmanuel Moulins qui l'avait rejetée, au fait qu'elle avait quitté Tourrettes pour ne plus jamais y revenir ? Elle n'aurait su le dire. En tout cas, elle ne resterait plus longtemps à Toulon. Maria lui avait appris l'essentiel.

5

Décembre 1879

Si Paris avait déçu Rosine, elle ne l'avait avoué à personne. Elle avait atteint la capitale après un voyage éreintant dans un wagon de troisième classe. L'argent que lui avait donné Teobaldo lui avait permis de réaliser son rêve. Le jour de son arrivée, gare de Lyon, elle avait pris une longue inspiration, tout en éprouvant le besoin de serrer au fond de sa poche le bouquet de violettes séchées offert par Anaïs à son départ. Maria lui avait fait cadeau d'un grand châle fleuri et de bottines dont elle était fière, elle qui marchait toujours pieds nus.

« Tu es belle, Rosine, ne te laisse pas abîmer », lui avait recommandé la fille de Teobaldo. Elle avait cherché un garni proche de la gare. Sa grossesse n'était pas encore très visible mais, au bout d'un mois, sa logeuse l'avait chassée.

« Je n'ai que des personnes convenables chez moi », avait-elle grommelé.

Convenable... comme l'ouvrier du troisième étage qui frappait régulièrement son épouse les soirs de paie, lorsqu'il rentrait saoul du cabaret ? Rosine découvrait une autre façon de vivre, et ses collines lui manquaient. Elle n'avait pas le moyen de savoir si les siens se portaient bien et l'inquiétude lui nouait l'estomac. Elle finit par trouver un autre logement, une chambre misérable au cinquième étage, et démarcha les ateliers afin d'obtenir des travaux de couture à domicile. Sa grand-mère lui avait appris à coudre, mais Rosine se rendit vite compte que les ourlets et autres retouches qu'on lui donnait à effectuer étaient payés une misère.

Le loyer absorbait la plus grande partie de son maigre salaire et elle souffrait du froid comme de la faim. Elle n'avait pas pris beaucoup de poids et se serrait toujours la taille, comme pour nier l'enfant qui grandissait en elle.

Elle n'avait pas consulté de sage-femme à Paris, elle « faisait comme si ».

Comme si l'enfant ne devait pas naître... Elle en rêvait, parfois. Sa grand-mère lui manquait, ainsi que son amie Anaïs. Il lui arrivait de plus en plus souvent de lever les yeux de son ouvrage et de chercher à recréer le cadre de son enfance. Lorsque la nostalgie se faisait trop forte, elle descendait et se promenait dans les rues.

Elle logeait à Montmartre, au pied de la colline où l'on érigeait à grands frais la basilique du Sacré-Cœur, et marchait à l'aventure, apprenant ainsi à se repérer dans la capitale. Elle se sentait gauche, une vraie fille de la campagne, et s'imprégnait peu à peu du parler et des manières parisiens. Les matrones des Halles l'impressionnaient par leur bagout, les bouquetières lui rappelaient son comté de Nice. Bien qu'elle ne pût s'en offrir, elle se sentait mieux dès qu'elle apercevait un panier de violettes. Provenaient-elles de Tourrettes ?

Elle s'efforçait de penser le moins possible à Emmanuel Moulins mais ne pouvait s'en empêcher quand, le soir, une étrange langueur s'emparait d'elle. Elle avait aimé ses caresses tout comme elle avait aimé l'instant où il avait basculé sur elle. C'était elle, alors, la maîtresse du jeu. Elle n'était plus la petite sauvageonne cueilleuse de violettes mais une femme, une vraie, capable de lui donner du plaisir. Elle n'avait pas oublié cette sensation enivrante de pouvoir. Elle n'était pas certaine de l'avoir aimé. Elle s'était plutôt laissé griser par la cour dont elle avait fait l'objet. Pouvait-elle vraiment faire carrière dans la galanterie, ainsi que Maria le lui avait suggéré ? s'interrogeait-elle alors.

Elle avait bien sûr remarqué le manège des filles, du côté de l'avenue du Cimetière-du-Nord[1] mais savait que celles-ci risquaient à tout moment d'être

1. Avenue Rachel à partir de 1899.

arrêtées par la police pour racolage et expédiées à Saint-Lazare, prison et hôpital. L'établissement, connu pour son état lamentable et la façon odieuse dont on les y traitait, constituait un véritable cauchemar pour les prostituées. Rosine avait peur de se retrouver à « Saint-Lago », et d'y contracter la gale ou toute autre maladie honteuse.

Fin octobre, elle se lia avec une voisine, une femme âgée d'une cinquantaine d'années prénommée Blanche. Celle-ci avait dû être belle dans sa jeunesse, avec son teint clair et ses yeux myosotis, mais ses traits étaient désormais marqués et son corps alourdi. Elle travaillait comme vendeuse à la toilette, et Rosine avait vite deviné qu'elle avait aussi vendu son corps durant plusieurs années. Blanche connaissait beaucoup de monde, et des anecdotes fort drôles qu'elle contait le soir à Rosine.

Situé au deuxième étage, son appartement était plus spacieux que la chambre de bonne de Rosine, une sorte de cocon douillet, et il y régnait une douce chaleur.

« Profites-en, lui disait-elle, pour le moment les affaires marchent plutôt bien, mais, tu sais, il suffit de peu de chose pour que tout bascule... »

La peur du lendemain, toujours, obsédait les femmes à Paris. Une mauvaise saison, la neige qui s'éternisait, une chute des cours de la Bourse... et les bourgeois, choisissant de dépenser moins, ne sortaient plus de chez eux.

« Que fais-tu à t'abîmer ainsi les yeux pour trois sous ? pestait Blanche. Si tu voulais... »

Trois petits mots... qui pouvaient déboucher sur la vie facile.

« Tu es trop jolie pour végéter dans ta soupente ! poursuivait Blanche. Attends d'être débarrassée de ton marmot... Si tu me laisses m'occuper de toi, en moins d'un an tu seras une lorette à la mode ! »

Lorette... le mot était plus agréable que celui de prostituée. Blanche avait expliqué à sa jeune amie que les lorettes devaient leur nom à l'église Notre-Dame-de-Lorette, située dans le quartier de la Nouvelle-Athènes, où elles résidaient, nombreuses, sous le règne de Louis-Philippe. A mi-chemin entre la courtisane et la grisette, la lorette était entretenue par plusieurs amants. Cependant, elle n'était pas réduite à arpenter le « ruban », ou trottoir, ce qui rassurait Rosine. De toute manière, dans son état, elle se voyait mal racoler le chaland !

— Détrompe-toi, lui répondit Blanche le jour où elle fit ce constat, on voit de tout dans le métier !

Le métier... Rosine songea alors à sa Nonna, avant, vite, de contempler un chapeau de velours gris perle orné de plumes couleur lilas que Blanche venait de sortir de sa « caisse à malices ».

— Regarde-moi cette merveille ! Avec tes yeux bleu-violet, tu ferais un malheur ! Ça te va, ma belle, crois-moi. Tu as une tête à chapeaux !

Rosine s'admira, prenant des mines devant la psyché de Blanche. Le miroir était piqué et le bois cironné mais peu lui importait, elle se voyait en pied. Etait-elle vraiment « si jolie », avec son visage triangulaire de chat, sa peau très blanche dans laquelle ressortaient ses yeux d'un bleu très foncé, ses cheveux dorés ? Elle était assez grande, élancée. Ses seins gonflés tendaient l'étoffe de son corsage. Elle se détourna de la psyché en exhalant un soupir.

— On ne voit que mon ventre ! gémit-elle.

— Tu n'en as plus pour très longtemps. Ensuite... à nous la belle vie !

Blanche se tourna soudain vers Rosine.

— Parce que tu ne comptes pas le garder, n'est-ce pas ? Un mioche, c'est pire qu'un boulet, ça vous gâche la vie !

— Eh bien... à vrai dire je ne veux pas y penser, avoua la jeune femme.

C'était vrai. Il lui avait fallu fuir Tourrettes, monter à Paris, puis survivre. Il n'y avait pas eu de place pour l'enfant. D'ailleurs, elle le voyait comme un gêneur.

— Quel que soit ton travail, tu ne peux pas t'en sortir avec un gosse ! reprit Blanche, soucieuse de convaincre sa jeune amie. Tu n'imagines pas ce que peut coûter une nourrice. Non, crois-moi, le mieux c'est de le déposer à l'hospice.

Une simple formalité, à l'en croire. Un employé de l'hospice des enfants assistés, situé rue Denfert-Rochereau, rédigeait un procès-verbal d'abandon, prenait l'enfant, et le tour était joué.

Tout de même… s'interrogeait Rosine. Il s'agira de mon enfant.

En même temps, elle se rappelait les angoisses éprouvées lorsqu'elle avait commencé à comprendre, les crampes abdominales, les jambes lourdes, les refus et les humiliations essuyés parce qu'elle était grosse sans être mariée. Sans cet enfant, elle serait libre.

— Nous verrons, déclara-t-elle prudemment.

Elle accoucha le 15 décembre, alors qu'il neigeait sur Paris.

Blanche vint lui porter assistance dans sa soupente où régnait un froid de gueux. Rosine souffrit mille morts, gémit en appelant sa grand-mère à l'aide, maudit Emmanuel.

Jamais plus ! se jura-t-elle, sur sa paillasse dévastée, couverte de sang.

Blanche la lava avec le dévouement d'une mère. Elle lui prépara du lait de poule, et emmena le bébé chez elle pour laisser Rosine se reposer.

« C'est une fille », avait-elle dit, et la jeune accouchée n'avait pas demandé à la voir.

Au fond d'elle-même, sa décision était prise.

6

1880

Elle avait voulu se rendre elle-même au 74 de la rue Denfert-Rochereau. C'était sa décision, mûrement réfléchie. L'enfant avait trois semaines. Une belle petite, dotée de cheveux noirs, les yeux marron. Elle ne pouvait soutenir son regard. Elle l'avait prénommée Eloïse, sur une impulsion, parce qu'elle se rappelait qu'il s'agissait du prénom de madame Moulins mère. Comme pour rattacher l'enfant à sa véritable filiation.

Elle s'était remise plutôt rapidement de son accouchement – « Ce que c'est d'être jeune ! » avait admiré Blanche – et au bout de trois semaines s'était mise en chemin, serrant la petite fille contre elle.

L'hospice des Enfants Trouvés – on disait « enfants assistés » mais cela revenait au même – occupait les anciens locaux de l'Institution de l'Oratoire. Une grande bâtisse du XIVe arrondissement qui avait donné à Rosine l'envie de faire demi-tour et de fuir. Le bébé avait bougé. Pourtant la jeune femme avait continué d'avancer, et franchi le seuil de l'hospice. Un employé était assis derrière une longue table en chêne, dans le bureau des admissions. Dans un état second, Rosine avait expliqué la raison de sa venue, répondu à ses questions. Non, elle n'avait pas d'autre solution. Oui, elle savait qu'elle ne pourrait revoir son enfant, que celui-ci serait envoyé à la campagne. Non, sa famille ne pouvait s'en charger. Elle avait réprimé une grimace. Elle n'osait même pas imaginer la réaction de son père !

L'employé, toujours impassible, avait noté son nom et son prénom, ainsi que le prénom qu'elle avait donné à l'enfant. Un frémissement l'avait parcourue quand une femme de service était venue chercher sa petite fille. A cet instant, elle avait eu une hésitation. Prenait-elle vraiment la bonne décision ? La phrase cinglante d'Emmanuel lui était alors revenue en mémoire : « Fais-le, ton mioche, et va le déposer à l'hospice ! », et elle s'était raidie.

Elle n'avait pas le choix. Elle avait cependant glissé dans les langes de la petite le bouquet de violettes séchées d'Anaïs et prié : « Notez-le, je vous en prie, sur la fiche d'admission. » Avant d'ajouter : « Prenez bien soin d'elle. »

Elle avait filé, tête basse, pour ne pas laisser voir ses larmes, en se méprisant.

Dehors, il pleuvait, une sorte de bruine froide qui vous glaçait jusqu'à l'âme. Elle avait regagné sa soupente, s'était couchée, en rabattant la couverture sur sa tête. Ce jour-là, elle s'était juré de ne plus jamais pleurer.

— Ecoute-moi bien : quoi qu'il arrive, tu dois être sûre de toi. Tu n'as pas besoin de ton client. C'est lui qui recherche une jolie femme, que les autres lui envieront.

Blanche adressa un clin d'œil à sa jeune amie.

— Les femmes mènent le monde, ma belle. Il faut te rentrer ça dans la tête. A présent, leçon numéro deux. Tu mets ta pèlerine et tu m'accompagnes.

— Il fait nuit noire !

— Et alors ? Si tu fais carrière dans la galanterie, tu seras un oiseau de nuit, ma petite. Suis-moi.

Il valait mieux obtempérer quand Blanche parlait sur ce ton. Elle l'entraîna d'un pas décidé vers la rue des Martyrs[1]. Les bottines de Rosine glissaient sur le trottoir mouillé. Elle pressa le pas pour se maintenir à la hauteur de son amie. De la musique, des rires sortaient des cafés dont les lumières faisaient reculer la nuit. Rosine n'était pas encore accoutumée à marcher longtemps avec ses bottines. Chez elle, elle les ôtait d'un coup de talon et se déplaçait pieds nus, comme dans ses collines.

Blanche s'arrêta brusquement devant une demeure aux volets clos. Le numéro, plus grand

1. Qui reliait Notre-Dame-de-Lorette au Sacré-Cœur.

que les autres numéros de la rue, retenait l'attention, tout comme la grosse lanterne rouge accrochée au-dessus de la porte d'entrée.

Blanche lui pressa le bras.

— L'une des meilleures maisons de Paris... Suis-moi, nous passons par l'entrée de service.

On accédait à celle-ci par une cour intérieure. Rosine se faufila à la suite de Blanche dans un escalier, puis fut poussée dans un petit cabinet éclairé d'une lampe à pétrole. Blanche posa un doigt sur sa bouche et Rosine inclina la tête. La marchande de toilette fit glisser un œilleton et, après y avoir jeté un bref coup d'œil, fit signe à sa protégée de s'asseoir sur un tabouret recouvert de velours et de regarder.

Durant les premières minutes, Rosine se sentit trop mal à l'aise pour parvenir à tirer quelque enseignement de ce qu'elle voyait. La femme était jolie, dans le genre canaille, piquante. Le buste nu, elle portait simplement des bas noirs qui lui faisaient des jambes interminables. Son client prit rapidement son plaisir et elle l'agaça ensuite par ses poses languides et ses flatteries. Puis, elle alluma un cigare dont elle tira quelques bouffées avant de se pencher, aguichante, pour le placer entre les lèvres de son client. Rosine se détourna. Elle en avait assez vu.

— Je n'aime pas regarder, chuchota-t-elle à Blanche.

Celle-ci haussa les épaules.

— Il y en a qui paient pour ça. Et du beau monde, tu peux m'en croire ! Dans le métier, il faut s'attendre à tout. Ces messieurs viennent chercher auprès de nous ce que leurs dignes épouses leur refusent.

En serait-elle capable ? L'éducation qu'elle avait reçue était l'exact opposé de ce milieu et cependant elle voulait prendre sa revanche sur un destin contraire. N'était-ce pas le seul moyen, puisqu'elle se refusait à végéter dans un atelier ou à s'engager comme bonne à tout faire ? Résolument, elle se leva du tabouret.

— On s'en va !

Cette fois, ce fut elle qui imposa son rythme à Blanche.

— Doucement, ma belle ! gémit celle-ci, portant la main à son cœur.

Rosine l'empoigna par le bras.

— Ne fais pas tant de manières ! Tu n'as pas de cœur, toi.

Elle-même devait s'endurcir. Elle y était fermement décidée.

— Je t'offre une absinthe, suggéra Blanche devant un café encore ouvert.

Rosine secoua la tête.

— Merci, je préfère rentrer.

Elle se défiait de l'alcool, ayant souffert de voir son père regagner le soir leur cabanon dans un état pitoyable. De son côté, Blanche avait tendance à boire plusieurs petits verres, mélangeant allègrement absinthe et gnôle. De plus, la jeune femme désirait réfléchir à la scène observée depuis le petit cabinet de la maison close. Elle se refusait à travailler dans ce genre d'endroit, sous les ordres d'une tenancière qui empocherait la majeure partie de ses gains. Mais où pourrait-elle recevoir ses clients ? Certainement pas dans sa soupente ! Or, pour louer un logement plus reluisant, il lui fallait de l'argent. Comme si elle avait suivi le cours de sa pensée, Blanche déclara tout à trac :

— Si tu veux, je te mets le pied à l'étrier. Je loue un petit appartement dans un quartier un peu plus chic. Toi et moi nous partagerons les frais et les gains moitié-moitié. Ça te va ?

Rosine esquissa une moue.

— Tu ne te mouches pas du pied ! Qui est-ce qui va se charger de tout le turbin ?

— J'apporte les picaillons, ma jolie. Sans ma mise de départ, tu es condamnée au trottoir ou à la maison de passe, tu le sais aussi bien que moi.

C'était la vérité, mais Rosine refusait de s'avouer battue.

— Ça risque de changer une fois que je serai installée, crâna-t-elle.

Son amie soupira.

— On dit toutes la même chose, on caresse toutes les mêmes rêves et puis, quand on est lancées, à la mode, on se trouve entraînées par une sorte de manège fou, il faut dépenser, toujours plus, en toilettes, en équipages, en parfums et autres frivolités… Il faut se faire remarquer, aussi, faire parler de soi. Une courtisane en vue valorise celui qui l'entretient. Au bout du compte, quand l'âge est là… on a tout claqué !

Blanche, au visage bouffi et couperosé, au corps massif, avait-elle vraiment été une lorette ? Au fond, Rosine préférait ne pas savoir. Il ne fallait pas casser le rêve…

7

1880

C'était l'endroit où il fallait être vue, le lieu à la mode, où le monde – le beau monde comme le demi-monde – se pressait.

Situées au 32 de la rue Richer, dans le IXe arrondissement, les Folies-Bergère avaient été édifiées sur des terrains traversés par la Grange-Batelière et intégrés à la ville à l'époque des travaux du baron Haussmann. Inaugurée en 1869, la salle ne rencontra pas le succès escompté et fut rachetée en 1871 par Léon Sari, qui ajouta un promenoir et fit construire un immense jardin d'hiver.

L'ensemble, salle de spectacle rouge et or, jardin d'hiver suivant la mode orientaliste, attira immédiatement les curieux. On offrait aux spectateurs revues légères, spectacles comiques, numéros d'acrobatie, ballets. Chaque soir, les dames de petite vertu arpentaient le promenoir, attendant d'être abordées par des messieurs en goguette. Nombre de provinciaux se rendaient aux Folies-Bergère dans ce but. C'était pour eux un lieu de débauche au parfum de soufre et de scandale, qui les attirait irrésistiblement. Blanche avait éduqué Rosine en ce sens, lui faisant de multiples recommandations.

Le soir, le grand soir, était arrivé et, vêtue d'une robe bleu indigo et d'un châle argenté, la jeune fille découvrait le monde interlope des Folies. Des effluves de parfums et de gomina émanaient du promenoir bondé. On s'observait, on se dévisageait entre filles sans guère de discrétion. Avec son teint clair et ses yeux d'un étonnant bleu-violet, Rosine semblait un personnage exotique. Elle portait ce soir-là un chapeau assorti à sa robe, orné de trois plumes. Elle paraissait plus que ses dix-sept ans, tout en gardant une certaine distance qui contribuait à son charme. Blanche, assise au bar, l'observait discrètement. Jusqu'à présent, Rosine avait accompli un parcours sans fautes. Parviendrait-elle à ferrer un bon client ? Blanche était impatiente de le découvrir.

Un homme à l'allure de vieux marcheur[1] venait d'accoster sa protégée et lui parlait en souriant. Rosine l'écoutait, la tête légèrement inclinée. Ne perds pas ton temps avec lui, pensa Blanche. Il n'est pas assez riche pour nous. A son grand soulagement,

1. Homme d'un âge déjà avancé qui n'a pas renoncé à séduire les femmes.

elle le vit qui se dirigeait vers une autre. Bien. Rosine avait su s'en défaire avec le sourire.

Un bel homme à moustaches blondes, le corps bien pris dans son frac, l'aborda à son tour. Cette fois, Rosine accepta le bras qu'il lui offrait et s'éloigna en sa compagnie vers le deuxième bar. Blanche soupira. Les dés étaient jetés...

Patrice Royer, natif d'Aix-en-Provence, était monté à Paris en 1865, rompant ainsi avec une tradition familiale bien établie. Depuis cinq générations, les Royer étaient magistrats du siège.

Son père l'avait menacé de ses foudres le jour où il lui avait annoncé sa décision. Journaliste ! Comme s'il s'était agi d'un métier ! Il allait battre le pavé parisien, courir la gueuse, et finir dans le ruisseau. Bien entendu, il avait eu à cœur de prouver à son père qu'il s'était trompé et, après plusieurs années passées à tirer le diable par la queue, il avait réussi à intégrer la rédaction du *Chroniqueur*, où il était chargé de la rubrique mondaine.

Lorsqu'il avait croisé le chemin de Rosine, il avait été attiré par un mélange de crainte et de défi dans son regard, avait aussitôt éprouvé le désir de la soustraire aux autres hommes. Il ne l'avait jamais vue auparavant. Il ne fallait pas être grand clerc pour deviner qu'elle débutait dans le métier. Il l'avait emmenée chez lui, dans sa garçonnière-bureau du boulevard Poissonnière, après lui avoir fait goûter des huîtres chez Brébant. Elle avait aimé. Lui avait apprécié sa façon de les humer avant de les gober avec gourmandise. Chez lui, elle avait admiré la vue donnant sur le boulevard puis, passé un instant de gêne, ils étaient allés dans la chambre. Elle s'était dévêtue avec un naturel confondant, comme la fille libre de ses mouvements qu'elle avait longtemps été. Le corset la bridait toujours, elle avait besoin de l'ôter souvent.

Patrice avait été un amant délicat et attentionné. Il avait aimé posséder cette belle fille à la peau claire qui fleurait bon la violette. Elle lui avait confié, entre deux étreintes : « Je viens du pays des violettes », et il s'était promis de lui en faire livrer un panier.

Au petit matin, alors qu'il se levait pour aller au journal, il l'avait admirée une nouvelle fois, dans le désordre de ses cheveux dorés répandus sur l'oreiller. Il valait mieux ne pas la revoir, il risquait de devenir amoureux, ce qui ne lui ressemblait pas. Il connaissait trop le milieu pour deviner que cela ne les mènerait nulle part. Le monde parisien était cruel. Il avait gribouillé sur une feuille à en-tête du journal *Tu peux claquer la porte derrière toi* et était parti travailler. Comme chaque matin il était allé prendre un café et un croissant au zinc du bas de la rue. La vie de Patrice était réglée. Il n'y avait pas de place pour une histoire de cœur.

— Un coup pour rien, commenta Blanche en faisant sèchement claquer sa langue. Ma petite, ce n'est pas comme ça que tu feras fortune !

Rosine lui adressa un sourire désarmant.

— C'était agréable. Et il a été très gentil.

— Mais il ne doit pas rouler sur l'or ! A toi de viser une autre clientèle.

Blanche la dévisagea froidement. Elle avait misé sur elle. Ce n'était pas pour la voir filer le parfait amour avec un chroniqueur !

— Je sais, répondit Rosine, agacée.

Blanche n'avait pas encore compris qu'il fallait lui laisser une part de liberté.

Boudeuse, la jeune femme s'étira.

— Quel est le programme de ce soir ? Les Folies-Bergère, de nouveau ?

— Pas question. Tu dois intriguer le chaland. Nous irons plutôt au Théâtre-Lyrique, pour te faire voir. Cet après-midi, le coiffeur Truphemus vient arranger tes cheveux. On m'a dit grand bien de lui. Tu essaieras ta robe lilas.

Rosine acquiesça. Elle espérait bien revivre l'émotion éprouvée à l'Opéra de Nice tout en sachant qu'elle devrait avant tout se faire admirer. Elle aurait de la chance si elle pouvait en sus suivre le spectacle.

En effet, à l'entracte, elle fut entourée de plusieurs personnages empressés. On voulait lui apporter un rafraîchissement, on s'inquiéta de savoir si elle n'avait pas trop chaud, ou trop froid. On souhaitait à tout prix connaître son nom. Elle répondait avec aisance : « Rosine d'Estoublon », comme elle en était convenue avec Blanche, et ces messieurs de s'extasier : « Rosine... Quel prénom piquant ! Plein de charme, à votre image... »

Elle souriait, acceptait leurs hommages comme un dû, sans se laisser griser.

Pas dupe, elle avait compris que c'était son statut de nouvelle qui les attirait.

Tout autour d'elle, d'autres jeunes femmes rivalisaient d'élégance tout en dévoilant leurs appas. Entre deux coups d'éventail, elles jetaient des regards suspicieux en direction de Rosine. Certaines arboraient des parures impressionnantes.

Si je possédais de beaux bijoux... pensa Rosine.

Tant d'événements s'étaient succédé dans sa vie depuis la cueillette des violettes de l'an passé qu'elle ne parvenait pas à se projeter dans l'avenir.

Elle voulait survivre et, si possible, se protéger contre les mauvais jours.

Elle avait bien retenu la leçon de Maria et de Blanche : une jeune femme seule, vivant de ses charmes, était fatalement menacée, que ce soit par la police, des truands ou des clients dangereux.

C'était son choix, mais elle tenait à mettre le plus de chances de son côté.

Ce soir-là, elle quitta le Théâtre-Lyrique au bras d'un quinquagénaire aux cheveux grisonnants. Il lui fit boire du champagne pour la première fois de sa vie mais la nuit en sa compagnie fut éprouvante.

De retour chez elle, elle se lava avec soin avant de se coucher. Elle commençait à comprendre ce que Blanche avait voulu dire en lui répétant qu'il s'agissait d'un véritable métier.

A son réveil, son nouveau protecteur lui avait fait livrer un somptueux bouquet d'orchidées blanches et violettes, accompagné d'un écrin. Le bracelet, or et saphirs, la séduisit tout de suite. Si le baron Peyrin n'était pas un merveilleux amant, il avait du goût.

8

Fin janvier 1885

Le soir tombait, noyant d'ombre le jardin des Abbesses sur lequel s'ouvrait l'appartement de Rosine. Une folie, cet appartement composé de deux pièces de réception, de deux chambres et d'une somptueuse salle de bains. Son protecteur de l'année passée, le comte de Duchatelet, inscrit au Jockey-Club, le lui avait offert à l'issue d'une nuit passionnée. Elle avait croqué les deux tiers de sa fortune, jusqu'à ce que sa famille le persuade de rompre et de sauver ce qui pouvait l'être encore.

Rosine avait éprouvé de l'affection pour le comte, personnage anticonformiste qui lui avait fait découvrir la Normandie et qui voulait faire de chaque jour une fête. Cependant, lorsqu'il avait regagné le château familial, elle avait tourné la page sans regret ni remords. Avancer, toujours. Elle n'avait pas le loisir de revenir sur le passé. Surtout pas.

Elle aurait dû se préparer pour le bal masqué de l'Opéra. Elle était déjà en retard. Mais, accoudée au balcon, frissonnante malgré le châle que Blanche lui avait posé d'autorité sur les épaules, elle ne parvenait pas à détacher son regard des silhouettes des arbres. Une sourde mélancolie l'étreignait. A cet instant, elle songeait à sa grand-mère, et à son enfant.

Elle avait réussi à renouer le contact avec son amie Anaïs, qui lui donnait des nouvelles du village et des siens. Sa grand-mère était toujours en vie mais ne quittait plus sa paillasse. Luigi était parti travailler à Toulon, et son père végétait au cabanon. Elle allait sur ses vingt-trois ans, l'âge auquel sa mère était morte et, fatalement, pensait souvent à elle.

Parfois, Rosine se demandait si elle avait réellement partagé leur existence durant seize années. Cela lui paraissait si loin ! Elle devait fermer les yeux pour revoir le paysage et humer le parfum des violettes. Celles qu'on lui offrait à Paris, même si elles venaient de Tourrettes, n'étaient pas tout à fait les mêmes. Elles avaient un côté policé, civilisé. Rosine leur préférerait toujours les violettes sauvages.

Elle refusait d'évoquer Emmanuel, ou sa fille. Eloïse avait eu cinq ans deux mois auparavant. Etait-elle en bonne santé ? Bien nourrie ? Heureuse ? Ces questions la taraudaient quand le sommeil la fuyait.

Elle crispa les doigts sur la balustrade du balcon. Ce soir-là, son cœur était lourd. Patrice Royer s'était marié l'après-midi même à l'église de la Madeleine. Mariage chic avec la fille d'un industriel fortuné. Quand il le lui avait appris, elle s'en souvenait fort bien, ils fumaient dans le désordre des draps après l'amour. Il ne venait jamais chez elle. Il préférait qu'ils se rencontrent chez lui, boulevard Poissonnière. Tous deux affirmaient être de bons camarades. Ce n'était pas tout à fait vrai... De bons camarades feraient-ils l'amour ? Dans ses bras, elle éprouvait du plaisir, ce qui n'arrivait pas avec ses clients. Avec eux, elle mettait tout en œuvre pour accroître leur désir, tout en gardant la tête froide.

Avec Patrice, c'était différent. Il n'avait d'ailleurs jamais payé pour passer la nuit avec elle. Elle savait, pour autant, ce qu'elle lui devait. C'était lui qui avait contribué à son éducation en lui faisant connaître monsieur Philéas, un vieux professeur de français. Grâce à lui, Rosine avait appris à s'exprimer, à s'intéresser aux livres et aux pièces de théâtre, à soutenir une conversation mondaine.

Patrice disait apprécier de pouvoir deviser avec elle. Elle lisait chaque jour *Le Chroniqueur* et *Le Figaro* afin de se tenir informée et, aussi, par intérêt personnel. Patrice lui avait offert des livres, l'avait emmenée au Bois, lui avait fait découvrir le monde des courses. Elle lui avait un jour demandé : « Pourquoi fais-tu tout cela pour moi ? » et il avait souri : « Parce que c'est toi, ma Rosine. Tu n'es pas comme les autres... » Tant qu'il n'était pas marié, elle pouvait se bercer de l'illusion qu'elle l'avait un peu à elle. Pourquoi diable avait-il décidé d'épouser cette Thémis Delahaye ? Thémis... avait-on idée d'un tel prénom ? Une nouvelle fois, il avait ri.

« C'est une jeune femme originale, et son prénom lui va bien. »

Elle avait alors deviné qu'il devait éprouver des sentiments pour elle, en avait ressenti comme un pincement au cœur.

C'était Patrice, encore, qui l'avait baptisée « la Lionne aux violettes ». Comme il le lui avait fait remarquer avec justesse, les courtisanes de haut vol devaient être connues du public, et populaires. Ce nom de Lionne aux violettes avait séduit. Ses protecteurs offraient à Rosine des violettes par paniers entiers. Elle les aimait toutes : les violettes de Parme, les violettes de Toulouse, les blanches, les bleues comme les roses. Et, pour contrebalancer la modestie des fleurs, des bijoux somptueux étaient glissés dans la mousse. Des saphirs, essentiellement, mais aussi des diamants.

« Je prépare mon harnachement », confiait parfois Rosine à Blanche lorsqu'elle devait choisir sa toilette et ses bijoux avec soin pour aller parader au Bois. Elle possédait une calèche qu'elle avait appris à conduire elle-même, accompagnée seulement d'un groom vêtu de bleu et argent. On la reconnaissait, on la saluait. Rosine, pas dupe, agitait la main tout en pensant qu'un jour prochain une autre lorette, plus jeune, plus audacieuse, la supplanterait. Elle-même ne cherchait pas à rivaliser avec des courtisanes comme la Païva[1]. Elle appréciait d'être élégante, adulée, à l'abri du besoin. Elle menait la grande vie, on l'admirait et personne ne lui jetait au visage qu'elle était une putain. Même si les beaux atours ne changeaient rien à l'affaire : elle était bel et bien une putain.

Elle croisa les bras contre sa poitrine et rentra dans sa chambre. Elle l'avait voulue à ses couleurs, avec une perse bleu et argent sur les murs, un grand lit capitonné recouvert de brocart argenté, un tapis chinois et des meubles Louis-XVI. Elle s'accordait beaucoup de temps dans la salle de bains, dotée d'une immense baignoire en cuivre dans laquelle elle pouvait se prélasser des heures durant. Elle se frictionnait ensuite longuement, appliquait sur son corps et son visage baumes et crèmes achetés à prix d'or chez un apothicaire de la rue Caumartin. C'était pour elle une sorte de revanche sur toutes ces années passées à se laver à la source, vite, vite.

Elle avait grandi en rêvant de pouvoir vivre à sa guise. Etait-elle plus heureuse pour autant à présent ? Elle n'en était pas certaine. Elle songeait souvent à sa famille mais aussi au décor de son enfance. Elle se demandait parfois quelle serait

---

1. Esther Lachmann, comtesse Henckel von Donnersmark (1819-1884). Célèbre courtisane et demi-mondaine.

sa réaction si elle croisait le chemin d'Emmanuel Moulins. Ils ne fréquentaient pas le même milieu, et il continuerait de la mépriser. Parce que, pour lui, rien n'avait dû changer. Chacun d'eux restait de son côté de la barrière.

— Tu n'es pas encore prête ?

Blanche, un peu voûtée, le visage de plus en plus ridé, venait d'entrer dans la chambre. Elle avait depuis longtemps récupéré son investissement mais était restée fidèle à sa protégée. Les rôles s'étaient inversés. Désormais, c'était Rosine qui prenait soin d'elle. Blanche, cependant, veillait à tout et se chargeait toujours de la garde-robe de Rosine. La jeune femme soupira tout en se rapprochant du lit.

— Je n'ai pas vraiment envie.

— On t'attend, pourtant.

— Je sais, ma Blanche. Quoi que j'en pense, je vais devoir me faire belle et me rendre à l'Opéra. Cela fait partie du métier.

— Exact. C'est ta vie.

La phrase de Blanche mortifia Rosine. Sa vie…

Elle ôta son châle, son déshabillé de soie turquoise, se fit lacer son corset par Blanche et enfila la robe argentée préparée sur le lit. Une cape de velours bleu nuit, un masque vénitien complétaient sa tenue. Blanche saupoudra ses cheveux de racine d'iris, les brossa longuement avant de les relever en chignon torsadé et de piquer dedans une aigrette argentée. Rosine se poudra, maquilla ses yeux et ses lèvres, se parfuma avec « Fleurs d'Italie », qu'Aimé

Guerlain avait créé pour elle l'an passé. Elle piocha dans sa boîte à bijoux un collier de saphirs, le posa contre sa peau nue. Ses yeux, agrandis par le fard, paraissaient immenses et insondables. Blanche attacha le fermoir du collier d'un coup sec.

Rosine jeta un dernier coup d'œil au miroir.

— En route pour la représentation ! lança-t-elle d'un ton indéfinissable.

Il lui semblait que cette journée ne s'achèverait jamais.

9

1889

Suis-je toujours aussi belle ? s'inquiéta Rosine en scrutant le miroir.

Elle savait tirer parti de ses atouts, accentuait la pâleur naturelle de son teint grâce à de la poudre très claire, entretenait sa chevelure fauve avec un tonique spécial, était coiffée chaque après-midi par monsieur Truphemus, fréquentait les maisons de couture les plus prestigieuses comme celle de monsieur Worth. L'argent rentrait sans souci, deux protecteurs se disputant ses faveurs, mais Rosine dépensait aussi sans compter. Ne fallait-il pas innover en permanence, toujours faire parler de soi ?

Patrice mentionnait souvent son nom et ses sorties dans sa chronique mondaine. Ils ne s'étaient pas vus les quatre premiers mois suivant le mariage du journaliste puis avaient repris leurs rencontres comme si de rien n'était. Par un accord tacite, ils ne parlaient jamais de Thémis, qui recevait ses amies chaque jeudi dans leur vaste appartement de la Madeleine. Patrice occupait toujours une place à part dans le cœur de Rosine, bien qu'elle refusât de le reconnaître. Il était l'homme qu'elle aurait aimé aimer, à condition qu'une courtisane ait le droit d'aimer. Cependant, le temps s'écoulait... Elle avait vingt-six ans et vivait dans la crainte de voir sa beauté s'altérer. Tout allait si vite ! Le Tout-Paris s'enthousiasmait pour une petite danseuse espagnole, Caroline Otero, à la beauté du diable. Avec son regard dur et son corps parfait, elle allait faire souffrir les hommes, et ils adoreraient ça.

Rosine était parfois lasse de certains rituels, d'exigences dégradantes. L'argent ne justifiait pas tout mais, quoi qu'il en soit, elle n'avait pas la possibilité de reculer. Elle n'avait jamais oublié certaines paroles de Blanche, plusieurs années auparavant : « Quand on est lancées, à la mode, on se trouve entraînées par une sorte de manège fou, il faut dépenser, toujours plus... » Oui, Rosine d'Estoublon, la Lionne aux violettes, devait tenir son rang, être toujours souriante et de bonne compagnie, ne pas se poser de questions.

A ce prix seulement elle continuerait d'être recherchée.

La pendule Louis-XV sur la cheminée sonna huit coups, faisant tressaillir la jeune femme. Elle avait rendez-vous avec Paul-Henri, son protecteur le plus récent, qui l'emmènerait à l'Opéra-Garnier. Rosine avait gardé intacte sa passion pour l'opéra et était fière d'avoir séduit Paul-Henri de Rivier, héritier d'une dynastie de banquiers. Elle l'avait détourné d'Anna Fayer, l'une de ses rivales, qui se répandait en calomnies à son sujet.

C'était cela aussi, la vie d'une demi-mondaine : une rivalité constante, des duels à fleurets mouchetés relayés par les courriéristes. Rosine pouvait compter sur le soutien de Patrice, mais la roue tournait rapidement. Il suffisait d'une action d'éclat pour faire parler d'une nouvelle venue. Si elle séduisait un protecteur influent, sa fortune était faite. Tout au moins pour un certain temps. Ce qu'elle appelait « le cirque » fatiguait Rosine. Cependant, elle était, comme ses rivales, prisonnière de ces joutes.

Blanche entra dans la chambre après avoir discrètement frappé.

— Tu es en retard, Rosine. Le vicomte va arriver.

— J'ai une horrible migraine, soupira la jeune femme.

Blanche se mit à rire.

— Pas de ça, ma jolie ! La migraine est le domaine réservé des épouses légitimes. Nous, nous sommes toujours radieuses et pleines d'entrain. Sinon, pourquoi ces messieurs dépenseraient-ils des fortunes avec nous ?

Rosine acquiesça. Le franc-parler de son amie, une fois encore, lui permettait de ne pas se laisser aller.

— Parfois, je me demande… murmura-t-elle.

— Quoi donc ?

Rosine haussa les épaules.

— Non, rien, ne fais pas attention.

Elle ne pouvait pas exprimer ce qu'elle éprouvait, même à sa vieille amie. Un sentiment de lassitude, l'impression qu'à vingt-six ans elle avait déjà fait le tour de son existence.

Blanche lui décocha un coup d'œil acéré.

— Toi, ma belle, tu aurais besoin de tomber amoureuse. Même si tu n'en as pas le droit.

Rosine lui adressa une horrible grimace. Blanche parvenait la plupart du temps à la tirer de ses pensées moroses. D'ailleurs... ne menait-elle pas une vie enviable ? A cet instant, elle songea brusquement à Eloïse. La douleur familière lui pinça le cœur.

Face à la tour Eiffel, Rosine retrouvait une âme d'enfant. Elle avait suivi de loin l'édification de ce monument extraordinaire, partagée entre l'émerveillement et les interrogations. Cette armature métallique était-elle robuste, au moins ? Paul-Henri de Rivier l'exécrait, la qualifiant de « tour de Babel ». Pour sa part, Patrice admirait la prouesse technologique et le caractère avant-gardiste de la Tour. Il convia Rosine à l'accompagner un après-midi d'été, alors qu'une chaleur lourde incitait à demeurer chez soi. La hausse du mercure ne dérangeait pas Rosine, fille du Midi. Vêtue d'une robe de linon couleur lavande, elle s'abritait sous une ombrelle en macramé ivoire. A ses côtés, Patrice portait beau dans son costume clair. Tous deux étaient montés au dernier étage de la tour Eiffel, avaient visité la Galerie des Machines. Rosine s'intéressa plus particulièrement au Pavillon des Beaux-Arts.

— Tu devrais te faire offrir ton portrait par Helleu, lui glissa Patrice. Il croque les jolies femmes de façon remarquable, mais tu préfères peut-être le style de Gervex.

Rosine fit la moue.

— Tu me dis cela à cause de *Rolla* ?

L'un et l'autre faisaient allusion au chef-d'œuvre du peintre, représentant un jeune homme résolu à se suicider après avoir passé une dernière nuit dans les bras d'une courtisane. Le tableau avait fait scandale à cause du nu féminin occupant le centre de la toile.

Rosine aimait bien la jeune fille endormie à la pose abandonnée sans apprécier pour autant qu'on fît d'elle un bouc émissaire. Son amant n'avait qu'à se battre plutôt que de mettre fin à ses jours ! C'était toujours la même histoire : la prostituée était la coupable.

— Je préfère Helleu, trancha-t-elle.

— Parce qu'il s'intéresse surtout aux femmes du monde ? Je te vois venir, beau masque : tu veux remporter un point sur tes collègues appartenant au demi-monde. Thémis le connaît un peu. Je lui en toucherai deux mots.

Impressionnée, Rosine coula un regard surpris vers lui.

— Tu parlerais de moi à ta femme ?

— De la célèbre Lionne aux violettes, bien sûr, pas de la Rosine aux pieds nus. Thémis a l'esprit ouvert. Elle fréquente Julia Daudet et Judith Gautier. Elle s'intéresse à tout.

— Pourquoi ne l'as-tu pas amenée cet après-midi ?

Patrice sourit.

— Parce qu'elle se trouve en Normandie, comme la plupart de nos connaissances. D'ailleurs... que fais-tu encore à Paris ?

— Je n'aime pas les villes d'eaux. Paul-Henri fait acte de présence à Honfleur mais revient le plus vite possible. De plus, je ne supporte pas le climat de la Normandie.

Patrice éclata d'un rire juvénile.

— Rosine d'Estoublon, tu es impayable ! J'espère ne pas t'avoir vexée. Vois-tu, j'avais envie de visiter l'Exposition universelle avec toi. Mon explication te satisfait ?

Elle lui lança un sourire éblouissant.

— J'aime bien être avec toi. Ça me repose.

C'était vrai. Il était le seul avec qui elle ne trichait pas ; ce moment était presque parfait, se dit-elle alors qu'il venait de lui offrir un sirop de grenadine. Une grenadine, comme à une enfant ! A ce moment-là, sans réfléchir, elle lui parla d'Eloïse. Parce que son secret l'étouffait depuis trop longtemps.

10

1889

Rien n'avait changé, au 74 de la rue Denfert-Rochereau. Vêtue sobrement de noir, le visage dissimulé par sa voilette, Rosine se présenta au bureau des admissions le cœur battant à se rompre. Elle dut prendre sur elle pour s'expliquer de la façon la plus claire possible. Pour une fois, elle souhaitait que l'homme du bureau n'établisse pas de relation entre Rosine Barelli et Rosine d'Estoublon ! Coûte que coûte, elle devait s'acquitter de cette démarche. C'était devenu vital pour elle.

Son interlocuteur releva la tête après avoir effectué des recherches sur le registre daté de 1880.

— L'enfant prénommée Eloïse est toujours en vie, déclara-t-il d'une voix lasse.

Et, comme Rosine tressaillait, il daigna préciser :

— Hé ! Que croyez-vous ? Vous avez des nourrissons qui partent chez une nourrice âgés d'à peine cinq jours. La situation s'est un peu améliorée, mais il y a encore quelques années beaucoup mouraient avant d'avoir atteint leur premier mois…

Accablée, Rosine se retint au bureau. La pièce dansait devant ses yeux, elle avait chaud, puis froid.

— Vous autres, les mères célibataires, vous vous débarrassez du marmot et hop ! passez muscade, vous ne vous en souciez plus, reprit l'employé d'un ton accusateur. Avez-vous seulement idée du sort qui les attend ? Non, bien sûr, ce n'est plus votre problème.

Rosine se raidit.

— Vous n'avez pas à me juger, monsieur, répondit-elle, glaciale. Si j'ai abandonné ma petite fille, c'est parce que j'étais seule et sans ressources.

L'employé haussa les épaules.

— Je ne vous juge pas. Je vous explique seulement la situation. Le nombre des enfants abandonnés augmente chaque année et nous ne parvenons plus à faire face.

Sa voix, son attitude n'étaient pas méprisantes. Même pas. Il se livrait seulement à un constat accablant. Le sentiment de malaise de Rosine s'accentua. Elle prit une longue inspiration.

— Pouvez-vous me dire où se trouve ma fille ?

Son interlocuteur leva les yeux au ciel.

— Dans quel but ? Nous devons préserver avant tout la tranquillité de l'enfant. N'oubliez pas que vous l'avez abandonnée.

Chacune de ses phrases était pour Rosine un douloureux rappel du passé.

— Je désirerais la reprendre auprès de moi, déclara-t-elle d'une voix affermie. J'ai les moyens de l'élever, à présent.

Cette fois, l'employé la regarda bien en face.

— Etes-vous mariée ? Vous pouvez toujours rédiger une demande écrite mais il y aura une enquête. Or, si vous ne menez pas une vie conforme aux bonnes mœurs, vous n'avez aucune chance.

Les joues empourprées sous sa voilette, la jeune femme se fit préciser la démarche à suivre en s'efforçant de dissimuler son découragement. Qui prendrait le risque de confier une fillette de bientôt neuf ans à la Lionne aux violettes ? Personne de sensé, assurément.

Elle sortit du 74, rue Denfert-Rochereau le cœur en déroute. Finalement, l'argent ne pouvait pas tout acheter.

11

1890

L'affaire avait fait scandale trois mois auparavant. La Lionne aux violettes, qui venait de s'installer dans un somptueux hôtel particulier de la plaine Monceau offert par Paul-Henri de Rivier, avait épousé un aristocrate allemand, le baron Eugen von Rotesmarkt. Elle l'avait rencontré aux thermes de Wiesbaden, où elle avait fini par se rendre car Paris était déserté en été. Elle ne prisait guère la cure et, surtout, elle trouvait le climat de Wiesbaden beaucoup trop frais, bien qu'on lui eût affirmé qu'il s'agissait d'une des villes allemandes les plus méridionales. Mais elle avait envie de se distraire, et Paul-Henri était retenu dans sa famille en Normandie. Elle s'était donc installée en compagnie de Flore, sa femme de chambre, au Nassauer Hof de Wiesbaden et, dès le premier soir, avait vu les beaux partis tourbillonner autour d'elle.

Eugen était l'un d'eux. Jeune – il avait vingt-quatre ans –, unique héritier de la famille von Rotesmarkt, qui possédait des milliers d'hectares de terres, il était tombé éperdument amoureux de Rosine au premier regard. Et, un mois après leur rencontre, il lui avait demandé sa main. Elle aurait aimé connaître l'avis de Patrice, mais il se trouvait à Aix en compagnie de son épouse et elle s'imaginait mal lui envoyant un télégramme pour l'interroger au sujet d'Eugen von Rotesmarkt. Elle croyait encore entendre la voix de Blanche lui souffler : « Qu'est-ce que tu as dans la cervelle ? Pareille occasion ne se reproduira pas de sitôt. Fonce ! »

Elle avait dit oui. Ils s'étaient mariés dans l'intimité d'une chapelle baroque décorée d'angelots dorés. Une cérémonie toute simple avec pour témoins le directeur de l'hôtel et son épouse. Pourtant, la nouvelle s'était répandue en France et la presse avait titré *La Lionne aux violettes devient baronne*. Cela avait suffi pour que Paul-Henri revienne en catastrophe et veuille provoquer Eugen en duel.

Rosine était parvenue à le calmer et il était parti en fulminant. Comme il fallait s'y attendre, il avait cessé de verser sa pension à Rosine. Ce n'était pas grave, Eugen réglait ses dépenses. Il y avait toujours moyen de trouver de l'argent. Ce qui importait, c'était de pouvoir reprendre Eloïse. La baronne von Rotesmarkt réussirait certainement là où Rosine Barelli avait échoué.

Elle était donc retournée rue Denfert-Rochereau et avait rédigé une demande sous son nom d'épouse. Sous le regard intrigué de l'employé, toujours le même. Eugen et elle n'avaient pas passé beaucoup de temps ensemble. Le père d'Eugen avait convoqué son fils toutes affaires cessantes dans le château familial situé près de Leipzig. Rosine avait refusé de l'accompagner, arguant du fait qu'il plaiderait mieux leur cause seul. Elle appréciait son nouveau nom, son titre aussi, ainsi que les égards l'accompagnant, mais Eugen, avec son amour passionné et son enthousiasme juvénile, la fatiguait déjà.

De retour chez elle, dans son grand appartement où elle avait choisi la décoration de chaque pièce, elle éprouvait un délicieux sentiment de sécurité.

Elle rêvait au moment où elle pourrait retrouver sa fille. Elle ne se posait guère de questions sur leur relation à venir. Pour elle, Eloïse serait heureuse de s'installer avenue de Villiers et de vivre dans le luxe.

Blanche ne partageait pas son optimisme. « La petite a presque dix ans, tout un passé derrière elle. Tu ne feras pas un cygne d'un canard sauvage. » C'était tout à fait Blanche, ce genre de comparaison ! Son amie vieillissait, et le vivait mal. Elle souffrait de rhumatismes invalidants et elle entendait moins bien. Elle continuait cependant à diriger la maison, déchargeant Rosine de l'intendance. Elle avait choisi sa femme de chambre, Flore, comme si elle avait passé le relais. En un sens c'était vrai, car elle était souvent obligée de garder la chambre.

Le personnel de maison comprenait, outre Flore, Pauline, la femme de service, et Roger, le cocher. Un train de vie qui inquiétait Blanche, toujours préoccupée par l'avenir.

« Tu as perdu Paul-Henri, es-tu certaine que ton jeune mari aura les épaules assez solides ? » lui répétait sa vieille amie.

Rosine haussait les épaules. L'argent des Rotesmarkt lui paraissait inépuisable ! De plus, tant d'autres hommes la sollicitaient... Déjà, Paul-Henri, repentant, lui faisait livrer chaque jour une corbeille de fleurs et de diamants.

Mais pour l'heure elle ne voulait songer qu'à sa fille.

Rosine n'oublierait jamais ce matin d'octobre. Elle s'était réveillée de bonne humeur, comme souvent lorsqu'elle dormait seule. Eugen n'était pas encore rentré. Elle affirmait sans rire à Blanche qu'elle appréciait son statut de célibataire. Elle grignota un toast et savoura un long moment dans sa baignoire. Ensuite, debout face à la psyché, elle s'examina sans indulgence. Son corps était ferme et tonique, sa poitrine haute, ses jambes longues. Elle releva ses cheveux fauves, esquissa un sourire. Allons ! La Lionne aux violettes avait encore quelques beaux jours devant elle.

On frappa à la porte alors qu'elle se drapait dans un peignoir de satin. Flore glissa la tête dans l'entrebâillement de la porte.

— Madame… un monsieur demande à vous voir. Un certain Luigi Barelli.

Luigi ! Sous le choc, Rosine, sidérée, pâlit. Comment son frère l'avait-il retrouvée ? Que lui voulait-il ? Elle ordonna à Flore de le faire patienter dans un petit salon et se hâta de se préparer. Elle passa une robe d'intérieur, attacha ses cheveux avant d'aller le retrouver.

En un peu plus de dix ans, il avait beaucoup changé. Il s'était empâté, avait le regard légèrement vitreux de ceux qui s'adonnaient à l'absinthe. Rosine se raidit. Elle pressentait qu'il ne s'agissait pas d'une visite de courtoisie. En effet, il s'empressa de lui réclamer de l'argent. Les nouvelles du pays étaient mauvaises. Leur grand-mère était morte l'année précédente après avoir désespéré de revoir Rosine. Leur père survivait tant bien que mal de petits boulots.

— Mais il refuse qu'on prononce ton nom devant lui, précisa Luigi. Pour lui, tu es la fille perdue, la honte de la famille.

Elle s'efforça de ne pas pleurer. Les mots de son frère avaient encore le pouvoir de la blesser, malgré les années écoulées. Il était déjà très doué à ce petit jeu alors qu'ils étaient enfants.

— Libre à lui, répondit-elle, la gorge serrée.

Elle se dirigea vers le secrétaire Directoire où elle rangeait l'argent destiné aux dépenses courantes, en sortit une liasse de billets qu'elle tendit à son frère.

— Cela devrait te suffire, déclara-t-elle, glaciale.

Ils ne s'étaient jamais aimés, réalisa-t-elle. Elle se souvenait des chausse-trappes qu'il lui tendait durant leur enfance. Luigi la jalousait, lui enviant sa complicité avec leur grand-mère.

Il émit un ricanement désagréable.

— Je te trouve bien pingre, sœurette ! Quand on voit dans quel luxe tu vis... Tu n'envisages pas de laisser ton frère dans la misère ?

Elle haussa les épaules.

— Crois ce que tu veux, tu n'auras pas un sou de plus ! Et si ça ne te plaît pas, tu risques fort d'avoir affaire aux rouquins[1]...

Il l'enveloppa d'un regard chargé de dédain.

— Parce que tu crois me faire peur ? C'est toi qui auras le plus à perdre, ma petite, si je raconte ce que fut ta jeunesse. La fille d'un ivrogne engrossée par le fils d'un propriétaire du coin... ça ternit un peu la légende de la Lionne aux violettes, non ?

Sa main la démangeait. Elle résista à l'envie de le gifler.

— Espèce de... sale type ! lança-t-elle.

De nouveau, il haussa les épaules.

— Injurie-moi, insulte-moi tant que tu veux, cela m'est égal. De toute manière, je reviendrai !

Il s'en fut en claquant la porte du petit salon. Rosine, tremblante, se laissa tomber dans un fauteuil. Elle ne supportait pas l'idée que Luigi puisse exercer contre elle un chantage tout en sachant

---

1. Nom donné aux policiers.

qu'elle n'avait pas les moyens de se défendre, au risque de révéler son enfance misérable. Son frère ne reculerait devant rien et avait de l'appétit. Beaucoup d'appétit. Elle était condamnée à payer, et il n'avait aucun doute à ce sujet. Il restait à espérer qu'il ne la ruine pas tout à fait. Le reste lui importait peu.

12

1890

On fêtait Noël à Paris depuis quelques années déjà. La tradition s'était implantée durablement à compter de l'annexion de l'Alsace et de la Lorraine. Acheter un sapin, le décorer de bougies et de friandises, c'était presque devenu un acte patriotique.

Lorsque Roger, le cocher, eut monté l'arbre au deuxième étage, Eloïse en resta muette d'étonnement.

— Chez moi, on ne coupe pas les arbres, murmura-t-elle enfin.

Avant, vite, de filer se cacher derrière les lourds rideaux de velours magenta, au cas où Roger aurait eu envie de lui allonger une gifle. Ce n'était pas le genre de la maison, lui avait affirmé Pauline, mais cela n'avait pas suffi à rassurer la fillette. Aussi loin que remontaient ses souvenirs, Eloïse avait reçu taloches et injures. Elle ne se rappelait pas ses premières années, passées dans une ferme de l'Yonne, hormis quelques sensations. L'odeur âcre du fumier, le froid l'hiver, alors qu'elle dormait dans l'étable, au-dessus des bêtes, la faim. Ensuite, elle avait été placée chez un couple de cultivateurs qui la considéraient, malgré ses huit ans, comme une bonne à tout faire. Elle allait chercher l'eau au puits, s'acquittait de la corvée de pluches, surveillait la cuisson de la soupe, faisait un semblant de ménage dans la ferme au sol en terre battue, lavait le linge, donnait à manger aux poules et aux lapins... Les durs travaux lui gerçaient les doigts. L'hiver, ses crevasses ne se refermaient pas et elle ne pouvait réprimer de petits gémissements de douleur quand elle portait le seau d'eau.

Un soir, exaspérée, la fermière avait appliqué du vinaigre sur ses mains blessées. Eloïse avait hurlé. Elle avait récolté, pour la peine, une paire de gifles et avait dû se coucher sans souper.

Elle avait été élevée ainsi, à la dure, sans aucune compassion pour sa condition d'enfant abandonnée. Au contraire, on la lui faisait payer en la traitant de bâtarde, de fille de rien. Elle serrait les dents, faisait celle qui ne comprenait pas. Les insultes et les coups continuaient de pleuvoir. Elle était « la mal venue », « l'enfant du péché ». Car sa mère nourricière, bonne catholique, n'aurait pas manqué la messe du dimanche. Est-ce cela une mère ? se demandait Eloïse, en voyant les autres enfants habillés de neuf. Elle, elle marchait tête baissée pour ne pas attirer l'attention sur elle et avait tendance à raser les murs. Celle qui exigeait d'être appelée « Madame » avait la main leste et ne manquait pas d'imagination pour punir Eloïse. Ainsi, chaque fois que la fillette souillait sa paillasse, elle l'obligeait à garder toute la journée son drap sur la tête. Raymond, le valet de ferme, l'accablait de quolibets et les gens qu'elle croisait détournaient la tête. Elle aurait voulu disparaître sous terre.

Son seul bonheur consistait à se rendre à l'église. Madame œuvrait pour le salut de son âme. Eloïse l'accompagnait à pied, trois pas derrière elle en témoignage de respect. Madame avait sa chaise réservée dans la petite église romane. Eloïse, elle, s'asseyait sur un banc au fond de l'église et était exposée aux courants d'air mais peu lui importait. Elle écoutait monsieur le curé parler dans une langue inconnue, elle se levait et s'asseyait en imitant les autres paroissiens, elle entendait la chorale qui chantait le « Qui est-ce qui sonne ?[1] ». Les narines légèrement dilatées, elle humait le parfum d'encens et se sentait bien. En sécurité. Hélas, la messe ne durait qu'un temps. Il fallait repartir, reprendre le rythme monotone des travaux et des jours.

Et puis, Madame était tombée, d'un coup, alors qu'elle piquait une colère contre Raymond, et le valet avait dit qu'elle était morte. Eloïse, perdue, avait continué d'accomplir ses tâches habituelles, jusqu'à ce que monsieur le curé vienne à la ferme

1. « Kyrie Eleison ».

pour bénir le corps. Il avait ensuite emmené Eloïse au presbytère, l'avait confiée à sa gouvernante, madame Eugénie, une robuste femme à moustache. Eloïse serait volontiers restée au presbytère, il y régnait une douce chaleur et madame Eugénie était bonne cuisinière. Elle l'autorisait même à aller balayer l'église. Mais un prêtre ne pouvait garder chez lui une enfant, et Eloïse avait été envoyée dans une autre ferme, du côté de Vézelay.

Ses nouveaux parents nourriciers, les Bergès, âgés d'une cinquantaine d'années, étaient sévères – selon eux, il convenait de « mater le vice » – mais plutôt justes comparés à Madame. De plus, Eloïse avait eu la charge d'un troupeau de moutons, dont elle avait apprécié la compagnie. Elle dormait dans la bergerie mais, étant moins terrorisée, réussissait à ne plus mouiller sa paillasse. C'était pour elle une sorte de victoire.

Or des événements incroyables venaient d'ébranler sa vie. Un inspecteur de l'Assistance s'était présenté à la ferme. Il voulait vérifier l'état de santé d'Eloïse. Personne n'avait jamais contrôlé quoi que ce soit. Madame aurait pu la tuer, on aurait parlé d'un accident sans que quiconque trouvât à y redire. Eloïse le savait, et se demandait ce qui pouvait justifier le déplacement d'une personne aussi importante que monsieur l'inspecteur. Avait-elle fait quelque chose de mal, comme Madame le lui reprochait souvent ? Elle n'avait pourtant pas envie de quitter ses nouveaux parents nourriciers, qui étaient beaucoup plus gentils avec elle. Du moment qu'elle effectuait son travail, ils ne la maltraitaient pas. C'était un tel soulagement pour elle !

Une semaine plus tard, les Bergès lui annonçaient sans précautions que sa mère l'avait retrouvée et qu'elle allait la rejoindre à Paris. Eloïse était bouleversée, elle avait donc une mère, comme les autres enfants ? Pourquoi ne s'était-elle pas occupée d'elle auparavant ? Pourquoi n'était-elle pas venue la sauver alors qu'elle pleurait chaque nuit et vivait dans l'angoisse de nouveaux coups ou de brimades ? Madame Bergès l'avait récurée dans la bassine en zinc, jusqu'à ce que sa peau rougisse et la cuise. Elle avait sorti ses vêtements du dimanche, ceux qui n'étaient pas déchirés. Comme Eloïse avait grandi, sa robe était trop courte.

On l'avait examinée sous toutes les coutures, coiffée. On lui avait recommandé d'être polie. Et puis, l'inspecteur était revenu, et il l'avait emmenée sans qu'elle ait le temps d'aller caresser le chef du troupeau. Eloïse se laissait faire, docile, dépassée par la rapidité avec laquelle les événements s'étaient succédé.

Elle avait voyagé dans une voiture à cheval, puis avait pris le train pour la première fois de sa vie. Elle s'était efforcée de ne pas laisser voir ses craintes en présence de la vieille dame qui l'accompagnait. La découverte d'un Paris bruyant et surpeuplé l'avait affolée. Cette ville n'était pas faite pour elle !

avait-elle pensé. Le paysage vallonné des environs de la ferme lui manquait déjà.

Une dame à l'allure un peu bizarre l'attendait sur le quai de la gare. Elle tenait une pancarte sur laquelle étaient inscrites des lettres. Rougissante, Eloïse avait dû avouer qu'elle ne savait ni lire ni écrire. On ne l'avait jamais envoyée à l'école, et personne n'avait pris le temps de l'instruire.

« A quoi cela te servirait ? avait ricané Madame le jour où Eloïse avait osé lui demander pourquoi elle n'allait pas à l'école. Une souillon comme toi n'a pas besoin d'être savante ! »

Ce jour-là, Eloïse avait eu le sentiment de ne pas exister. De ne servir à rien. Elle avait voulu mourir, en se jetant dans la mare. Le valet l'avait retenue par son sarrau.

« Es-tu folle ? avait-il grondé. Tu es une gamine, crois-moi, tu vas grandir et tu pourras tourner le dos à cette misère. Garde confiance, petite. »

Elle l'avait écouté. Et, en effet, sa vie avait changé. Etait-ce mieux ? Elle ne le savait pas encore.

Ce jour-là, pourtant, elle était fascinée par le sapin. Roger venait d'accrocher une étoile dorée à son sommet. Tante Rosine, encore en peignoir, entra en coup de vent dans le salon.

— Tu décores le sapin, Eloïse ? Je compte sur toi.

La fillette acquiesça d'un hochement de tête. Tante Rosine l'intimidait. Elle était si belle ! Si seulement sa mère avait pu lui ressembler ! Cela faisait plusieurs semaines qu'Eloïse était installée dans le bel appartement de la plaine Monceau, mais elle n'avait toujours pas rencontré sa mère. « Elle est en voyage », affirmait tante Rosine. Eloïse soupirait, rongeait son frein. En attendant de faire sa connaissance, elle découvrait chaque jour un nouveau plat, un autre monument de Paris... Et, surtout, un certain monsieur David venait lui apprendre à lire, à écrire et à compter.

Elle aimait beaucoup monsieur David, plein de patience, qui ne la grondait jamais. Si elle avait été plus âgée, elle aurait rêvé de l'épouser.

13

1892

La foule habituelle se pressait aux Folies-Bergère, où il était toujours de bon ton de se montrer. Rosine ne s'y rendait plus pour racoler – Dieu merci, cette période était révolue depuis longtemps – mais pour retrouver des amies perdues de vue. Elle espérait surtout y croiser le chemin de Patrice, dont elle n'avait pas de nouvelles depuis un moment. Elle lisait chaque matin ses chroniques, s'amusant de ses bons mots ou pestant parce qu'il ne la citait pas assez souvent à son goût. On disait de lui qu'il s'embourgeoisait, on chuchotait que son épouse lui tenait la bride serrée, ce qui agaçait Rosine. Patrice lui ressemblait, il tenait à sauvegarder sa liberté. Qui était donc cette Thémis dont il faisait si grand cas ? En quoi était-elle supérieure à Rosine ?

Ce soir-là, elle portait une robe ivoire sur laquelle monsieur Worth avait fait broder une multitude de violettes. Elle avait ses entrées chez le grand couturier et appréciait de deviser avec son épouse, la douce Marie, qui avait longtemps été le premier mannequin. Les Worth l'avaient toujours considérée avec amitié, et Rosine leur en était reconnaissante. En cette fin juin, la chaleur était étouffante dans le promenoir. Rosine agita son éventail orné de plumes d'autruche. Aussitôt, deux inconnus s'empressèrent autour d'elle. Désirait-elle un rafraîchissement ? Ou bien une coupe de champagne ? Ils étaient ses serviteurs. Tous les mêmes... se désola-t-elle avec une lucidité empreinte de tristesse.

Elle avait congédié son époux ruiné la veille. Elle s'ennuyait tant avec lui... On savait qu'elle était libre, aussi les prétendants s'évertuaient-ils à lui faire comprendre qu'ils cherchaient à occuper la place. Comme toujours, Blanche s'inquiétait. Ne risquaient-elles pas de se retrouver à la rue ? A soixante-trois ans, sa vieille amie avait tendance à s'alarmer un peu trop vite. Rosine riait avec insouciance. Elle était encore belle, elle saurait aisément remplacer Eugen, même si cet « encore » la laissait parfois songeuse. Elle approchait des trente ans, l'âge fatidique, bien que des courtisanes illustres, comme la Païva, aient poursuivi leur carrière bien après avoir franchi ce cap. Elle appréhendait l'avenir, en refusant de l'avouer. Elle ne voulait pas qu'Eloïse s'alarme.

Un léger sourire éclaira son visage fardé avec soin, sans excès. Elle avait fini par avouer à Eloïse qu'elle était bien sa fille, après que Luigi eut vendu la mèche. Son bon à rien de frère continuait de lui réclamer de l'argent à intervalles réguliers. Il montait des affaires fumeuses, pour lesquelles il fréquentait un milieu interlope, dont Rosine s'était toujours défiée. Elle, avait réussi à faire carrière sans être esclave d'une maison close ni racoler sur le « ruban ». Dire que des femmes célèbres comme Sarah Bernhardt[1] avaient été « encartées » dans leur jeunesse ! Rosine était fière d'avoir échappé à ce déshonneur, même si son père n'avait jamais répondu à ses lettres.

Elle avait choisi sa voie, à elle de l'assumer ! Personnellement, cela ne lui posait pas de problème, mais elle refusait qu'Eloïse souffre de la situation. Elle aimait sa fille, tout en se sentant mal à l'aise avec elle. Elles avaient en effet peu de points communs et le temps perdu était si difficile à rattraper. La fillette ne lui ressemblait même pas ! Elle avait des cheveux châtains, des yeux noisette, le teint mat… Maigre, avec ça, malgré la cuisine de Pauline, qui la gâtait outrageusement. Eloïse n'avait pas manifesté d'émotion particulière le jour où elle avait appris que des hommes fortunés entretenaient sa mère. « Tant que monsieur David me donne des leçons… » avait-elle commenté. Eloïse passait son temps à lire, toujours

1. Les prostituées étaient répertoriées par la police. Comme nombre de comédiennes de l'époque, Sarah Bernhardt s'était livrée à la prostitution à ses débuts.

plus. D'après son précepteur, elle avait accompli des progrès incroyables pour une enfant qui n'avait jamais été scolarisée. Grâce à lui, elle s'intéressait aussi bien aux œuvres d'Alexandre Dumas qu'aux poèmes de Victor Hugo ou aux travaux de Louis Pasteur. Monsieur David l'avait emmenée au Louvre afin de lui faire partager son admiration pour les tableaux de Poussin et du Caravage.

Eloïse s'épanouissait, prenait confiance en elle et dans la vie. Elle apprenait aussi le piano, même si cela l'ennuyait. Sa mère tenait à ce qu'elle devienne une jeune fille accomplie. C'en était presque risible. Eloïse, en effet, ne se faisait guère d'illusions. Elle était et demeurerait la fille d'une courtisane, même si on la croyait seulement la nièce de la Lionne aux violettes.

Tant qu'il y avait de l'argent, on leur faisait bonne figure, mais après ? Eloïse savait ce qu'étaient la faim et la misère. Parfois, elle se réveillait la nuit, victime d'horribles cauchemars. Elle se retrouvait dans l'étable chez Madame, croyait encore sentir l'odeur des vaches. Un sentiment de panique l'envahissait alors, si intense qu'elle se mordait le poing pour ne pas hurler. Elle avait peur que tout recommence. Et connaissait assez la vie pour pressentir que Rosine n'était pas invulnérable.

Une main familière se posa sur le bras de Rosine, l'entraîna dans le jardin d'hiver des Folies-Bergère, à l'abri d'un palmier en pot.

— Patrice ! Que fais-tu là ?

— Suis-moi sans discuter.

Elle ne lui avait jamais vu ce visage sombre. Patrice Royer était toujours d'humeur joyeuse, comme s'il ignorait jusqu'au sens du mot « tourment ».

— Patrice ! Qu'est-ce qui t'arrive ? C'est grave ?

Il la considéra d'un air un peu perdu, ce qui accentua son trouble, avant de jeter d'une voix changée :

— Von Rotesmarkt s'est suicidé. Une balle dans la tête.

— Oh non !

Rosine, la main plaquée sur la bouche, pâlit atrocement.

— Tu… es sûr ? questionna-t-elle.

Elle secoua la tête, comme pour se moquer d'elle-même.

— Oh ! Seigneur, je dis n'importe quoi ! Où est-ce arrivé ?

— Chez Maxim's. N'aie pas cet air affolé, tiens-toi. C'est ton premier suicide, n'est-ce pas ? Désormais, ton nom va être auréolé d'un soupçon de soufre. On ne va plus t'appeler la Lionne aux violettes mais la Veuve aux violettes. Habille-toi de noir, fais-toi un teint blafard et des yeux charbonneux… Tu vas avoir un succès fou.

— Mais Eugen… murmura la jeune femme, visiblement troublée.

Patrice haussa les épaules.

— Ça, ma belle, il fallait y penser avant ! Tu séduis, tu brises les cœurs, à toi d'assumer ! Inspire-toi des plus grandes... La Païva, la Belle Otero sont passées par là. Le monde que tu as choisi est impitoyable. Mais, de grâce, ne parle pas de tes états d'âme. Ignore les journalistes.

— Même toi ?

Il y avait une pointe de coquetterie dans la voix de Rosine. Patrice ne se laissa pas attendrir.

— Moi, c'est différent. Nous sommes amis, toi et moi. Viens, reprit-il, tu as besoin de champagne pour te remettre.

Elle revoyait Eugen, son regard de chien battu lorsqu'elle lui avait annoncé son renvoi. Il lui avait donné son nom, son titre, et elle...

Secouée de sanglots, elle enfouit son visage dans la veste de Patrice.

— Si tu savais comme je m'en veux...

— Là, là, fit-il, lui caressant les cheveux.

A quelques mètres derrière eux, une femme élégante brisa son éventail.

14

1892

La fille assise à côté de Rosine sur un banc recouvert d'une méchante couverture pelée entama pour la seconde fois le premier couplet de la chanson de Bruant, tristement de circonstance :

C'est de la prison que j't'écris
Mon pauvre Polyte
Hier je n'sais pas c'qui m'a pris
A la visite
C'est des maladies qui s'voient pas
Quand ça s'déclare
N'empêche qu'aujourd'hui j'suis dans l'tas
A Saint-Lazare[1]*...*

---

1. « A Saint-Lazare », chanson créée en 1887, reprise en 1892 par Eugénie Buffet.

— Tais-toi ! lui lança Rosine, les nerfs à vif.

Il y avait deux bonnes heures qu'elle avait été traînée à Saint-Lazare par des policiers et la situation lui échappait complètement. Encore sous le coup de la mort de son époux, en sortant des Folies-Bergère elle avait accompagné Patrice jusqu'à sa garçonnière du boulevard Poissonnière. Ils s'y rejoignaient une à deux fois par mois. Entre eux, nul besoin de cour ou de serments. Leurs corps se réappropriaient avec un plaisir partagé.

Patrice était un amant inventif et endurant. Dans ses bras, Rosine ne jouait pas de rôle, elle était elle-même, libre et impudique. Tous deux appréciaient cette parenthèse qu'ils s'accordaient. Il n'y avait jamais eu de relation tarifée entre eux, rien que l'entente des corps, l'entente des sens. Amis depuis douze ans, ils étaient aussi amants.

Des coups frappés contre la porte les avaient tirés du sommeil.

« Police ! Ouvrez ! » vociférait-on sur le palier.

Patrice avait enveloppé Rosine d'un regard désenchanté.

« Je n'ai pas d'issue de secours, ni de porte de service. »

Elle était nue, ses cheveux répandus sur l'oreiller. Lui venait de passer une chemise et, brusquement, elle avait songé au célèbre tableau de Gervex. Déjà, Patrice ouvrait sa porte d'un geste théâtral, tandis qu'elle se glissait sous les draps. Mais le commissaire, un sinistre personnage aux favoris roux, écartait Patrice et fonçait vers la chambre. Il repoussa les draps, contempla une Rosine furieuse.

« Habillez-vous, madame. »

Elle avait entendu les protestations de Patrice, sa menace sous-jacente : « Madame est la baronne von Rotesmarkt », à quoi le commissaire avait répondu, haussant les épaules : « Un autre scandale. D'après nos informations, votre baronne n'est rien d'autre qu'une fille insoumise ! »

Rosine s'était mise à trembler. Fille insoumise… elle savait ce que cela signifiait. Elle avait alors cherché le regard de Patrice, qui s'était détourné. Lui n'avait presque rien à redouter : en cas d'adultère, c'était la femme qui écopait de la peine maximale.

« Laissez-moi rentrer chez moi, avait-elle alors prié. Je me rendrai à votre convocation au commissariat, je…

— C'est inutile, vous allez directement à Saint-Lazare », avait tranché le policier.

Elle avait alors entendu Patrice lui souffler : « Fais profil bas. On nous a dénoncés. Je te fais libérer le plus vite possible. »

Mais elle n'avait pu s'empêcher de hurler quand deux policiers étaient restés dans la chambre alors qu'elle s'habillait fébrilement. L'un d'eux avait ricané et tendu la main vers elle.

« Bas les pattes ! » avait-elle protesté.

On n'avait pas emmené Patrice. Seulement elle, dans sa robe de soirée mal ajustée parce qu'elle n'avait pas de femme de chambre pour l'aider. Patrice avait alors jeté sa cape noire doublée de satin incarnat sur ses épaules, et elle l'avait remercié d'un sourire tremblé. Elle devait être forte.

Elle avait craqué, cependant, en découvrant la réalité de Saint-Lago. Une prison infâme, sale, nauséabonde, où sévissait la gale, entre autres vermines.

Une véritable cour des Miracles, composée de gamines squelettiques, de vieilles prostituées au visage ravagé, de filles des barrières agressives... Paniquée, Rosine avait tambouriné contre la porte en suppliant qu'on lui ouvre jusqu'à ce qu'une fille lui conseille en soupirant : « Te fatigue pas, ils préfèrent nous laisser crever plutôt que de venir voir ce qui se passe. Prends ton mal en patience, ma jolie. T'as l'air d'une fille de la haute, avec un peu de chance tu sortiras avant nous de ce trou à rats. »

On était venu, cependant. Pour lui faire subir l'innommable, une visite médicale dans des conditions de mépris et de brutalité incroyables. Le médecin – méritait-il ce titre ? – l'avait contrainte à s'asseoir sur une espèce de petit fauteuil. L'examen qu'il lui avait imposé avait été dégradant et douloureux. De toute évidence, il vouait une haine tenace aux femmes et en particulier aux prostituées. Il soliloquait à propos du mal vénérien et du danger constitué par les insoumises.

« Les filles des maisons sont toutes surveillées au moins une fois par mois mais celles qui exercent à leur compte se croient au-dessus de la contamination », pestait-il.

Rosine lui aurait volontiers rétorqué qu'elle prenait soin de son corps beaucoup mieux que lui, qui empestait le tabac et la sueur. Elle avait réprimé un gémissement de douleur durant l'examen. Elle ne voulait surtout pas lui donner le plaisir de l'entendre crier. A présent, elle tentait d'apprivoiser le temps en compagnie de la fille qui chantait Bruant.

Elle devait avoir à peine vingt ans, avait le visage chiffonné des gamines qui faisaient la noce tout en travaillant dans la journée. Elle avait cherché à se rapprocher de Rosine, en vain. Blottie à une extrémité du banc, la jeune femme espérait un miracle. On ne pouvait tout de même pas garder la Lionne aux violettes en prison ! Elle connaissait du beau monde, avait des relations... Cependant, elle ne pouvait oublier la phrase prononcée par Patrice : « On nous a dénoncés. » Il fallait donc supposer qu'ils avaient été suivis. Eux ne se méfiaient guère... la garçonnière du boulevard Poissonnière leur était si familière. Patrice et elle avaient des ennemis, on les jalousait. A moins qu'il ne s'agisse de Thémis ? Rosine était habituée à subir la vindicte de rivales, mais ne fréquentait pas les dames du monde. Il existait une frontière tacite, que nulle n'aurait osé franchir, même si courtisanes et épouses se croisaient parfois chez les grands couturiers.

Elle passa la main dans ses cheveux, tentant de les recoiffer. Elle devait en imposer, sous peine de basculer dans le camp des pauvres filles qui racolaient dans la rue. Elle ne parvenait pas à réprimer son tremblement. A cet instant, elle mesura que, malgré ses toilettes, ses bijoux et son train de maison, rien n'avait changé. Elle était Rosine Barelli, une fille du peuple. Et, pour la première fois depuis longtemps, elle se mit à pleurer.

— T'es jamais venue à Saint-Lago ?

La fille qui chantait deux heures auparavant posa une main crasseuse sur le bras de Rosine, qui tressaillit. Elle hocha la tête.

— T'en fais pas, reprit la fille, on finit par s'habituer.

Rosine eut un haut-le-corps.

— S'habituer ? répéta-t-elle, interloquée.

— De toute façon, on n'a pas le choix, n'est-ce pas ? Du moment que mon homme vient me voir une fois par semaine, ça me va.

— C'est bien, alors, répondit Rosine, de plus en plus abattue.

Pourquoi ne venait-on pas la chercher ? Où était passé Patrice ? Bon sang, il n'allait pas l'abandonner à son sort ! Que pouvait-elle faire, à part attendre en rongeant son frein ? Elle pressentait que si elle demeurait plusieurs jours dans ce cloaque, elle finirait par perdre son identité et sa superbe. C'était certainement le but recherché, d'ailleurs.

Elle tendit la main vers la couverture, la laissa retomber. Plutôt crever de froid que de sentir la vermine courir sur son corps !

15

1892

D'un pas décidé, Blanche entra dans la chambre de Rosine et, se dirigeant vers la fenêtre, ouvrit grand les lourds rideaux de velours indigo.

— Debout, paresseuse ! lança-t-elle avec entrain. Regarde-moi ce soleil ! Tu vas me faire le plaisir de t'apprêter et d'aller te faire admirer au Bois !

— Pas envie… marmonna Rosine en rabattant le drap sur sa tête.

Il y avait à présent dix jours qu'elle était revenue de Saint-Lazare et elle ne parvenait pas à s'en remettre, bien qu'elle y fût restée « seulement » quarante-huit heures.

A son retour, elle avait passé deux bonnes heures dans sa baignoire, récurant tout son corps pour ôter la moindre trace de la sinistre prison. C'était Paul-Henri de Rivier qui s'était déplacé en personne pour venir la chercher à Saint-Lago, et elle avait pensé mourir de honte. Seigneur ! Dans quel état elle était !

Galant homme, comme toujours, il s'était comporté comme si de rien n'était, allant jusqu'à lui baiser la main en la déposant devant son immeuble. Elle n'avait même pas réussi à le remercier. Elle avait le sentiment que sa vie était finie, que plus personne ne rechercherait sa compagnie.

— Blanche… gémit-elle. Tu veux bien me faire un lait de poule ?

— Si tu te lèves, répondit sa vieille amie, impitoyable.

Elle se rapprocha du lit.

— Rosine, ma belle, tu ne feras pas revenir Eugen en restant cloîtrée dans ta chambre. C'est la loi du métier, seuls les plus forts survivent. Le pauvre Eugen était un faible, nous l'avons toujours su.

— Justement ! J'aurais dû…

D'un geste preste, Blanche lui releva le menton.

— Pas de larmes. Lève-toi, et viens admirer le superbe bouquet qui a été livré pour toi. Eloïse te réclame.

— Il n'y a pas de lettre pour moi ?

Le regard de Blanche s'assombrit.

— Non, monsieur Royer n'a pas daigné t'écrire. Ni t'envoyer des fleurs, d'ailleurs. Tu sais ce que je pense de lui…

— Je sais, oui, soupira Rosine.

Blanche avait toujours considéré Patrice comme un profiteur. « Un souteneur, avait-elle précisé un jour à Rosine. Il se sert de toi sans débourser un sou. Je t'aurais crue plus intelligente... »

Comment Blanche aurait-elle pu comprendre ? Patrice avait été son premier amant parisien, il l'avait aidée par ses conseils et ses échos dans *Le Chroniqueur*.

Et puis, c'était Patrice... Le seul qu'elle aurait pu aimer.

Les larmes nouèrent sa gorge. Depuis son séjour à Saint-Lazare, elle pleurait pour une vétille. Elle se leva, enfila son peignoir favori, d'un bleu turquoise qui lui flattait le teint, recula d'un pas en contemplant son reflet dans la psyché. Elle était blême, des cernes bleutés soulignaient sa peau fine.

— Blanche, tu me convoques mon coiffeur et mademoiselle Berthe, ordonna-t-elle. Il est temps de remonter en selle.

— Plus que temps, approuva son amie avec un large sourire.

Chaque après-midi, le bois de Boulogne était le rendez-vous incontournable du monde et du demi-monde. Pour son retour sur la scène publique, Rosine s'était entièrement habillée de noir – n'était-elle pas veuve ? –, un noir qui, par le jeu de la dentelle de Calais, laissait voir la peau blanche de sa gorge et de ses bras.

Elle conduisait elle-même son coupé bleu foncé, capitonné de satin lilas. Son arrivée allée des Acacias suscita la curiosité des promeneurs.

Plusieurs soulevèrent leur chapeau pour la saluer. Elle leur répondit d'un demi-sourire évocateur. Elle s'amusa à remonter deux fois l'allée, pour se faire voir et reprendre confiance en elle. Et oublier Saint-Lazare, l'humiliation imposée par l'odieux médecin, le silence de Patrice…

Un cavalier la suivait. Faisant comme si de rien n'était, Rosine immobilisa son équipage devant le pavillon d'Armenonville. Un valet se précipita, l'aida à descendre. Le cavalier s'arrêta à sa hauteur. Son couvre-chef à la main, il s'inclina légèrement.

— Madame… me permettez-vous de vous offrir un rafraîchissement ?

Elle accepta d'un sourire après avoir noté la qualité de ses vêtements. Il pouvait avoir une quarantaine d'années, portait encore beau avec ses moustaches bien taillées et ses mains manucurées. Rosine accordait beaucoup d'importance aux mains. Elle se souvenait de celles de son père, calleuses, aux ongles noircis par les travaux des champs.

L'inconnu et elle s'installèrent en terrasse sous les regards intrigués des autres clients. Rosine savait que Paris en parlerait le soir même.

Patrice le saura, pensa-t-elle. Peu lui importait, au fond. Elle avait besoin d'un nouveau protecteur.

Ils devisèrent théâtre et peinture. Son interlocuteur se présenta : Vincent Dedieu, industriel. Quels étaient les revenus d'un industriel ? se demanda in petto Rosine, qui aurait préféré un aristocrate ou un propriétaire foncier. Cependant, Vincent Dedieu était un homme direct, même s'il connaissait les usages. Il n'aimait pas perdre son temps. Il le lui dit, sans trop de précautions oratoires. Pareille franchise méritait la réciproque : Rosine énonça un prix élevé que l'industriel accepta sans ciller.

— J'aime mon confort, je vous emmène à mon appartement du Crillon, décida-t-il.

Ils partirent tous deux dans le coupé de Rosine.

— Etonnez-moi, suggéra-t-il lorsqu'ils furent seuls dans la chambre.

Il parut sensible aux dessous de Rosine, couleur lilas, à la broderie figurant sur chacune de ses jarretières, à la date du jour : *Mardi*.

Ce détail le fit sourire, détendant l'atmosphère. Les rideaux étaient tirés sur la journée ensoleillée, le lit presque aussi accueillant que celui de Rosine. Elle avait du talent, et l'art de faire perdre la tête aux hommes. Vincent Dedieu, de son côté, bon amant, apprécia ses caresses. Ils se séparèrent satisfaits l'un de l'autre et Rosine regagna son appartement de meilleure humeur. Allons ! se dit-elle. Tout n'est pas perdu.

A peine était-elle rentrée qu'on sonnait à sa porte. Roger introduisit Paul-Henri de Rivier alors que Rosine ôtait ses gants en chevreau et son chapeau. Il marcha sur elle en brandissant *Le Chroniqueur*.

— Je vous emmène, lança-t-il sans même la saluer.

Elle écarquilla les yeux.

— Paul-Henri ! Que vous arrive-t-il ?

— Lisez ! jeta-t-il, lui tendant le journal ouvert à la page des échos.

Elle saisit le quotidien, entrevit un cliché la représentant en robe du soir, lut le gros titre : *GRANDEUR ET DÉCADENCE.* Une angoisse lui broya le cœur. Non ! pensa-t-elle. Pas ça ! Elle poursuivit sa lecture avec fébrilité :

La Lionne aux violettes nous avait accoutumés à des surprises plus agréables. Chassez le naturel… Née dans le ruisseau, Rosine Barelli, qui a acquis on devine comment son titre de baronne, y retourne de temps à autre. On apprend de source sûre qu'elle vient d'être incarcérée à Saint-Lazare, d'où elle est sortie grâce à l'entregent d'un riche protecteur. Parviendra-t-elle à se remettre d'une telle déchéance ? On en doute fort.

Les yeux pleins de larmes, elle aperçut la signature : *Patrice Royer.*

C'en était trop pour elle, la trahison était abjecte. Sous le choc, elle se laissa tomber sur une bergère.

— Comment a-t-il pu ? souffla-t-elle.

Lui, à qui la liaient douze années d'amour et d'amitié. Elle devinait, bien sûr, qu'il avait dû céder aux exigences de Thémis, qu'il dépendait d'elle, de sa fortune, mais rien n'excusait une telle trahison. Il savait beaucoup de choses sur elle. Allait-il se livrer à de nouvelles révélations par la suite ? Evoquer Eloïse ? Elle tourna un visage ravagé vers Paul-Henri.

— Que dois-je faire ?

— Quitter Paris sur-le-champ si vous ne voulez pas que les journalistes se pressent à votre porte et vous harcèlent de questions embarrassantes. Ils vont flairer le goût du sang. Donnez vos ordres à vos gens, je ferai venir par la suite votre nièce et votre tante. Pour le moment, nous filons.

Trop choquée pour protester, elle obéit. Blanche approuva sa décision. Eloïse se trouvait au Louvre en compagnie de monsieur David. Toutes deux la rejoindraient dès que Paul-Henri les ferait chercher.

— Où allons-nous ? s'enquit Rosine alors qu'elle grimpait dans le phaéton de Paul-Henri.

— A Bougival. Personne ne viendra vous chercher là-bas.

Elle acquiesça, la tête vide.

16

1893

— Je m'ennuie ! lança Rosine à la cantonade, en contemplant le parc par la fenêtre de sa chambre.

L'endroit, pourtant, était superbe. Il s'agissait d'une « folie » bâtie au XVIIIe siècle, quelques décennies après la construction de la machine de Marly. De proportions parfaites, la demeure d'été des Rivier dominait un jardin à l'anglaise descendant vers la Seine. Le site était empreint de charme mais, pour Rosine, il avait l'inconvénient majeur d'être éloigné de tout. Elle avait le sentiment d'étouffer, à la campagne ! Si Blanche partageait son avis, Eloïse, pour sa part, était ravie. Elle avait reçu de Paul-Henri l'autorisation de puiser à volonté dans la bibliothèque de la maison et passait son temps à lire.

Une vie un peu étrange, en marge, s'était organisée à la Foresterie. La disparition soudaine de

Rosine avait provoqué des interrogations jusqu'à ce qu'un nouveau scandale fasse la une des journaux parisiens. Paul-Henri lui apportait la presse sans la commenter. Il s'était montré prévenant, attentif au moindre de ses désirs. Si seulement elle avait pu l'aimer ! Elle éprouvait pour lui de la reconnaissance, une certaine affection, rien de plus. Paul-Henri était trop éloigné d'elle. Il ignorait ce qu'était la misère, ou la faim. Comment aurait-il pu savoir ce qu'elle ressentait ?

Il approchait de la quarantaine, menait une vie des plus agréables entre le Jockey Club, les courses hippiques auxquelles il faisait participer deux de ses meilleurs chevaux, issus du haras familial dans le Vexin normand, était présent aux grands rendez-vous de la vie mondaine parisienne. Eprouvait-il de la pitié pour elle ? Rosine ne supportait pas cette idée. Elle désirait retourner à Paris, tout en appréhendant le moment où il lui faudrait affronter le monde. Elle n'avait pas pardonné sa trahison à Patrice Royer. Celle-ci l'avait blessée plus encore que le rejet d'Emmanuel Moulins, treize ans auparavant. D'abord, Emmanuel n'avait été qu'une amourette, ils n'étaient pas liés par une solide amitié comme Patrice et elle, et par tant de souvenirs en commun.

Patrice l'avait aidée à conquérir Paris. Pour quelle raison l'avait-il poignardée dans le dos ? Il lui semblait qu'elle ne trouverait pas la paix tant qu'elle ne se serait pas expliquée avec lui.

Rosine s'enveloppa d'une cape et sortit de sa chambre. La gouvernante la salua d'un sourire indéfinissable. La Lionne aux violettes avait l'impression qu'elle se moquait d'elle. Son comportement était à la limite de l'insolence, mais elle ne discutait pas ses ordres. Avait-elle lu elle aussi l'article du *Chroniqueur* ? C'était fort possible ! Rosine haussa les épaules. Elle ne se sentait pas chez elle à la Foresterie et supportait de plus en plus mal ce qu'elle appelait sa « retraite ». Certes, Paul-Henri lui avait rendu un fier service, mais elle ne voulait à aucun prix dépendre totalement d'un homme.

Elle franchit le seuil de la demeure, prit une longue inspiration depuis le perron. Elle descendit l'allée principale à petits pas pressés, heureuse de sentir le gravier crisser sous ses pieds. Un jardinier taillait les buis. Il la salua en ôtant son chapeau. Elle l'enveloppa d'un regard appréciateur. Plutôt bel homme, jugea-t-elle, détaillant la silhouette bien découplée, les mains larges et puissantes. Ses joues rosirent. Brusquement, elle avait envie de cet inconnu, là, une rencontre charnelle dans les communs, sans lendemain, juste pour se prouver qu'elle pouvait encore plaire et séduire.

Elle se détourna. Il lui était impossible d'infliger ce camouflet à Paul-Henri !

Elle poursuivit sa marche, franchit les grilles du parc, se dirigea vers la Seine. Le ciel clair, la douceur ambiante incitaient à la promenade. Face aux peupliers, elle ferma les yeux durant quelques instants, imaginant les champs de violettes à Tourrettes. Elle n'avait pas de nouvelles de son frère depuis plusieurs semaines. Il avait dû se casser le nez à la porte de l'appartement de l'avenue de Villiers, les serviteurs ayant ordre de ne rien révéler à son sujet. Cependant, Luigi finirait bien par découvrir sa trace, il parvenait toujours à ses fins. Ne pas penser à Luigi, se dit-elle. Il lui avait déjà suffisamment extorqué d'argent.

Elle accéléra le pas pour se rapprocher de la berge. L'endroit était paisible. Des saules pleureurs s'inclinaient au-dessus de la Seine, conférant au site un charme empreint de sérénité. Oublier les obligations mondaines, s'établir par ici... songea-t-elle. Elle aimait à caresser ce rêve, tout en sachant qu'il s'agissait seulement d'un rêve. Elle avait son train de maison, un rang à tenir, Eloïse à élever... Impossible pour elle de faire marche arrière, d'autant qu'elle avait besoin d'un protecteur. C'était la règle en cette fin de siècle, la vie qu'elle s'était choisie le jour où elle avait voulu prendre sa revanche sur des personnes comme les Moulins.

Elle s'essuya les yeux. Depuis « l'affaire », elle était très émotive, sujette à des crises de larmes, ce qui ne lui ressemblait pas. Blanche la mettait en garde : « Fais gaffe, ma jolie ! Tu vas devenir une bourgeoise qui a ses vapeurs. Tout ce que les hommes détestent ! » Là encore, elle savait qu'une courtisane se devait d'être toujours d'humeur enjouée et de ne jamais montrer ses états d'âme. Sinon, pourquoi les hommes fortunés les auraient-ils recherchées ?

Le soleil jouait à cache-cache avec le feuillage. De nouveau, la jeune femme songea à ses collines, aux parfums, violettes, jasmin et roses mêlés, éprouva une nostalgie douce-amère. Elle aurait aimé qu'Eloïse connaisse le pays grassois, tout en sachant que ce n'était guère possible. Elle s'y ferait traiter de bâtarde alors qu'à Paris la grande ville lui offrait un certain anonymat. Eloïse et elle entretenaient des relations assez curieuses. L'une et l'autre étaient peu démonstratives. Eloïse avait tout ignoré des câlins et, désormais, les livres constituaient ses meilleurs amis.

Rosine, quant à elle, se sentait toujours coupable d'avoir abandonné son enfant, ce qui l'empêchait de se laisser aller à une tendresse envahissante. Elle n'était pas femme à s'appesantir sur le passé, d'autant qu'elle n'y pouvait rien changer, mais elle avait remarqué les cauchemars récurrents d'Eloïse durant ses premiers mois avenue de Villiers. Elle pressentait que sa fille avait horriblement souffert au cours de ses placements successifs et le supportait mal.

Dans le but de se racheter, elle gâtait Eloïse, ce qui faisait grogner Blanche.

« La vie n'est pas un sucre d'orge, tu es bien placée pour le savoir ! Si tu ne sais rien refuser à cette gamine, elle en pâtira plus tard. »

Mais, dès qu'il s'agissait d'Eloïse, il était impossible de raisonner Rosine.

Assis sur un tabouret pliant, un peintre croquait à larges traits la berge opposée, ainsi que la silhouette d'une bâtisse couverte de vigne vierge. Rosine s'approcha, intriguée. L'art l'intéressait depuis le jour où sa fille l'avait entraînée au Louvre. Des artistes cotés comme Helleu ou Gervex n'avaient jamais réalisé son portrait, mais peu lui importait. Elle préférait les paysages.

Se sentant observé, le peintre se retourna et la salua d'un bref signe de tête. Rosine eut le temps d'entrevoir des yeux verts, un visage aux traits marqués, au nez busqué. Il l'enveloppa d'un regard acéré et se pencha à nouveau sur sa toile. Attirée presque malgré elle, Rosine se rapprocha du peintre.

— Puis-je regarder ? s'enquit-elle.

Il prit son temps pour répondre.

— A votre guise. Ce n'est qu'une première esquisse.

Par la suite, Rosine ne parviendrait jamais à expliquer ce qui l'avait attirée dans la peinture de Jakob Straenen. Elle avait éprouvé une émotion, une sorte de coup de cœur pour cette explosion de couleurs ocre, jaune et verte. Ce tableau n'avait rien de commun avec les œuvres d'art qu'elle avait vues jusqu'à présent. Et le peintre l'intéressait grandement.

17

1893

Le soleil jetait des taches dorées sur le parquet ciré. Il était au moins dix heures, songea Rosine, habituée à se lever tard. Elle lança un coup d'œil à l'homme qui se tenait à ses côtés, réprimant de justesse le désir de lui ébouriffer les cheveux. Elle l'aimait, bien qu'elle n'eût guère d'expérience en ce domaine.

Elle s'était servie des hommes jusqu'à présent, avait été profondément blessée par le rejet d'Emmanuel et la trahison de Patrice. Elle s'était promis de ne plus tomber amoureuse. C'était compter sans Jakob Straenen, peintre venu de Suisse. Leur première rencontre, en bord de Seine, avait suscité en elle le désir de le revoir, de mieux le connaître.

Elle était revenue le lendemain, et ils avaient échangé quelques mots. Elle était rentrée définitivement conquise. Deux jours plus tard, ils se promenaient tous deux le long du fleuve, évoquant les œuvres de Sisley et de Monet, qui avaient travaillé eux aussi à Bougival. Elle était restée sur une prudente réserve, ne dévoilant que son prénom. Elle aurait voulu recommencer sa vie pour lui, effacer son passé, revenir en arrière.

« L'amour... la pire chose qui puisse arriver à une horizontale ! » lui avait asséné Blanche un jour. Elle savait de quoi elle parlait, ayant été en partie ruinée par un charpentier aux yeux bleus. Dieu merci, elle n'avait pas encore eu vent de l'existence de Jakob, et Rosine tenait à la dissimuler le plus longtemps possible.

Cependant, cette première nuit passée en sa compagnie à l'auberge des Glycines risquait fort de tout gâcher. Rosine s'était enfermée dans sa chambre à la Foresterie et était sortie par la porte de service. Elle avait ensuite rejoint le peintre, qui l'attendait de l'autre côté du mur d'enceinte. Ils étaient allés dîner à l'auberge, de la charcuterie et de la salade. Elle avait mangé avec un bel appétit, questionné Jakob sur sa région natale. Elle aimait aussi l'entendre parler avec son léger accent de son art. Lorsqu'il évoquait ses tableaux, elle avait l'impression qu'il embrassait le monde à pleines mains. Son enthousiasme, sa fougue étaient contagieux. Au contraire de Paul-Henri, qui la laissait indifférente quand il lui parlait de ses chevaux.

A l'issue du dîner, il lui avait proposé d'aller faire quelques pas.

« J'aimerais vous peindre. Je suis sûr que votre peau prend merveilleusement la lumière.

— Jugez sur pièce ! » avait-elle crâné.

Elle avait envie de lui. Envie de sentir ses mains sur sa peau, de le faire gémir sous ses caresses. Elle n'avait pas éprouvé ce désir depuis des lustres. Il l'avait entraînée au-dehors après avoir jeté quelques pièces sur la table, l'avait embrassée avec fièvre derrière les communs de l'auberge. Les jambes tremblantes, Rosine s'était demandé ce qui lui arrivait. Elle avait trente ans, eu des dizaines d'amants, et se sentait bouleversée, « tourneboulée », aurait dit Blanche, comme une gamine. Lorsqu'il lui avait proposé d'une voix légèrement enrouée de l'accompagner jusqu'à la chambre qu'il occupait quelques centaines de mètres plus loin, elle n'avait pas dit non. Elle n'avait pas accepté non plus, elle était trop émue pour parler. Elle s'était contentée de glisser sa main dans celle de Jakob et c'était pour elle plus qu'un accord tacite. Comme une promesse de bonheur.

A présent, après une nuit passée à explorer la carte du tendre dans ses bras, elle avait le doux sentiment d'être… régénérée. L'amour avec Jakob avait été intense et sensuel, profondément. Il n'avait pas d'exigences particulières, contrairement à nombre de ses amants. Blottie contre lui, elle s'était sentie revivre. Ils avaient dérivé une bonne partie de la nuit, accrochés l'un à l'autre, incapables de se séparer. Elle se rappelait qu'il lui avait demandé au petit matin si elle croyait au destin, et elle avait esquissé un sourire teinté de mélancolie. Quelle serait sa réaction lorsqu'il apprendrait qu'elle était une courtisane ? Elle ne voulait pas le lui avouer. Pas maintenant. Ne pas gâcher cette chance de bonheur. De toute manière, leurs chemins se sépareraient bientôt, il ne pouvait en être autrement.

Elle avait attrapé ses vêtements éparpillés sur le parquet, s'était rhabillée avec une délicieuse impudeur parce qu'elle devinait son regard fixé sur elle.

Il l'avait attirée vers lui alors qu'elle se penchait pour attacher ses bas.

« Viens là... Je vais te croquer ! »

C'était si bon d'oublier tout le reste, et jusqu'à Patrice... Si bon de s'abandonner à ses caresses de plus en plus exigeantes, de s'unir à lui...

Le clocher du village sonna onze coups. Rosine s'arracha des bras de Jakob.

— Je dois rentrer... On va me chercher partout.

Elle inventa une parenté avec les Rivier, balbutia des excuses. Elle devait rentrer. Elle s'enfuit... « comme Cendrillon », avait-il dit.

Ce matin-là, elle eut de la chance. Paul-Henri n'était pas revenu à la Foresterie. Elle se glissa dans sa chambre, fit tourner le verrou avant de faire chauffer l'eau pour son bain.

— On dirait une chatte qui vient de goûter un pot de crème, lui fit remarquer Blanche venue aux nouvelles.

Les joues roses, les yeux brillants, Rosine resplendissait. Elle ne fit pas de commentaires, ni de confidences. Elle s'enferma dans la salle de bains en interdisant qu'on la dérange.

Au déjeuner, elle fit honneur au repas, se montra d'excellente humeur. Eloïse avait besoin de son avis au sujet de la dernière pièce à la mode.

— Comme Paris me semble loin, tout à coup ! lui répondit sa mère sous le regard médusé de Blanche.

Cette fois, c'était sûr, il y avait bel et bien anguille sous roche !

18

1894

C'est bien joli, l'amour, mais ça ne fait pas bouillir la marmite ! se dit Rosine en faisant l'inventaire de ce qui lui restait pour terminer le mois.

Comme souvent pour elle, sa vie avait basculé rapidement. Le jardinier avait dénoncé ses escapades à Paul-Henri, qui, revenu à l'improviste, l'avait surprise rentrant dans sa chambre au petit matin. Il n'avait rien voulu entendre. A l'en croire, il avait déjà fait preuve de beaucoup de patience mais, après tout, pouvait-on espérer la fidélité d'une fille qui vivait de ses charmes ?

Profondément blessée, Rosine avait annoncé qu'elle partait.

« Nuance, ma chère, avait répliqué Paul-Henri. C'est moi qui vous chasse ! »

Une heure plus tard, Rosine, Blanche et Eloïse se retrouvaient au pied du perron, avec leurs bagages à leurs pieds.

« Je vous laisse un mois pour libérer l'appartement de l'avenue de Villiers ! » avait tonné Paul-Henri.

Le tout sous le regard narquois de la domesticité. Ça n'en finira donc jamais ? avait alors pensé Rosine. Tout au long de sa vie, elle passerait de l'opulence à la misère.

« Tu es fière de toi, j'espère ? avait lancé Blanche. Tu avais tout et tu as tout gâché… Pourquoi ? »

Rosine était trop furieuse pour répliquer. D'abord, il fallait trouver un moyen de rentrer plaine Monceau. Même si son temps avenue de Villiers était compté.

Elles avaient marché jusqu'à la gare. Bougival s'enorgueillissait d'une ligne de chemin de fer. A peine rentrée à Paris, Rosine avait écrit à Jakob une longue missive, avant de la déchirer. Il valait mieux le voir, elle n'avait jamais été à l'aise avec une plume et du papier. Il lui manquait déjà. Malgré la précarité de sa situation, elle ne pensait qu'à Jakob. Elle était dorénavant indifférente au luxe qui l'entourait. Etait-ce possible ? Qu'était devenue la petite cueilleuse de violettes désireuse de prendre sa revanche sur le monde ? Elle n'écoutait même plus les reproches de Blanche, elle prêtait à peine attention à sa fille. Elle avait besoin des bras de Jakob, du contact de sa peau contre la sienne.

Elle se prépara avec soin, écarta toute toilette tapageuse. Elle n'avait pas l'intention de revoir Jakob en tant que Lionne aux violettes mais comme Rosine Barelli. L'heure était venue pour elle de tomber le masque. Elle se voulait sans fard.

Blanche manqua s'évanouir en la voyant prête à partir vêtue d'un tailleur de tussor ivoire, portant un simple sac de voyage en tapisserie. Elle comprit aussitôt.

— Rosine ! J'espère que tu vas renoncer à cette idée complètement stupide…

La jeune femme haussa les épaules.

— Tu peux me raconter ce que tu veux, tu ne me feras pas changer d'avis. Je vais le voir, et tout lui expliquer. Ensuite… ma foi, je verrai bien. Mais il n'est pas possible pour moi de laisser filer ma chance…

— Ta « chance »… laisse-moi rire ! Un peintre sans le sou !

— Ça ne te regarde pas ! lança Rosine d'un ton sans réplique.

Elle savait qu'elle allait jouer une partie décisive et ne supportait pas que sa vieille amie intervienne dans sa vie. Elle tourna les talons et claqua la porte de l'appartement. Blanche, la main sur le cœur, se laissa tomber sur la banquette du vestibule.

— Cette petite me fera mourir ! gémit-elle.

De quoi allait-elle vivre ? Qu'allaient-elles devenir, Eloïse et elle ? Pour la première fois depuis longtemps, Blanche pressentait qu'elle ne gagnerait pas la partie. Rosine n'était pas amoureuse. Elle aimait.

Une lumière dorée baignait la Seine. Rosine osa se pencher au-dessus du chevalet de Jakob. Il avait dessiné les saules et les peupliers à larges traits et peint des à-plats de vert et de bleu foncé. Il émanait de la toile une sensation de bonheur serein.

Il releva la tête, se retourna.

— Je t'attendais ! s'écria-t-il, joyeux.

Il posa son pinceau, se leva et attira Rosine contre lui pour lui voler un baiser. Elle noua ses bras autour de son cou.

— Tu m'as manqué.

Elle ne voulait pas lui avouer qu'elle l'aimait. Un soupçon de prudence la retenait.

Tu dois être un cadeau pour lui, se dit-elle. Pas une charge.

Face à l'amour qui la submergeait, elle se sentait complètement démunie. Elle refusait de jouer avec Jakob. Elle en aurait été incapable, d'ailleurs.

Il l'écarta de lui avec douceur pour reprendre son pinceau.

— Je dois continuer, expliqua-t-il avec un petit sourire d'excuse. La lumière, tu comprends…

Elle fit oui de la tête, alla s'adosser au tronc d'un saule. Rester auprès de lui, l'observer en train de peindre, suffisait à son bonheur.

Cependant, il fallait qu'elle mette les choses au clair.

— J'aimerais te parler, reprit-elle.

Le fait de s'adresser à son dos penché lui facilitait la tâche.

Elle raconta son enfance à Tourrettes, son amourette avec Emmanuel Moulins, sa grossesse. Elle vit les épaules de Jakob se contracter à l'évocation de son accouchement dans sa mansarde. Cependant, il ne se retourna pas, ne posa pas de questions.

— Ensuite... poursuivit Rosine après avoir marqué une hésitation, j'ai eu besoin de prendre ma revanche.

Si par pudeur elle ne détailla pas la liste de ses amants, elle confia avoir eu plusieurs protecteurs qui lui avaient permis de gravir les échelons dans la société de la Troisième République.

— Mais c'est terminé, enchaîna-t-elle. J'ai rompu avec l'homme qui m'entretenait. Je suis libre. Si tu veux de moi...

Son cœur manqua un battement. Elle savait l'instant décisif. D'un seul mot, Jakob avait le pouvoir de faire basculer son destin. Elle n'avait pas de garde-fou. Il se redressa. Resta le pinceau en l'air avant de se racler la gorge.

Dis quelque chose ! pensa Rosine, aux abois. Ne me laisse pas me consumer sur place, je t'en conjure !

Elle garda le silence, cependant.

— Eh bien... fit Jakob, sa pointe d'accent se renforçant.

Il posa son pinceau, sa palette ; se retourna enfin. Ses yeux brillaient.

— Je savais déjà beaucoup de choses à ton sujet car je t'ai reconnue dès notre première rencontre, confia-t-il. J'avais lu des articles te concernant, à Paris, et les photos étaient assez ressemblantes. Mais je n'aurais jamais pensé que tu aurais assez de cran pour m'en parler toi-même.

— Tu... savais ? murmura Rosine.

Tétanisée, elle ne pouvait bouger. Le visage de Jakob était indéchiffrable.

Il reprit :

— Je te laisse libre de ton choix parce que je ne supporte pas les contraintes, quelles qu'elles soient. Si tu décides de vivre avec moi, je ne reviendrai jamais sur le passé. En revanche, si tu es incapable de mener une autre vie, nous ne nous reverrons pas. Je te veux toi, Rosine, sans partage.

De nouveau, elle inclina la tête. Une larme roula sur sa joue.

— J'ai déjà choisi, déclara-t-elle d'une voix résolue.

19

1895

Rosine détestait le samedi soir. Ce jour-là, Jakob retrouvait ses meilleurs amis peintres, Vuillard, Ranson, Sérusier ou Bonnard, chez France Ranson pour se livrer à diverses activités liées au théâtre de marionnettes. Rosine n'était pas invitée. Parce qu'ils n'étaient pas mariés, prétendait Jakob. Elle croyait que c'était plutôt à cause de son passé. La Lionne aux violettes n'avait pas sa place chez les Nabis, des « prophètes », comme ils s'étaient nommés eux-mêmes. Elle supportait cette blessure infligée à son amour-propre parce que, le reste du temps, elle ne partageait pas Jakob.

Leur relation était fusionnelle. Rosine posait pour lui, tenait leur ménage, l'accompagnait « sur le motif », du côté de Bougival ou de Vétheuil. Pour lui, elle avait renoncé à ses états d'âme, à une vie de luxe et d'apparence. Elle avait aussi sacrifié Eloïse et Blanche, préférant que les deux femmes ne partagent pas leur logis situé rue des Abbesses afin d'éviter les inévitables tensions. De toute manière, Blanche ne cherchait même pas à dissimuler son hostilité, et Eloïse caressait d'autres rêves. Elle aurait désiré passer son brevet supérieur afin de devenir institutrice. Sa mère ne pouvant financer ses études, la jeune fille travaillait comme lingère dans le bas de la rue du Poteau. Un métier qu'elle détestait et dans lequel elle avait le sentiment de s'étioler tout en gaspillant son temps. Pourtant, même si cela signifiait pour elle un changement radical de vie – encore un ! –, elle était soulagée de voir sa mère mener une tout autre existence. Elle qui aimait l'art était sensible au talent de Jakob. Homme droit, sans concessions, il ne vivait que pour sa peinture. Blanche et Eloïse se faisaient parfois la réflexion qu'il aurait dû être plus attentionné vis-à-vis de Rosine, en se gardant bien, cependant, de le lui dire.

Rosine s'était transformée en femme d'intérieur, tout en demeurant le modèle exclusif de Jakob. Elle avait eu de la peine à retenir ses larmes face au premier portrait qu'il avait fait d'elle. Elle avait toujours refusé de poser pour d'autres peintres. Avec Jakob, c'était différent. Durant les longues séances d'immobilité, elle parvenait à faire abstraction du cadre les entourant, se concentrait sur la silhouette de son amant, isolé dans son monde. Jakob ne supportait pas qu'on vienne regarder au-dessus de son épaule lorsqu'il peignait. Pour le reste, il était un compagnon agréable, disert, peu exigeant quant aux repas et au ménage. Cela valait mieux car Rosine n'était pas une excellente cuisinière, tant s'en fallait. Par chance, elle pouvait compter sur les conseils et les recettes de leur voisine, madame Caserte, une vieille dame originaire du Limousin. Grâce à elle, Rosine avait effectué des progrès notables en matière d'art culinaire et confectionnait des plats mijotés sur la cuisinière achetée aux Puces.

Leur logis comprenait un office, une pièce à vivre, leur chambre, un cabinet de toilette, un petit salon. L'atelier de Jakob se situait à deux pas, rue Lepic. Il n'était pas couru comme ceux de Carolus-Duran ou de John Singer Sargent, mais Rosine aimait son atmosphère bohème. Un poêle à bois dispensait une chaleur bienvenue. Un sofa recouvert de coussins multicolores, un paravent japonais, de lourds rideaux grenat composaient un décor hybride, mi-théâtral, mi-intime, dans lequel Rosine avait sa place. Chaque matin, le vieil Alphonse, un voisin, venait charger le poêle et donner un coup de balai. Il appelait Jakob « l'artiste » et Rosine « Madame », ce qui les amusait.

Jakob l'avait présentée à Bonnard, venu lui rendre visite rue Lepic. Elle l'aimait bien. Elle connaissait aussi le marchand de tableaux attitré de son compagnon. Lui la saluait bien bas et ne lui cachait pas son admiration, bien qu'elle ne portât plus ses toilettes spectaculaires d'antan.

Elle jeta un coup d'œil à la pendule du salon. Seulement neuf heures. Elle avait le temps de se rendre chez Blanche pour bavarder avec sa vieille amie et sa fille. Leur complicité lui manquait, cette intimité de filles qui ont partagé les bons comme les mauvais jours. Au fil des années, elle s'était rapprochée d'Eloïse. Sa fille l'impressionnait parce qu'en peu de temps elle avait engrangé plus de connaissances et de savoir que Rosine n'en aurait jamais. Elle avait la volonté de s'en sortir. Rosine ne s'inquiétait pas pour sa vertu. Elle avait compris depuis longtemps qu'Eloïse ne suivrait pas ses traces dans la galanterie, et en était soulagée. Malgré ses airs affranchis, elle était vulnérable.

Rosine s'enveloppa d'une cape et tira la porte derrière elle. Elle salua Josépha, la concierge, qui souleva le rideau de la loge à son passage et se glissa dans la nuit. Blanche et Eloïse habitaient rue du Mont-Cenis. Blanche avait des économies, ce qui lui permettait d'avoir une petite bonne. « Heureusement que j'ai été prudente », plastronnait-elle. Elle savait par expérience que la plupart des lorettes ne faisaient jamais fortune. Or, malgré sa célébrité, Rosine était davantage restée une lorette qu'une véritable courtisane. La preuve : elle avait tout quitté par amour.

Blanche somnolait dans son fauteuil à oreillettes quand on frappa à la porte. Eloïse lisait dans sa chambre, comme d'habitude.

— Entrez, la porte est ouverte ! lança Blanche.

Elle esquissa un sourire en reconnaissant le parfum de violette.

— Rosine, quelle bonne surprise ! Je pensais que tu ne viendrais plus, à cette heure. Viens vite près du poêle. Eloïse ! Ta mère est là !

Eloïse, un châle jeté sur sa chemise de nuit, apparut aussitôt sur le seuil de sa chambre. Elle vint embrasser sa mère, qui la serra contre elle.

— Ma grande, tu es glacée ! Il faut dire qu'il gèle, dehors. Tu parles d'un mois de mars !

Rosine frotta ses mains l'une contre l'autre au-dessus du poêle.

— Bois un petit verre de prune, ça te réchauffera, suggéra Blanche. Tu m'en serviras un par la même occasion.

Les trois femmes s'installèrent à proximité de la source de chaleur. Les deux aînées sirotèrent leur eau-de-vie tandis qu'Eloïse se contentait d'un verre de lait. Elle observait sa mère à la dérobée, notant son expression sereine. Rosine avait changé depuis son départ de la plaine Monceau. Certes, elle était toujours belle mais, vêtue et coiffée simplement, elle ne retenait plus l'attention comme auparavant. On l'appelait « la femme de l'artiste », sans chercher à savoir si elle était ou non mariée. Cela importait peu dans le monde de la bohème. Sauf pour les amis peintres de Jakob, pensa Rosine avec une pointe d'amertume. Elle en connaissait, pourtant, des couples qui n'étaient jamais passés devant monsieur le maire ! Il en allait ainsi pour Rodin et Rose Beuret, notamment.

Elle se rapprocha de sa fille.

— Ça va, à la boutique ?

Eloïse poussa un soupir explicite.

— Si l'on aime travailler dans une chaleur humide, avec des clientes jamais contentes, oui, on peut dire que ça va à peu près. Même si j'ai de plus en plus l'impression de ne pas être à ma place.

Rosine exhala un soupir.

— Dans ce cas, bats-toi pour accomplir tes rêves, ma grande.

Elle refusait de se laisser envahir par la culpabilité. Durant quatre ans, Eloïse avait eu tout ce qu'une fillette de son âge pouvait désirer, et peut-être même plus encore. Et puis... la roue avait tourné, Rosine avait effectué d'autres choix, l'argent avait commencé à manquer...

Eloïse esquissa un sourire teinté de mélancolie.

— Mes rêves... J'ai parfois de la peine à les définir. En tout cas, ils ne se limitent pas à la blanchisserie !

Mère et fille se mirent à rire. Blanche se joignit à elles.

— Mes enfants, je vais nous préparer un bon chocolat chaud...

Eloïse joua avec les franges de son châle. Etait-ce le moment ? Il lui semblait que oui.

— Mère... il y a longtemps que cette question me démange. Qui était mon père ?

Nous y voilà, pensa Rosine, réprimant un nouveau soupir. Elle n'avait pas envie d'évoquer l'héritier de la Fontaine aux Violettes, tout en sachant qu'elle ne pourrait esquiver éternellement la demande de sa fille. Eloïse avait le droit de savoir. Rosine avait déjà assez de remords de l'avoir abandonnée pendant près de dix ans.

— C'est une histoire banale, répondit-elle d'une voix lointaine. Tellement banale... Vois-tu, mon petit, je suis née au pays des violettes, loin d'ici, au-dessus de Nice. Mes parents avaient émigré du Piémont en compagnie de ma grand-mère. Nous étions pauvres, tellement pauvres... et je rêvais qu'un jour le monde m'appartiendrait. Je travaillais comme la plupart des autres jeunes filles pour le propriétaire du coin. Nous cueillions les fleurs à parfum, les violettes puis le jasmin, puis les roses. C'était dur, nous avions le dos cassé, mais il y avait une bonne ambiance entre nous...

Elle s'interrompit, songeant à son amie Anaïs. Elles avaient cessé de s'écrire depuis plusieurs années, certainement parce que leurs existences étaient devenues trop différentes.

— Et puis, le fils du patron m'a fait la cour, reprit Rosine. Oh, avec le recul, c'était... une situation extrêmement banale. J'ai eu le tort de croire à ses compliments, je lui ai cédé. Quand j'ai compris que j'étais grosse, je suis allée le trouver. Il m'a chassée, s'est montré grossier, insultant. Il m'était impossible de rester. J'ai juré de prendre ma revanche sur ces jeunes gens qui nous méprisent, nous, les filles du peuple.

Elle soutint le regard intrigué d'Eloïse.

— Parce que, dis-toi bien une chose, ma grande : nous sommes des filles du peuple. Personne ne nous le laissera oublier.

L'adolescente hocha la tête.

— Je sais, mère. Je l'ai compris il y a déjà longtemps.

Rosine ne lui avait pas donné le nom de son père. Elle le ferait en temps et heure ; sa fille était disposée à lui laisser cette latitude.

Elle ajouta, après avoir marqué une hésitation :

— C'est à cause de nos origines que Jakob ne t'épouse pas ?

Rosine soutint une fois encore le regard de sa fille. Elle secoua la tête d'un geste chargé de défi.

— On n'épouse pas les filles comme nous. Cela ne se fait pas.

Eugen, pourtant, avait eu assez de cran – ou d'inconscience – pour lui proposer le mariage. Mais Eugen ne ressemblait pas à ceux de sa caste.

— Moi, on m'épousera ! jeta Eloïse.

Elle voulait y croire. De toutes ses forces.

20

1896

Je n'aurais jamais dû m'attarder aussi longtemps chez Blanche, pensa Rosine en entendant sonner minuit à la basilique du Sacré-Cœur. Toutes trois avaient devisé, alternant chocolat chaud et eau-de-vie. Elle se sentait légèrement pompette. Gaie, rectifia-t-elle. Elle pressa le pas en direction du boulevard de Rochechouart. Fille de la campagne, elle avait toujours éprouvé quelques craintes la nuit en ville. De plus, depuis son arrestation et son séjour à Saint-Lazare, elle redoutait encore d'être renvoyée en prison. N'était-ce pas stupide ? Elle ne se prostituait plus et n'avait rien à craindre, mais c'était plus fort qu'elle. Saint-Lago l'avait marquée à vie. La peur était là, tapie au fond d'elle.

Elle passa devant la Gaîté-Rochechouart, s'amusant du tapage des noctambules. Elle aussi, il n'y avait pas si longtemps, s'était comportée comme si la rue lui appartenait, sans se soucier des ouvriers qui dormaient. Ce monde bruyant lui paraissait désormais étranger. Elle releva le col de sa cape, soucieuse de ne pas être reconnue. Certains échotiers faisaient encore parfois allusion à la Lionne aux violettes, mais, pour la plupart d'entre eux, elle n'existait plus. Ce qui lui convenait tout à fait.

Jakob était-il déjà rentré ? Si c'était le cas, il avait dû boire une dernière absinthe et réfléchir à son tableau en cours en l'attendant. Jakob n'était pas homme à s'inquiéter. Il lui faisait confiance.

— Rosine ?

La voix, étrangement familière, fit tressaillir la jeune femme. Un noctambule, cape au vent, canne à la main, la regardait avec insistance. En le dévisageant elle aussi, elle sentit ses joues s'empourprer. Comme s'il avait deviné son intention de lui tourner le dos, il se rapprocha d'elle à grands pas, lui saisit le bras.

— Rosine, répéta-t-il. Je t'ai cherchée partout. Où étais-tu passée ?

Renonçant à le fuir, elle lui décocha un coup d'œil acéré.

— Bonsoir, déclara-t-elle, glaciale. Vous êtes donc toujours parisien ?

Il accentua sa pression sur son bras.

— Oh ! Rosine, ne boude pas ! Ne me dis pas que tu penses encore à cette vieille histoire ! Je ne pouvais pas faire autrement, vraiment pas. Tu ne peux imaginer à quel point j'ai souffert, pour toi, pour nous. Thémis ne décolérait pas après que nous nous sommes bêtement fait surprendre dans ma garçonnière ; elle parlait divorce et...

— Et vous n'alliez tout de même pas mettre votre ménage en péril pour une fille comme moi ! conclut-elle à sa place. Une fille du ruisseau... Quand vous sortez d'un séjour horrible à Saint-Lazare, ça vous aide à remonter la pente, assurément. Et je ne parle pas du sentiment de trahison éprouvé ! Vous n'êtes qu'un sale type, Royer. Un arriviste doublé d'un lâche.

Il pâlit.

— Si tu n'étais pas une femme...

Elle se mit à rire.

— Tu m'affronterais en duel ? A l'épée ou au pistolet ? Je te tuerais avec joie. Tu ne peux pas savoir combien cela me ferait plaisir !

Il haussa les épaules. Elle remarqua brusquement les cernes plus creusés, les rides d'amertume encadrant sa bouche.

Il n'est pas heureux, se dit-elle. Mais cela lui était complètement égal, désormais.

Patrice Royer passa la main dans ses cheveux. Il paraissait las, désabusé.

— Crois-moi ou pas, je suis vraiment désolé, reprit-il. Je n'avais pas le choix, Thémis me tenait.

— C'était une sorte de mise à mort, déclara-t-elle. Belle vengeance pour une femme qui a tout. Ça manque de panache, d'ailleurs !

Il émit un ricanement sarcastique.

— Elle sait très bien qu'elle ne possède pas ta beauté ou ton charme. Elle a l'argent, c'est tout.

Plusieurs personnes sortirent du cabaret. Elles fumaient, riaient fort. Patrice entraîna Rosine à l'abri d'une porte cochère.

— Toi et moi, c'est particulier, souffla-t-il. L'amour, l'amitié... Thémis a beau faire, elle ne pourra pas m'ôter du cœur l'amour que j'ai pour toi.

Rosine éclata de rire.

— L'amour... comme tu y vas ! Drôle d'amour, qui m'a traînée dans la boue... Je ne pourrai jamais te le pardonner.

— Pourtant...

— N'insiste pas ! coupa-t-elle. J'ai changé de vie, je suis heureuse. Finalement, c'est un peu grâce à toi. Je suppose que je devrais te remercier. Je me contente de te souhaiter beaucoup de bonheur avec ta chère épouse.

Elle ne se laissa pas attendrir par son regard perdu. Elle ne lui accorderait plus jamais sa confiance.

— Adieu ! jeta-t-elle, avant de s'élancer dans la rue.

Patrice Royer appartenait bel et bien au passé.

— Tu rentres bien tard.

Jakob fumait, assis dans le salon. Il guettait le retour de Rosine depuis une petite heure et commençait à s'inquiéter. Il l'attira contre lui.

— Tu es gelée. Quelle idée de courir les rues par ce temps ! Ta fille va bien ?

— Elle réfléchit à son avenir.

Rosine se mit à rire.

— Seigneur ! A son âge, j'ignorais l'existence de ce mot ! Tu as passé une bonne soirée ?

— Nous avons refait le monde. De grands enfants rêveurs. France Ranson a dessiné les costumes destinés aux marionnettes. La routine d'un samedi soir...

Il paraissait désenchanté. Rosine devina que son tableau en cours lui causait du souci. Jakob visait toujours la perfection. Elle noua les bras autour de son cou.

— Viens, j'ai besoin de toi.

Il secoua la tête.

— Je réfléchis encore un peu aux modifications qui sont nécessaires. Tu comprends, pour moi, si je n'apporte rien au monde de l'art, ce n'est pas la peine de m'obstiner.

— Tu as tant de talent ! protesta-t-elle.

Il soupira.

— Tu le penses parce que tu m'aimes. Moi, j'ai l'impression de piétiner. Regarde... Sérusier nous a rendu compte ce soir de sa visite au monastère bénédictin de Beuron... Selon les moines-artistes, les lois de la beauté sont divines et cachées dans la nature. Seuls les artistes possédant le sens des proportions et de l'harmonie des formes pourront recevoir cette révélation.

— Vraiment ? fit Rosine, un peu dépassée.

Jakob sourit.

— Tu es comme les autres, ça te paraît obscur, non ? Tu vois, je me demande si je ne devrais pas m'installer à la campagne, en pleine nature. Définitivement.

A cet instant, Rosine éprouva un sentiment proche de la panique. Certes, elle appréciait la vie à la campagne au cœur de l'été, mais elle se voyait mal vivre tout l'hiver dans une bicoque humide des bords de Seine. Parce que, naturellement, Jakob ne se souciait pas des contingences matérielles !

Désireuse de le faire changer d'avis, elle reprit :

— Parle-moi de ton tableau en cours. Que lui reproches-tu exactement ?

Il écarta les mains, les laissa retomber sur ses cuisses.

— Tout ! gémit-il. Le cadrage, les couleurs... Rien ne va !

Rosine réprima un soupir. Elle commençait à connaître ces moments de doute et de désarroi qui minaient l'artiste.

— Veux-tu que nous descendions à ton atelier ? suggéra-t-elle. Tu auras peut-être une idée face au tableau, et puis je crains que nous ne réussissions pas à dormir cette nuit.

Elle reprit la pose après qu'il eut chargé le poêle. Il faisait froid dans l'atelier mais, en superposant les châles, Rosine parvint à ne pas claquer des dents. De toute manière, Jakob ne représentait pour l'instant que son profil perdu. Il peignit dans un silence fiévreux tandis que Rosine s'efforçait de faire le vide dans son esprit. Sa rencontre avec Patrice l'avait ébranlée. Elle ne voulait plus y songer, se préoccupant avant tout de Jakob. Quand le doute l'habitait ainsi, elle se sentait physiquement malade, prête à n'importe quel sacrifice pour lui rendre sa joie de vivre. Lorsque, enfin, il posa son pinceau, six heures sonnaient.

— Je suis rompu ! s'écria-t-il en s'étirant. Mais je trouve que c'est mieux, beaucoup mieux.

Il l'attira contre lui.

— Je ne sais pas ce que je deviendrais sans toi. Tu es ma muse, mon point d'ancrage.

Le nez contre sa veste de velours, Rosine savourait ses confidences. Elle savait qu'elle lui était devenue indispensable et aimait cette certitude.

21

1896

Comment en suis-je arrivée là ? se demanda Rosine en s'efforçant de ne pas trembler. Elle aurait désiré remonter le cours du temps, ne pas se laisser entraîner dans cet engrenage infernal. Tout était de sa faute, naturellement. Jakob l'avait prévenue, le jour où ils s'étaient installés ensemble : il ne voulait pas d'enfant. A aucun prix. « Se reproduire, ne plus être libre d'agir comme bon vous semble... brrr !!! Quelle horrible perspective ! Un enfant vous pompe toute votre énergie et guette votre mort pour récupérer les quatre sous de l'héritage. Très réjouissant, n'est-ce pas ? »

Rosine détestait que Jakob lui tienne ce genre de discours. Longtemps avant de chercher à retrouver Eloïse, elle avait pensé la même chose. Et puis, en découvrant le triste sort des enfants abandonnés, elle avait révisé son opinion. Jakob ne pouvait pas comprendre. Il ne cherchait pas à le faire, d'ailleurs. Il lui avait raconté un jour avoir coupé les ponts avec sa famille à cause de sa peinture. Son père ne lui avait pas pardonné d'avoir refusé de prendre sa succession à la tête de la distillerie familiale. Jakob avait claqué la porte, était venu s'installer à Paris. Il n'avait jamais repris contact avec les siens.

Ce côté inflexible de son caractère suscitait parfois une angoisse indéfinissable chez Rosine. Etait-il capable de lui tourner le dos à elle aussi ? Elle préférait ne pas y songer. Cependant, elle avait tenté de faire pression sur lui. Elle rêvait de plus en plus souvent d'un enfant de lui. C'était un désir irrationnel, d'autant qu'elle gardait un souvenir douloureux de sa première grossesse, mais ce désir l'obsédait. Elle approchait des trente-trois ans. C'était maintenant ou jamais, se disait-elle en observant son reflet dans la psyché de leur chambre.

Elle était encore belle. Des seins haut plantés, un ventre plat, des jambes fines, une peau très claire qui prenait bien la lumière… L'habitude des soins corporels lui avait évité la dégradation physique. Rosine attirait les regards masculins et parvenait à s'habiller sans se ruiner grâce aux adresses de Blanche. Sa fille aussi se débrouillait de mieux en mieux en couture, activité qu'elle préférait à la blanchisserie. Eloïse avait changé. Elle était plus gaie, plus chaleureuse, plus encline au bavardage. Blanche soutenait qu'elle devait être amoureuse.

« Elle est trop jeune ! » s'était insurgée Rosine avant de réaliser qu'à l'âge d'Eloïse elle était déjà mère.

Elle avait organisé sa vie entre Jakob, Blanche et Eloïse, les réunissant seulement lors de grandes occasions. Jakob n'était pas « famille », de son propre aveu. Il désirait peindre, et avoir Rosine à ses côtés. Le reste lui importait peu. Etait-ce cela le bonheur ? Rosine ne cultivait pas les regrets de sa vie antérieure, et ne s'attardait pas sur le passé. Elle avait choisi de ne pas revoir « les gens d'avant », et n'en souffrait pas. Mais elle ne parvenait pas à se défaire de ce désir lancinant de maternité. Blanche, comme d'habitude, prônait la sagesse. « Tu as la chance de mener la vie que tu as choisie. Contente-toi de ce que tu as, ma jolie ! » Blanche n'était-elle pas le bon sens incarné ? Cependant, au fond de son cœur, Rosine rêvait toujours à un petit garçon qui ressemblerait à Jakob. C'était le moment, se disait-elle. Après, elle serait trop vieille.

De plus, les œuvres de Jakob commençaient à être recherchées. Elle trouvait qu'il peignait de mieux en mieux mais, bien sûr, elle n'y connaissait rien et gardait pour elle ce genre de réflexion. D'ailleurs, si elle lui en avait fait part, Jakob l'aurait mal pris. Il ne prêtait guère attention aux critiques. Lui seul jugeait son travail. Il tentait de représenter ce qu'il éprouvait.

Eloïse fréquentait un jeune homme d'origine lyonnaise, un certain Lucien Roussel. Instituteur, il partageait avec elle la passion des livres. Ils formaient des projets d'avenir, c'était dans l'ordre des choses, mais Rosine paniquait à l'idée de devenir grand-mère prochainement. A moins de trente-trois ans ? C'était pure folie ! Elle se sentait encore jeune, pleine d'enthousiasme, était en excellente santé. Dans ces conditions, pourquoi se serait-elle privée de cet enfant qui lui faisait tant envie ?

Jakob accepterait, voulait-elle se persuader. Elle ne lui en avait pas parlé, pourtant. Il travaillait à une œuvre de grande taille pour laquelle elle posait vêtue de voiles vaporeux, dans un décor antique. « Ça fait pompier », pestait Jakob de temps à autre, et il effaçait rageusement son travail. Ce tableau était devenu un véritable cauchemar pour Rosine. Jakob en viendrait-il à bout ?

Durant les longues séances de pose, elle se gardait bien d'interrompre ses soliloques. Il parlait de combat pour l'art, de difficulté à se faire entendre, et elle souffrait pour lui. Maudite peinture ! se disait-elle parfois. Jakob créait dans le doute et la souffrance. Elle en venait à souhaiter qu'il se consacre à un autre courant, qu'il fréquente d'autres peintres...

Elle pressentait confusément ces choses, sans se sentir le droit de lui en faire part car elle n'avait aucune connaissance en ce domaine, seulement son instinct. Elle fréquentait de temps à autre le café de la Nouvelle Athènes, où elle croisait des peintres renommés comme Puvis de Chavannes ou Odilon Redon. Elle voyait aussi Victorine, une ancienne modèle, qui offrait ses croquis aux terrasses des cafés[1].

« Je l'ai bien connue dans sa jeunesse, lui avait confié Blanche. Belle fille... si l'on veut, à condition d'apprécier les maigres ! Elle a posé pour Alfred Stevens et surtout pour monsieur Manet. L'*Olympia, Le Déjeuner sur l'herbe*... c'était elle. »

Blanche disait toujours « monsieur Manet » car elle avait côtoyé le peintre aux Folies-Bergère et le considérait comme un « gentleman ».

« Pas radin pour deux sous comme Monet ! Un vrai monsieur ! »

Rosine esquissa un sourire ému. Que deviendrait-elle sans Blanche ? Depuis dix-sept ans, son amie avait toujours été à ses côtés, comme la mère qu'elle avait trop peu connue. Installée dans son logement de la rue du Mont-Cenis, entre Eloïse et Roméo, un vieux matou fauve et blanc, Blanche trouvait encore le moyen d'être tenue informée des dernières nouvelles grâce à son réseau de concierges et de commissionnaires. Par sa vieille amie, Rosine avait appris que Patrice Royer avait quitté Paris pour s'établir avec Thémis dans un pavillon à Meudon.

« Le journaliste s'embourgeoise, avait commenté Blanche. Il paraît que sa femme lui serre la bride... comme les cordons de la bourse ! Je me demande combien de temps il supportera cette situation ! »

---

1. Il s'agit de Victorine Meurent (1844-1927), modèle et peintre.

Il la supportera encore longtemps, parce qu'il est lâche, avait pensé Rosine. Le fait de s'être exprimée face à Patrice l'avait soulagée. Désormais, elle savait que son amitié avait été un leurre. Elle n'en appréciait que mieux le refus des compromissions de Jakob, même si celui-ci pouvait être difficile à vivre.

Elle gravit leurs deux étages, son cabas à la main.

La Lionne aux violettes est devenue une brave ménagère, se dit-elle le sourire aux lèvres. L'appartement était vide. Jakob avait laissé un mot sur le guéridon du salon : *Je suis chez Ranson. Je risque de rentrer tard.* Elle réprima un soupir. Pourvu qu'il ne revienne pas encore plus démoralisé ! Si elle n'avait pas su combien c'était important pour lui, elle aurait volontiers jeté au feu son dernier tableau !

Elle prépara le souper. Par la fenêtre ouverte lui parvenaient les échos de la rue. Elle aimait ce coin de Montmartre où ils habitaient. Brusquement, saisie d'une nausée, elle courut vers le cabinet de toilette. D'un coup, elle sut. C'était arrivé. Et il lui faudrait l'annoncer à Jakob.

— Tu m'as trahi.

Il ne criait pas, mais c'était encore pire. Tête baissée, il refusait de croiser son regard. Comme s'il l'avait chassée de sa vie…

— Je te l'ai dit cent fois, que je ne voulais pas d'enfant, insista-t-il. Je n'ai pas envie de me reproduire. Notre monde est assez délétère. Et les séances de pose ? Tu y as pensé ? Je vais représenter ma muse les seins lourds et le ventre déformé ? Cela n'a pas de sens ! Tu as un corps parfait, Rosine. Je ne supporterai pas de le voir abîmé par une grossesse.

— Ma première grossesse n'a pas laissé de marques.

Il éclata d'un rire furieux.

— Bien sûr ! Tu n'avais pas dix-sept ans ! Il n'en va pas de même aujourd'hui. As-tu vu madame Enguant, la marchande de quatre-saisons ? On dirait une baleine échouée. Penses-tu vraiment que je pourrai encore te désirer si je te vois dans cet état ?

Chaque phrase qu'il prononçait crucifiait Rosine. Comment avait-elle pu se tromper à ce point ? Elle avait cru, elle avait espéré pouvoir le convaincre et, finalement, elle se rendait compte que ce serait impossible. Il ne voulait pas entendre ses arguments, préférant camper sur ses positions. Il lui jeta un coup d'œil empreint d'espoir.

— Ça doit pouvoir s'arranger, non ? Je n'ai jamais eu à me soucier de tout ceci, ce sont des histoires de femmes. Mais je sais qu'il existe toujours un moyen si l'on y met le prix...

Elle aurait voulu partir en claquant la porte, lui lancer au visage qu'elle n'avait jamais avorté et n'avait pas l'intention de commencer parce que, cet enfant, elle le désirait. Cependant, elle savait qu'elle ne le ferait pas. Elle avait bien trop peur qu'il ne l'abandonne. C'était ça le problème, se dit-elle brutalement. Elle n'avait pas totalement confiance en Jakob, et il en allait ainsi pour tous les hommes. Malgré sa beauté, son assurance apparente, elle était restée la très jeune fille rejetée par Emmanuel Moulins.

Elle serra ses mains l'une contre l'autre pour les empêcher de trembler.

— Ne t'inquiète pas, tout va s'arranger, s'entendit-elle dire avec effroi.

Non ! pensa-t-elle. Je ne vais pas le faire.

Le soulagement se peignit sur le visage de Jakob. A cet instant, elle le détesta. Il l'attira contre lui d'un geste possessif.

— Je savais bien que tu serais raisonnable.

A quel prix ? se désola-t-elle, accablée.

Naturellement, elle raconta tout à Blanche dès qu'elle le put. Sa vieille amie s'emporta :

— C'est un sale égoïste ! jeta-t-elle, furieuse. Tu as tout sacrifié pour lui, qu'est-ce qu'il lui faut encore ?

Rosine soupira.

— Soit je garde mon enfant et il me quitte, soit j'avorte et je ne pourrai pas le lui pardonner. Me voici comme l'âne de Buridan, incapable de prendre une décision alors que le temps presse…

— Quitte-le !

Rosine offrit à Blanche un visage ravagé par l'angoisse.

— C'est impossible ! Je l'aime.

— Le bel amour ! grommela Blanche en remuant sa casserole.

Elle était inquiète pour sa protégée et éprouvait une angoisse diffuse. Bon sang ! se dit-elle. Rosine avait le don de tomber sur des bonshommes tordus ! Pourquoi ne pas être restée avec Paul-Henri, dont elle n'était pas éprise ? Mais non, il avait fallu qu'elle s'amourache de ce barbouilleur égoïste même pas fichu de l'entretenir ! Blanche lui aurait volontiers dit son fait mais elle avait trop peur de voir Rosine lui tourner le dos. Elle tenta de se calmer, proposa à son amie une tasse de café. Le silence pesa sur la cuisine. A bout d'arguments, Blanche posa une main apaisante sur le bras de Rosine.

— Toi seule peux choisir, lui dit-elle.

Choisir... comme si les femmes en avaient réellement le pouvoir ! Blanche avait eu la chance d'être stérile mais elle en avait vu, des femmes, jeunes, belles, insouciantes, gâcher leur vie à cause d'une grossesse non désirée. C'était toujours la même histoire... L'homme prenait son plaisir et la femme devait en assumer les conséquences.

Rosine lui adressa un sourire tremblé.

— Je sais, ma Blanche, je sais.

Le soir tombait sur la ville. Un soir poisseux de pluie qui vous étreignait le cœur. Blanche aurait voulu retenir le temps. Mais... cela aussi, c'était impossible.

22

1896

Rosine aimait toujours autant l'opéra et elle avait sauté de joie quand Jakob lui avait annoncé avoir obtenu deux places pour la représentation de gala donnée en l'honneur du tsar Nicolas II et de la tsarine Alexandra. Si seulement elle s'était sentie en meilleure forme… Après des semaines de tergiversations, elle s'était résolue à aller consulter madame Desfossés, une faiseuse d'anges qui lui avait été recommandée. Le simple fait de prononcer cette expression – faiseuse d'anges – faisait courir des frissons sur sa peau.

Tout avait été horrible, depuis le premier contact avec une femme revêche, dans un appartement où régnait une odeur d'oignons et d'éther, jusqu'à l'intervention consistant en la pose d'une sonde. Etait-ce parce qu'au fond d'elle-même Rosine refusait cette opération ? Ou bien était-elle trop tendue ? Elle avait souffert le martyre et ses gémissements lui avaient valu une mercuriale de la part de madame Desfossés : « Après le plaisir, ma jolie… Il faut savoir ce qu'on veut. Ne comptez pas sur les hommes pour réparer leurs erreurs, ce n'est pas leur affaire. »

Rosine le savait bien, et cette certitude la minait, accentuant son spleen. L'attitude de Jakob la désespérait. Il se comportait comme si de rien n'était car, précisément, il refusait de se sentir concerné par une grossesse dont il n'avait jamais voulu.

Cette sortie à l'Opéra constituait pur lui un réel effort, un cadeau destiné à Rosine. Leurs places étaient plutôt bien situées, et elle aurait apprécié le spectacle si son ventre l'avait moins fait souffrir. Pourtant, elle avait expulsé le fœtus trois jours auparavant, sur la table recouverte d'une toile cirée de madame Desfossés… Elle avait sangloté sur le chemin du retour, persuadée qu'elle n'aurait plus jamais d'enfant. Surtout, l'acte qu'elle venait de subir l'avait profondément bouleversée. Elle y pensait sans cesse, et même « La méditation de Thaïs » ne parvint pas à la tirer de son marasme. Jakob lui caressa la main. Elle lui sourit avec tristesse. Il lui faudrait du temps avant de se remettre.

Le livret éveillait en elle des échos de mélancolie. N'avait-elle pas mené une vie proche de celle de Thaïs la courtisane ? Quand celle-ci se contempla dans le miroir au début de l'acte II et lança : « Dis-moi que je suis belle et que je serai belle éternellement ! Eternellement ! Que rien ne flétrira les roses de mes lèvres, que rien ne ternira l'or pur de mes cheveux ! Dis-le-moi ! Dis-le-moi ! Dis-moi que je suis belle... », Rosine se sentit de plus en plus mal à l'aise. La douleur, fulgurante, monta en elle crescendo, comme si elle suivait le rythme de la musique.

Rosine serra la main de Jakob sans même en avoir conscience. Il lui jeta un coup d'œil intrigué ; elle le rassura d'un sourire. Cela allait. Il le fallait. Pourtant, elle ne put se mettre debout pour applaudir à la fin du spectacle. Recroquevillée sur son siège, elle tentait de surmonter la souffrance, qui la déchirait par vagues successives. Les lumières du théâtre révélèrent son teint livide. Affolé, Jakob courut demander de l'aide autour de lui. Y avait-il un médecin ? Raidie sur son siège, Rosine laissait filer une plainte continue. Quand elle se leva avec l'aide de son compagnon, elle sentit un flot de sang s'écouler d'elle. C'était tiède, presque rassurant, mais elle prit peur. Madame Desfossés n'avait pas mentionné cette éventualité.

Personne ne prêtait attention au couple perdu dans la cohue de la sortie de l'Opéra. On parlait de la cantatrice et de sa voix sublime, on évoquait la musique de Massenet, on admirait la beauté grave de la tsarine.

— Emmène-moi chez nous, pria Rosine.

Elle ne parvint pas à descendre les marches de l'Opéra. Elle sentait le sang qui continuait à s'écouler, et elle était prise de faiblesse. Affolé, Jakob héla un fiacre, en vain. Il y avait beaucoup trop de monde, on ne l'entendait pas.

— A l'aide ! hurla-t-il.

Un homme en habit répondit à son appel.

— Je suis médecin, déclara-t-il en se penchant au-dessus de Rosine.

Il chercha le pouls, se redressa.

— Cette dame brûle de fièvre et son pouls est faible. Attendez-moi, je vais quérir un fiacre.

Lorsqu'il revint, Jakob portait Rosine, qui titubait.

— Sauvez-la ! implora Jakob.

Il avait gardé un souvenir confus des heures qui avaient suivi. Parce que son atelier était plus proche, il y avait fait conduire une Rosine pâle et exsangue. Pendant que le médecin l'examinait, il avait envoyé chercher Blanche et Eloïse. Lui-même se sentait totalement démuni face à la maladie. Il chargea le poêle, sortit des linges propres de l'armoire. Le médecin, un quinquagénaire au crâne dégarni, au regard perçant, se retourna vers lui.

— Cette femme a subi un avortement, constata-t-il.

Jakob se troubla.

— Je... elle ne m'en a rien dit.

— Etait-elle enceinte ?

Cette fois, le peintre ne chercha pas à biaiser.

— En effet. Et je ne voulais pas de cet enfant.

Il soutint le regard du médecin.

— Je me refuse à devenir père, insista-t-il. C'est au-dessus de mes forces.

Le docteur Poinçonnet se contint pour ne pas l'accabler de reproches. Il exerçait depuis plus de vingt-cinq ans et supportait de plus en plus mal de constater les ravages des faiseuses d'anges.

— Le fœtus a bien été expulsé, mais pas le placenta, reprit-il, ce qui explique cette hémorragie. Bien entendu, vous allez me dire que vous ignorez tout de l'intervention subie.

— C'est la vérité ! J'avais dit à Rosine que je ne voulais rien savoir.

Il se sentit rougir sous le regard empreint de mépris du médecin.

— Vous allez la sauver, n'est-ce pas ?

Il est bien temps, pensa Edouard Poinçonnet, de plus en plus furieux.

— Je ne sais pas, répondit-il, glacial.

L'irruption dans l'atelier de Blanche et Eloïse fit diversion. Jakob s'écarta. Le médecin les salua, réclama des draps et des serviettes. Blanche lui agrippa le bras.

— C'est grave ?

Il acquiesça d'un hochement de tête.

— Si vous avez la foi, priez, madame.

La nuit s'écoula à faire boire du cordial et de l'eau sucrée à Rosine, et à changer le linge. Jakob se tenait à distance du lit et des draps souillés. Il était blême et marchait de long en large en marmonnant des mots sans suite. Effrayée par l'état de sa mère, Eloïse retenait ses larmes. Elle avait compris et serait certainement marquée à vie de voir Rosine dans cet état. La jeune femme délirait sous les effets de la douleur et de la fièvre. Assise à son chevet, Eloïse désespérait de capter son attention.

Au petit matin, son état avait empiré. Rosine claquait des dents, avait vomi à plusieurs reprises, et posait sur chacun un regard vide. L'hémorragie n'avait pu être jugulée malgré les efforts du médecin. Catastrophé, Poinçonnet se résolut à informer les proches de la jeune femme qu'elle était perdue. Jakob s'enfuit en jurant. Blanche crispa les mâchoires. Il lui fallait tenir.

— Que pouvons-nous faire pour la soulager ? s'inquiéta-t-elle.

— Couvrez-la le plus possible et restez près d'elle.

— Il n'y a vraiment rien à faire ? se révolta Eloïse.

Face au visage exsangue de sa mère, elle perdait pied. « Je ne veux pas ! » eut-elle envie de hurler. Elle ne connaissait Rosine que depuis six ans. Elles avaient manqué tant de choses ensemble ! Elle voulait lui parler de Lucien, lui demander ce qu'elle pensait de lui, lui raconter le plaisir qu'elle avait pris à la lecture du *Bossu,* lui montrer le croquis qu'elle avait réalisé pour sa robe de mariée… Pour la première fois depuis des lustres, Eloïse se laissa aller à pleurer.

— Maman… ne me quitte pas, souffla-t-elle.

Blanche, le visage fermé, les yeux secs, changeait les linges souillés. Eloïse quêta un peu de réconfort de son côté, en vain. L'une et l'autre étaient enfermées dans leur chagrin. Rosine s'affaiblissait inexorablement sous leurs yeux et elles étaient impuissantes à la sauver.

Blanche avait accumulé les couvertures et entretenait un feu d'enfer dans l'atelier. Assise près de son amie, elle réchauffait entre les siennes ses mains glacées.

— Nous nous sommes quand même bien amusées, toi et moi, chuchota-t-elle.

Elle la revoyait, à seize ans, le ventre pointant sous son châle, la beauté d'une femme, la détermination de celle qui a déjà souffert... Son cœur se déchirait. Rosine, qu'elle avait aimée comme l'enfant qu'elle n'avait jamais porté... De l'autre côté du sofa, Eloïse chuchotait. Priait-elle ? Pour dire le vrai, Blanche et Rosine ne s'étaient jamais souciées du salut de son âme.

Brusquement, Eloïse sauta sur ses pieds.

— Et si elle avait besoin d'un prêtre ?

Pas pour nous, ça ! pensa Blanche. Elle secoua la tête.

— Ça m'étonnerait qu'on en trouve un prêt à se déranger pour une femme comme Rosine. Les curés ne badinent pas avec la morale !

— Je vais voir quand même, insista la jeune fille.

Au fond d'elle-même, Blanche la comprenait. La petite était terrorisée et avait besoin d'agir, dans l'espoir de faire reculer l'inéluctable. Blanche ne se faisait plus d'illusions depuis longtemps. Eloïse partie, elle interrogea le médecin du regard.

— C'est la sonde, docteur, qui est responsable de ce gâchis ?

— Très certainement par manque d'hygiène. La septicémie a empoisonné son sang.

Il tourna la tête vers un tableau représentant Rosine. Vêtue de blanc, elle portait une couronne de violettes.

— Si belle... murmura-t-il. J'aurais tant voulu pouvoir la sauver.

Le pouls filait sous ses doigts, devenant à peine perceptible. Les larmes ruisselant sur ses joues, Blanche entonna d'une voix tremblée « Plaisir d'amour » :

— « Plaisir d'amour ne dure qu'un moment, chagrin d'amour dure toute la vie... » C'est toute notre vie de lorettes, cette chanson, monsieur le docteur. Je peux bien pleurer à présent parce que ma Rosine va passer, mais, voyez-vous, nous, nous n'avons pas le droit de verser des larmes. Le monde nous veut joyeuses et de belle humeur. A ce petit jeu, ma Rosine s'est perdue en chemin. Elle voulait un enfant de son barbouilleur... Elle n'avait pas réalisé qu'elle était celle qui aimait le plus des deux !

Le médecin ne l'écoutait plus. Penché au-dessus de Rosine, il guettait son souffle. Lorsqu'il se redressa, son regard était triste.

— C'est fini, lâcha-t-il.

Blanche inclina la tête. Elle s'essuya les yeux d'une main tremblante.

— Vous me la laissez, n'est-ce pas, docteur ? Je veux qu'elle ait un bel enterrement.

Il posa la main sur l'épaule de la vieille femme.

— Elle l'aura, je vous le promets.

LIVRE II

Eloïse

Abandonner sa chair,
c'est abandonner une partie de soi.

Mazouz Hacène

23

1897

La jeune femme se sentait un peu mieux chaque fois qu'elle se rendait sur la tombe de Rosine, au cimetière de Montmartre. Paul-Henri de Rivier, prévenu du décès de la Lionne aux violettes par un télégramme de Blanche, avait organisé d'inoubliables funérailles. Cercueil blanc, enterrement de première classe, concession acquise au cimetière, monument de marbre blanc… rien n'avait été trop beau pour Rosine, et ses obsèques avaient attiré plusieurs milliers de personnes. Jakob avait boudé la cérémonie. D'ailleurs, ce n'était pas sa compagne qui avait rassemblé autant de monde frappé par son décès prématuré, mais bel et bien la Lionne aux violettes, qui avait toujours le sourire et un mot aimable pour ses interlocuteurs.

On en avait parlé durant une semaine. Les échotiers avaient retracé la carrière de Rosine, depuis sa première apparition en 1880 jusqu'à son retrait de la vie publique. Des centaines de bouquets de violettes avaient accompagné le convoi funéraire. Blanche et Eloïse, dignes dans leurs vêtements de deuil, avaient marché jusqu'au cimetière de Montmartre. Paul-Henri, tête nue, avait cheminé à leurs côtés et Patrice Royer s'était joint à lui. Ont-ils vraiment aimé ma mère ? se demandait encore Eloïse, plusieurs mois après le drame. Elle n'avait pas revu Jakob, qui avait disparu de Montmartre.

Elle préférait qu'il en fût ainsi car elle n'aurait pu s'empêcher de lui reprocher la mort de Rosine. La disparition brutale de sa mère l'avait profondément marquée. Elle se sentait abandonnée une seconde fois. Le soir même, elle se donnait à son fiancé, Lucien, parce qu'elle avait besoin de se sentir vivante, malgré tout.

« Tu es sûre, vraiment ? » s'était-il étonné.

Lucien, instituteur, avait vingt-cinq ans. Ses petites lunettes rondes lui conféraient un air sérieux, accentué par son bouc sombre. Il paraissait plus que son âge et était très raisonnable. Trop raisonnable, estimait Blanche, qui avait la dent dure. De toute manière, aucun homme ne lui paraîtrait jamais assez parfait pour épouser celle qu'elle considérait comme sa petite-fille. Peu importait à Eloïse. L'amour, la tendresse manifestés par Lucien la rassuraient. Dans ses bras, elle se sentait à l'abri. En sécurité.

Seul bémol, il avait été muté dans un village de la région de Lyon à la suite d'une demande effectuée deux ans auparavant pour se rapprocher de sa famille. Eloïse l'accompagnerait, naturellement, mais ce nouveau changement de vie l'effrayait un peu. Tout comme l'idée de devoir quitter Blanche. A soixante-sept ans, la vieille dame n'avait rien abdiqué de son autorité. Elle avait quitté son logis au quatrième étage de la rue du Mont-Cenis pour un appartement situé au premier étage, rue Saint-Vincent. Lucien et Eloïse s'étaient chargés de son déménagement avec l'aide de Raoul, le charretier, et Blanche s'était installée avec un soulagement manifeste. Seul Roméo avait boudé durant quelques jours avant de retrouver ses marques dans le quartier.

Ce quartier, Eloïse l'avait aimé tout de suite, beaucoup plus que celui de la plaine Monceau, où elle n'avait jamais eu sa place. A Montmartre, elle connaissait les boutiquiers comme les lingères et les concierges. Elle y avait des clientes fidèles, savait où acheter son pain et ses fruits. Elle s'y sentait chez elle. Lucien ne comprenait pas ses regrets à la perspective de quitter Paris. « Nous allons tourner la page, mener une nouvelle vie », lui répétait-il. Mais Lucien était un homme. Pragmatique, allant droit au but. De plus, il ignorait certains pans de l'histoire d'Eloïse.

Elle se redressa. Embrassa du regard le tombeau de Rosine, un peu trop ostentatoire à son goût, relut une nouvelle fois l'inscription : *Rosine Barelli.*

1863-1896. Passants, priez pour elle, se signa. Elle ne savait pas si elle avait la foi, mais le fait de se conformer à un certain rituel la rassurait. Au fond d'elle-même, elle avait toujours peur. De l'inconnu, de l'avenir, des autres. Peut-être d'elle-même, aussi.

Ils auraient dû se marier à Paris, regretta Eloïse en croisant le regard hostile de la mère de Lucien. Se marier à Paris sans révéler la date, afin d'éviter tout commentaire désagréable. Au lieu de quoi, elle avait insisté auprès de Lucien pour se rendre le plus vite possible à Lyon. Elle désirait faire la connaissance de sa famille, et lui laisser le temps de s'installer avant la rentrée des classes.

Elle pensait alors que les siens les accueilleraient avec joie. Etait-ce à cause d'elle qu'on leur faisait grise mine ? Lucien lui-même, pourtant toujours maître de lui, paraissait déstabilisé. Eloïse se raidit, sans cesser de sourire. Depuis le temps, elle aurait dû avoir l'habitude... Fille sans père, et ayant eu pour mère une femme galante, elle ne constituait pas la bru idéale. Pourtant, elle se demandait comment les parents de Lucien avaient eu vent de ses antécédents familiaux. A moins que Lucie Roussel n'ait mené son enquête, auprès de membres du clergé que personne ne fréquentait dans sa famille.

René Roussel, le père, grand, le cheveu gris fer, la mine sévère, impressionnait. Son épouse, Lucie, était menue et d'apparence frêle. Mais il émanait de son regard sombre une volonté surprenante. D'après

Lucien, elle avait cinquante ans. Eloïse aurait été incapable de lui donner un âge ; elle avait le visage sillonné de rides et les mains tavelées. Une vieille femme… Du haut de ses dix-sept ans, elle-même se sentait jeune. Invulnérable.

Mais Lucie Roussel se chargea vite de lui prouver le contraire. En attendant le logement de fonction promis par la mairie, Lucien et Eloïse durent dormir à la ferme. Bien sûr, il fallait hâter le mariage, les Roussel ne tolérant pas un couple illégitime sous leur toit. C'était si ridicule, quand on savait Eloïse enceinte de bientôt sept mois ! Au bout de trois jours, la jeune femme n'en pouvait déjà plus. D'horribles souvenirs de ses placements revenaient l'obséder. Elle ne supportait pas la vie à la ferme, les odeurs de bétail, les remarques acerbes de la mère de Lucien. Paris et Blanche lui manquaient.

Le quatrième jour, elle souleva le couvercle de sa machine à coudre et s'attaqua au trousseau de Lucien. Il avait besoin de plusieurs chemises, de manchettes en lustrine noire, d'au moins trois blouses en coton. Eloïse cousait vite et bien. Elle avait installé sa machine dans la chambre qu'elle partageait avec Lucien et travaillait la fenêtre grande ouverte. Chaque fois qu'elle fredonnait une chanson, elle s'attirait les foudres de sa belle-mère. Avait-on idée de chanter pareilles âneries au milieu de l'été ? Qu'allaient dire les valets s'ils l'entendaient ? Qu'elle était une dévergondée ? Les mots sifflaient, accentuant la sensation de gêne et la colère d'Eloïse. Pour échapper aux mesquineries de sa belle-mère, elle s'enfermait dans la chambre ou bien partait effectuer de longues marches, malgré sa grossesse avancée.

Lucien devait s'absenter souvent, pour préparer sa classe et le logement. Le village où ils s'installeraient était situé sur un coteau du pays lyonnais. Dominé par un château du XVe siècle, il était pittoresque, avec ses maisons en pierres dorées, son chemin de ronde et son église romane.

Eloïse avait hâte de l'y retrouver, mais Lucien tenait à ce que l'appartement soit propre et bien aménagé pour l'accueillir. « Je désire le plus beau pour ma femme », répétait-il, et elle se sentait aimée, et respectée.

A la ferme des Roussel, Pascal, son beau-frère, s'était proclamé son guide. Il l'admirait visiblement tandis que leur mère s'obstinait à appeler Eloïse « la Parisienne » avec une pointe de mépris. Pascal lui avait fait admirer les bâtiments de la ferme et le bétail, sans se douter que la plupart des activités lui étaient encore familières. Eloïse n'avait aucune envie de révéler ce genre de détail. Elle l'avait expliqué à Blanche la veille de leur départ :

« Je désire repartir de zéro, tourner le dos à mon passé. Ça a été assez difficile pour moi, toutes ces années à me faire traiter de bâtarde, je ne veux pas que mes enfants vivent la même chose.

— Il ne faut pas juger Rosine, avait alors rappelé Blanche. Elle a agi au mieux selon les circonstances. »

Agi au mieux, vraiment ? Blanche ne pouvait imaginer toutes les avanies subies par Eloïse, et c'était certainement préférable. Mais elle se battrait pour que cela ne se reproduise pas. Même si, pour ce faire, elle devait oublier la Lionne aux violettes.

24

1900

Une brume épaisse enveloppait le village dans une gangue cotonneuse. Eloïse prit une inspiration profonde pour chercher l'air, se mit à tousser. Elle supportait de plus en plus mal le climat humide. Le médecin qu'elle avait enfin consulté sur l'insistance de Lucien avait parlé d'asthme et lui avait prescrit des poudres de plantes. Elle avait vite pris le pli de les utiliser suivant un protocole bien précis. Elle plaçait une pincée de poudre sur un dessous de tasse, y mettait le feu avec une allumette. Elle inhalait alors la fumée. En cas de crise plus forte, elle couvrait la poudre d'un cornet en papier à la pointe coupée et aspirait la fumée par le petit bout. Il préconisait aussi des séjours en altitude ou dans le Midi, mais comment auraient-ils pu se le permettre alors qu'ils avaient deux petits ?

Emma était née en 97, le jour de la rentrée. L'accouchement n'avait pas été trop long, au grand soulagement d'Eloïse. Rémi était arrivé un an après. Cette fois, la jeune femme avait peiné à se remettre. Depuis, il lui semblait qu'elle n'avait plus le même allant et elle devait souvent se forcer pour être debout la première.

Lucien avait la charge de trois classes. L'inspecteur avait vanté ses méthodes innovantes et l'avait félicité pour ses résultats au certificat d'études. Lucien, le visage empourpré, n'avait pas cherché à dissimuler sa joie. Cependant, pour qu'il puisse se consacrer à son enseignement, Eloïse le dispensait des tâches de la vie quotidienne et s'occupait à temps plein de leurs bambins. Si Emma jouait calmement avec ses poupées, Rémi avait besoin de se dépenser et piquait des colères épuisantes pour son entourage. Eloïse avait de moins en moins de temps pour la couture et, le plus souvent, ne soulevait même pas le couvercle de sa machine. Sa vie lui apparaissait parfois comme une longue succession de couches et de linge à laver, de repas à préparer, de ménage à effectuer, dans leur logement et dans la salle de classe. Toutes tâches qui ne la passionnaient guère...

Heureusement, pendant les vacances, Lucien levait un peu le nez de ses cahiers et les emmenait faire de grandes balades dans les bois environnants.

Rémi sur les épaules de son père, Emma trottinant à leurs côtés, Eloïse savourait ce qu'elle considérait comme des moments volés au travail si prenant de son époux.

Les mois passant, leurs liens s'étaient distendus avec les parents Roussel. Pour autant Lucie ne désarmait pas et manifestait à tout propos son inimitié à l'égard de sa bru. Rien ne trouvait grâce à ses yeux, et Eloïse, lassée d'essuyer ses rebuffades, avait renoncé à recevoir sa belle-famille. Le père Roussel montait une ou deux fois l'an, apportant un lapin, des pommes de son verger. Il s'accordait à peine le temps de boire un café avant de reprendre la route, mais ses visites faisaient plaisir à Eloïse. Lui l'aurait acceptée. Ce n'était pas lui qui repoussait Eloïse, c'était son épouse. En vertu de quoi ? Elle ne lui avait pas laissé la moindre chance de faire ses preuves. Cette certitude rongeait Eloïse, malgré la famille unie que Lucien et elle avaient bâtie. Elle aurait voulu... être aimée de tout le monde, même si elle savait que c'était impossible, et puéril. Elle avait en elle un insatiable besoin d'aimer, et d'être aimée.

« Tu vois, ma chérie, j'habitais ici. »

Le nez en l'air, Emma écoutait les explications de sa mère devant l'immeuble de la rue Saint-Vincent. Blanche était morte deux jours auparavant, au début de ce mois de mars. Informée par un télégramme de sa concierge, Eloïse avait emmené son aînée à Paris afin de s'occuper des obsèques de sa vieille amie. Son cœur était lourd. Une nouvelle page de sa vie se tournait, et elle avait l'impression que les derniers liens la rattachant à Rosine se défaisaient.

Les jours à venir seraient éprouvants, elle le savait et l'acceptait. En même temps, elle était heureuse de montrer son Paris à Emma. L'émotion la gagnait, Eloïse dut prendre sur elle pour ne pas laisser voir son chagrin face au cercueil de Blanche exposé dans sa chambre. Elle lui avait promis de revenir la voir et n'avait pu honorer cette promesse. La faute au temps qui passait trop vite, à l'éloignement...

Elle avait confié Emma à la concierge afin de ne pas la choquer et, brusquement, laissa couler ses larmes. A trois ans et demi, sa fille était vive et adorable. Elle attirait les regards avec ses boucles couleur de flamme et ses yeux bleus. Un amour fusionnel liait la mère et la fille, Rémi étant, lui, plus proche de son père.

Pour Eloïse, Blanche avait été comme une grand-mère, un soutien sans faille, et elles s'écrivaient chaque semaine. Le logement était bien rangé, elle reconnaissait la salle à manger, où elle se blottissait le soir près du poêle avec un livre. Rien n'avait changé et sur la table de chevet trônait toujours la photographie représentant Rosine et Eloïse.

Elle s'acquitta des formalités avec les employés des pompes funèbres. Blanche avait réglé à l'avance les frais d'obsèques. Eloïse l'imaginait bien disant : « Je tiens à ce que tout soit en règle. » Elle s'essuya les yeux. Le franc-parler, le pragmatisme de Blanche lui manquaient déjà.

Le jour de l'enterrement, elle fut surprise de constater que de très nombreuses personnes s'étaient déplacées pour suivre le cortège. Blanche était connue et estimée à Montmartre. Au cimetière, un homme barbu s'approcha d'Eloïse. Elle le reconnut seulement lorsqu'il la salua. C'était Jakob.

— Bonjour, Eloïse. Cela fait si longtemps... Il fallait que je te voie.

Elle se raidit. Elle ne lui avait toujours pas pardonné, et le lui dit.

Il hocha la tête tristement.

— Je n'ai pas fini d'expier. Je l'ai aimée, mais si mal.

Elle haussa les épaules.

— Le mal est fait, Jakob, et nous n'y pouvons rien, vous comme moi.

Il se pencha pour caresser la joue d'Emma.

— C'est ta fille ? Elle ressemble tant à Rosine...

Eloïse ne jugea pas utile de lui confier que cela lui faisait peur parfois. La beauté de sa mère ne l'avait pas rendue heureuse... Lorsqu'elle s'ouvrait de ce souci auprès de Lucien, il se récriait : « Mais tu es belle, toi aussi ! Et cela n'a pas nui à ton bonheur. » Elle ne répondait pas. Elle savait en effet que son visage mince et ses yeux noisette ne pouvaient soutenir la comparaison avec la perfection des traits de Rosine. Lucien ne l'entendait pas ainsi. Mais Lucien ne pouvait en aucun cas être comparé à Jakob. Celui-ci se redressa. Il paraissait plus âgé que ses quarante ans.

— Vos tableaux se vendent bien ?

Il haussa les épaules.

— Il faudrait que je m'y intéresse. Or, la vente ne fait pas partie de mes priorités. Heureusement, un marchand d'art se charge de ce travail pour moi, mais je ne suis pas à la mode. Désormais, c'est l'Art nouveau que l'on prise.

Elle percevait sa lassitude ainsi qu'une pointe d'amertume.

— Je n'ai plus réalisé de portrait, reprit Jakob. Seulement des paysages. Sans Rosine, ce n'était plus possible...

Elle acquiesça d'un signe de tête, trop émue pour prononcer un mot.

— Défie-toi de la passion, Eloïse.

Cette fois, Eloïse sourit.

— J'ai retenu la leçon de mon enfance.

Il sortit alors de la poche de son manteau un objet oblong emballé dans du papier marron.

— Cadeau, fit-il. Fais-moi plaisir, déballe-le quand tu seras revenue chez toi. Adieu, Eloïse.

Il s'éloigna à grands pas sous le regard perplexe d'Emma.

— Ce monsieur a l'air triste, remarqua la petite fille.

Eloïse se pencha vers elle.

— Oui, ma chérie, il est triste, et seul.

Sa conversation avec Jakob l'avait bouleversée. Son équilibre était fragile, elle le savait, et son retour à Paris l'avait ébranlé. Elle était toujours là, avec Emma, recueillie devant la tombe de Blanche, quand un vieil homme à favoris blancs s'arrêta devant elle et la salua.

— Madame Roussel… maître Jumelet, pour vous servir. Pourrez-vous vous rendre à mon étude, rue Caulaincourt… disons demain après-midi à seize heures ?

Elle acquiesça, la tête ailleurs. Elle songeait à Rosine et à Jakob. Sa mère lui manquait avec une acuité douloureuse. Elle l'avait appelée à chacun de ses accouchements, comme pour se rattacher à une lignée, à une famille, dont elle ignorait pratiquement tout.

— C'est important, insista le notaire.

Elle fut tentée de hausser les épaules. Sa mère était morte. Blanche venait de mourir. Le reste avait peu d'importance. Pourtant, elle se rendrait le lendemain rue Caulaincourt. En mémoire de Rosine et de Blanche.

25

1900

Eloïse sortit de l'étude de maître Jumelet en se sentant… différente. Grâce à Blanche, elle se retrouvait propriétaire de l'immeuble de la rue Saint-Vincent et d'un confortable portefeuille de valeurs mobilières.

« Comment est-ce possible ? » s'était-elle étonnée. Lorsqu'elle habitait chez Blanche, la vieille dame, sans être avare, ne jetait pas l'argent par les fenêtres et n'avait jamais fait allusion à un éventuel magot.

« Votre amie était économe et avait su investir son argent », lui avait répondu le notaire.

Ce qui n'avait pas apaisé les craintes d'Eloïse. Comment gérerait-elle ce capital ? Qu'en penserait Lucien ? Finalement, soucieuse de prendre le temps de réfléchir à cette nouvelle situation, elle avait demandé à maître Jumelet de continuer à gérer les biens de Blanche. Il avait accepté sans problème, lui promettant de lui adresser chaque année un compte rendu détaillé de sa gestion. Les locataires de la maison de Blanche réglaient tous leur loyer rubis sur l'ongle.

« Vous aurez un capital pour vos enfants », lui avait affirmé le notaire, et elle avait aimé cette idée. Elle avait signé les papiers nécessaires et, le cœur plus léger, avait repris le chemin de la gare de Lyon après avoir passé la nuit à l'hôtel. Une fois installée dans le compartiment, tandis que sa petite fille dormait, elle fit le point. Même si elle éprouvait toujours de la peine à l'idée de ne plus revoir Blanche, sa conversation avec Jakob lui avait fait du bien, tout comme sa rencontre avec le notaire. Eloïse la bâtarde était propriétaire… Seigneur ! Elle n'en revenait pas. Elle avait hâte de l'annoncer à Lucien. Ereintée, elle finit par s'endormir elle aussi.

Elle ne déballa le paquet offert par Jakob qu'une fois revenue dans leur logis, situé au-dessus de l'école. Rémi lui tendait les bras. Elle le câlina tout en déchirant le papier et resta muette en découvrant un portrait dont elle ignorait tout. Rosine lui faisait face. Une Rosine vêtue de mousseline ivoire tenant à la main un bouquet de violettes.

— Fais voir… lança Lucien, jetant un coup d'œil par-dessus son épaule.

Il émit un léger sifflement.

— Peste ! Comme elle était belle !

La gorge serrée, Eloïse opina du chef.

— J'avais presque oublié, dit-il.

Il fronça les sourcils.

— Si ma mère voit ce portrait, elle en fera une maladie !

Certes, le décolleté de la robe de Rosine était largement échancré, mais le tableau n'avait rien de scandaleux. A moins que Lucie Roussel ne supporte pas la beauté…

— J'accrocherai le portrait de Rosine dans mon atelier, décida Eloïse. Ta mère n'y met jamais les pieds, elle ne risquera pas d'être choquée.

Il y eut un silence. Lucien savait que l'hostilité de sa mère blessait son épouse. Il lui caressa la joue.

— Je ne puis même pas te promettre que cela s'arrangera avec le temps… Ma mère est ainsi faite, elle voit le mal partout. Ne te soucie pas d'elle.

Facile à dire ! pensa Eloïse. L'inimitié de Lucie Roussel la tétanisait, suscitait chez elle de l'appréhension et de la révolte. Comme si elle s'était retrouvée face à « Madame », qui la tyrannisait, enfant. Elle n'était pas encore parvenue à le raconter à Lucien. Un jour, peut-être…

Curieusement, elle ne lui fit pas part tout de suite de l'héritage de Blanche.

Comme si elle, la bâtarde, « la fille sans biens, sans dot », comme disait sa belle-mère, avait aimé l'idée de posséder quelque chose. Elle ne voulait rien cacher à Lucien, non, simplement, elle n'avait pas envie de lui en parler pour le moment. Il s'agissait de sa famille.

Puis la vie reprit son cours. Emma bavardait et répétait que, plus tard, elle irait vivre à Paris. Ce qui lui valait un veto paternel : « Il n'en est pas question ! » Eloïse se contentait de sourire. A trois ans et demi, Emma faisait ce qu'elle voulait de son père. Il n'y avait pas de raison pour que cela change... Leur fille passait la plupart du temps dans l'atelier d'Eloïse. Elle jouait avec les chutes de tissu, assortissait les couleurs, drapait une mousseline... Son habileté stupéfiait Eloïse. « Elle a de l'or dans les doigts », avait-elle confié un soir à Lucien.

Ce qui n'émut guère son époux. Pour lui, rien ne valait l'instruction. Son fils serait médecin ou avocat, sa fille institutrice. Ainsi en avait-il décidé. Eloïse, pour sa part, demeurait dubitative. Elle avait déjà compris que, malgré son jeune âge, Emma ne se laisserait pas imposer ses choix. Elle préférait d'ailleurs qu'il en aille ainsi.

L'année 1900 marquait comme un point d'orgue dans leur existence. Eloïse en éprouvait parfois le vertige. A vingt et un ans, mariée, mère de deux enfants, elle aurait dû être heureuse. Et, cependant, elle était sujette au vague à l'âme, à une certaine mélancolie qui s'emparait d'elle alors qu'elle ne s'y attendait pas. Au fond d'elle-même, elle redoutait toujours d'être précipitée dans la solitude et la misère affective. Comme au temps de son enfance malheureuse... Elle tenait plus que tout à sa famille, qui constituait pour elle un rempart contre le monde extérieur.

Lucien, lui, n'était pas enclin aux états d'âme. Il désirait transmettre à ses élèves ses connaissances et sa rigueur. Pour le reste, il avait toute confiance en Eloïse. Au fil des années, il avait pris ses distances avec sa mère, trop prompte à critiquer sa bru, et il se rendait moins souvent à la ferme Roussel.

Il avait acheté au printemps deux bicyclettes qui avaient changé leur vie. Au bout d'une semaine d'essais jalonnés de chutes mémorables, Eloïse avait réussi à se tenir en selle et, durant les vacances d'été, ils avaient parcouru les petites routes de la région, Emma et Rémi prenant place dans des sortes de paniers en osier solidement arrimés aux porte-bagages de leurs parents. Les premiers temps, leurs sorties avaient fait jaser, jusqu'à ce que les villageois s'y habituent.

— Que diront-ils, le jour où nous achèterons une voiture ? lança un jour Eloïse, sur le ton de la boutade.

Lucien lui jeta un coup d'œil réprobateur. Il convenait de ne pas se faire trop remarquer lorsqu'on était encore un jeune instituteur ! Il avait déjà constaté chez elle ce penchant rebelle. Provocateur, même. « Ces filles de la ville, toutes sans foi ni loi », aurait critiqué sa mère.

Lucien ne voulait pas se laisser influencer par les préjugés de Lucie même si, parfois, il se posait quelques questions. Quelle avait été l'influence de Rosine sur l'éducation d'Eloïse ? Avait-elle été marquée par le mode de vie marginal de sa mère ?

Fallait-il redouter le poids de l'hérédité ? Comme nombre de ses contemporains, Lucien avait lu avec intérêt *Les Rougon-Macquart* et s'interrogeait à propos des thèses naturalistes. Pour rien au monde, cependant, il ne l'aurait confié à Eloïse. Tous deux gardaient par-devers eux une part d'ombre, dont ils souhaitaient protéger l'autre. Leur union tenait à ce prix.

26

1914

Eloïse enveloppa d'un regard attendri la silhouette d'Emma. Elle est belle, ma fille ! se dit-elle. Au fil des années sa ressemblance avec Rosine s'était accentuée. Avec ses cheveux flamboyants, ses yeux bleu-violet et son élégance, Emma attirait les regards.

Elle avait renoncé à ses études aussitôt après avoir obtenu son certificat pour entrer en apprentissage dans l'atelier de madame Limet, une couturière lyonnaise réputée. Les doigts la démangeaient, elle créait déjà depuis plusieurs années des robes, pour ses poupées puis pour Albertine, la fille de son oncle Pascal.

Eloïse avait deviné depuis longtemps que son aînée n'était pas attirée par les études. Seule la couture la passionnait. Lucien en avait éprouvé de la déception. Pour lui, en effet, l'instruction permettait d'améliorer son statut social. Il s'était assez opposé à ses parents pour pouvoir étudier ! Sa mère, quant à elle, n'avait jamais accepté son choix.

Lucie Roussel était ainsi faite. Jamais un mot tendre, une attention. Femme dure à la tâche, elle avait élevé ses trois enfants dans l'idée qu'ils devraient se battre toute leur existence pour survivre. Le père aurait été plus attentionné, mais cadenassait ses émotions. Il était mort deux ans auparavant d'une attaque alors qu'il travaillait dans ses vignes. Lucien aimait à penser que cette mort sur sa terre lui aurait plu.

Pascal avait repris la ferme, comme cela était prévu depuis longtemps. Avec son épouse Simone et leur fille Albertine, ils y habitaient toujours. Marie-Renée, sa cadette, était employée comme vendeuse dans une épicerie lyonnaise. La mère exerçait toujours son autorité sur les siens, à l'exception de Lucien et d'Eloïse, ce qui l'exaspérait.

Au fil des années, celle-ci s'était enfin affranchie de la tutelle de la matriarche. Cela s'était fait en douceur, sans réel affrontement, parce que Lucie avait fini par comprendre que Lucien soutiendrait toujours sa femme.

Cependant, les années écoulées n'avaient pas été dépourvues de nuages. Eloïse, qui supportait de plus en plus mal l'humidité du climat, avait dû partir six mois dans un préventorium savoyard. La séparation imposée avait affecté le couple et les enfants. Percevant leur angoisse, Eloïse s'efforçait de leur écrire des lettres enjouées pour s'effondrer ensuite en larmes.

Elle avait puisé dans l'héritage de Blanche pour pouvoir se soigner et Lucien avait mal accepté son silence. « Tu me pensais peut-être capable de te voler cet argent ? avait-il explosé. Sapristi ! Tu me connais mal ! » Il leur avait fallu du temps et beaucoup d'amour pour surmonter ce différend. Le repos et le changement de climat avaient soulagé la jeune femme de ses crises d'asthme, mais tous deux savaient qu'il s'agissait d'un répit.

Eloïse évoquait parfois ce pays des violettes dont Rosine lui avait souvent parlé. A Tourrettes comme à Vence, on ignorait pratiquement le brouillard, ce maudit brouillard qui provoquait chez Eloïse des sensations d'étouffement. Au printemps 1914, mère et fille étaient parties deux semaines pour Grasse. La douceur du climat, la lumière, les parfums les avaient enchantées. Depuis leur retour, Lucien les surnommait « les Provençales », et Emma affirmait que… ma foi, elle hésitait désormais entre Paris et Grasse. C'était là une cause de discorde entre son père et elle. Emma souhaitait « monter » à Paris pour se faire connaître et Lucien lui répétait qu'on ne l'y attendait pas. Eloïse aimait la détermination de sa fille et son enthousiasme. Elle lui avait promis de la soutenir, et mettait tout en œuvre pour honorer sa promesse.

De son côté, Rémi désirait devenir jardinier. Une autre déception pour Lucien. Jardinier… Ce n'était pas un métier assez intellectuel pour lui ! Eloïse ne s'en plaignait pas. Depuis qu'il était petit, Rémi soignait les plantes, fleurissait leur balcon et avait « les doigts verts ». C'était pour sa mère un talent à sauvegarder.

— Etes-vous prêtes ? s'impatienta Lucien depuis la cour de l'école.

C'était un grand jour : ils se rendaient à l'Exposition internationale de Lyon. Et ils iraient en automobile puisque Lucien venait d'acquérir une Renault AX. « C'est une petite automobile », avait-il prévenu comme pour s'excuser, lui qui avait résisté si longtemps à la tentation.

A seize ans, Rémi, ravi, avait commencé à apprendre à conduire. Emma, elle, observait le père et le fils sans mot dire. Se laisserait-elle tenter, elle aussi, un jour ? Eloïse percevait chez sa fille une volonté d'indépendance, une force qui lui rappelaient Rosine. Elle pressentait qu'Emma ne tarderait pas à s'opposer à Lucien et redoutait ce moment, car ils étaient tous deux particulièrement obstinés. Elle chassa ses mauvaises pensées en regardant le ciel d'airain par la fenêtre ouverte. Elle tenait à profiter de cette belle journée ensoleillée.

— Quelle merveille ! répéta Emma, caressant de la main et du regard les somptueuses étoffes présentées dans le pavillon des Soies et des Soieries.

Elle avait vite entraîné sa mère vers un bâtiment monumental abritant plus de quatre cent trente mètres de vitrines, laissant Lucien et Rémi découvrir dans le grand hall les nouveautés concernant la métallurgie, l'éclairage, le chauffage, le transport avec notamment l'automobile.

Eloïse renchérit :

— Ce doit être un rêve de travailler ces tissus !

La jeune femme qui se tenait derrière le comptoir leur sourit.

— Etes-vous de la partie, mesdames ?

— Nous sommes de simples couturières, répondit Eloïse.

Elle était fascinée. De son côté, Emma imaginait le parti qu'elle pourrait tirer de ces soies et de ces velours.

— C'est si beau, souffla-t-elle.

Elle avait envie de créer, une robe, un chapeau, un manteau… des vêtements originaux qui auraient le pouvoir de transformer celle qui les porterait. Elle joignit les mains.

— Oh, maman, il faut m'aider ! Je végète chez madame Limet, je dois aller à Paris. C'est là que tout se passe, dans le domaine de la mode.

Je le savais, pensa Eloïse. Emma avait raison, elle ne pourrait percer qu'à Paris. Mais, précisément, cette perspective effrayait sa mère. Elle connaissait les dangers de la capitale. Emma était belle. Elle serait forcément confrontée à nombre de sollicitations, de pressions. Comme si elle pressentait les réticences maternelles, la jeune fille insista :

— Je suis forte, maman, tu le sais, et je ne suis pas une écervelée. Je rêve d'avoir ma propre boutique, de vendre mes créations. J'en suis capable.

Au comble de l'embarras, Eloïse tenta de biaiser :

— Je ne puis prendre seule une telle décision. Tu sais qu'il te faut convaincre ton père.

— Oh ! Tu as beaucoup d'influence sur lui. Si tu me soutiens, papa finira par céder !

— Je n'en suis pas si sûre, répondit Eloïse.

Lucien supporterait mal les réflexions, inévitables, de sa mère. Tout comme il s'inquiéterait pour Emma.

— Ce ne sera pas facile, ajouta-t-elle.

Bras dessus, bras dessous, les deux femmes quittèrent à regret le pavillon des Soies. Elles avaient rendez-vous avec Lucien et Rémi devant l'exposition coloniale, qui se composait de plusieurs parties : un pavillon colonial, des souks tunisiens, le pavillon de la rétrospective de la conquête de l'Algérie et un village sénégalais.

Lucien arborait un visage sombre.

— L'archiduc d'Autriche et son épouse ont été assassinés à Sarajevo, annonça-t-il d'un ton lugubre. Les crieurs de journaux répètent cette information à l'envi.

Emma fit la moue.

— C'est bien triste pour eux, mais nous n'allons tout de même pas porter le deuil !

— Pourtant, ce double assassinat risque fort d'avoir des conséquences dramatiques pour toute l'Europe, poursuivit son père.

Il paraissait accablé. Pourquoi fallait-il toujours qu'il prenne tout au tragique ? s'irrita Emma. Qui pouvait bien se soucier d'événements advenus à Sarajevo ? Pas elle, en tout cas !

27

1914

Je n'ai rien oublié, pensa Emma en retrouvant la rue Saint-Vincent.

Elle était profondément reconnaissante à sa mère de lui avoir permis de réaliser son rêve. Logée dans un appartement de l'immeuble légué par Blanche, Emma savait équilibrer son budget grâce à de petits travaux de couture qu'elle effectuait en soirée et le dimanche. Recommandée par madame Limet, elle avait trouvé un emploi de modiste dans une boutique de la rue de Rennes, chez Rosemonde Couture.

Chaque matin, elle partait travailler le sourire aux lèvres. Rosemonde était une vieille dame au fichu caractère mais elle n'avait pas perdu la main et auprès d'elle Emma comblait ses lacunes. Elle avait appris à utiliser les formes à chapeaux, en bois de tilleul. Celui-ci, en effet, résistait à la chaleur et ne tachait pas le feutre. Quand elle y réfléchissait, elle se disait que fabriquer un chapeau évoquait un travail de sculpteur. Il fallait d'abord créer le patron après avoir discuté avec la cliente afin de cerner ses goûts. Ensuite, armée de différents outils comme ciseaux, pinces plates, marteau, épingles, presse à vapeur, marotte, fer à coques... elle donnait forme à son modèle. Le fer à coques était utilisé pour le travail en biais du tissu lors du tirage à chaud de la matière pour l'allonger. Emma aimait particulièrement le moment où son chapeau prenait vie. Elle était fière de sa dernière réalisation, en feutre mélusine[1], ornée sur le côté d'un oiseau à tête et ailes reconstituées, aux couleurs d'automne.

Sans l'assassinat de Sarajevo, Emma n'aurait pas obtenu l'accord de son père pour s'installer à Paris. Lucien avait été si choqué qu'il n'avait protesté que pour la forme. D'ailleurs, il avait certainement compris depuis déjà un moment que sa fille s'entêterait à poursuivre son rêve. Observateur attentif de l'actualité, il redoutait les conséquences de cet attentat et prédisait des lendemains catastrophiques. Emma, ravie d'échapper à ses commentaires de la presse quotidienne, plaignait sa mère.

Comme chaque matin, elle s'habilla avec soin après ses ablutions, et fila rue de Rennes après avoir bu un bol de café et grignoté une biscotte beurrée. Elle aimait à descendre de Montmartre

1. Feutre à poils longs flottants.

en direction de la Rive gauche. Tout en marchant à pas pressés, elle réfléchissait à de nouvelles créations. Une chanson, un poème suffisaient parfois à l'inspirer. Comme nombre de Parisiens, elle avait suivi l'affaire Henriette Caillaux et songé pour son héroïne à un chapeau beige, très sobre, orné d'une voilette en gros plumetis.

Elle avait flâné à plusieurs reprises du côté de la maison de couture de Paul Poiret, s'attardant devant les vitrines. Cependant, sans pouvoir expliquer pourquoi, elle savait que, même si Poiret avait libéré le corps de la femme en supprimant le corset, ses modèles aux jupes entravées ne correspondaient pas à ce qu'elle désirait réaliser. Elle souhaitait une silhouette plus épurée, encore plus libre. Elle se taillait elle-même ses tailleurs, dans des tissus secs au beau tombé. Formée par des couturières exigeantes, elle ne tolérait aucun à-peu-près et détestait tout ce qui alourdissait la toilette.

« Ma chère, vous avez un regard quasi masculin », lui avait dit la vieille madame Rosemonde, et Emma lui avait répondu en souriant qu'elle le prenait pour un compliment. La jeune fille était portée par le désir de réussir et, pour le moment, sa famille ne lui manquait guère. Seul bémol, les inquiétudes allaient crescendo au sujet d'un éventuel conflit. Contrairement à son père, Emma refusait d'y croire. Elle fréquentait un groupe de jeunes gens rencontrés dans les jardins du Luxembourg durant la pause du déjeuner. Des cousettes, Alice

Brusquement, Emma eut peur de perdre son ami. N'était-ce pas étrange ? Ils se connaissaient depuis si peu de temps...

— Tu reviendras, n'est-ce pas ?

Elle avait besoin d'être rassurée, réconfortée.

— Embrasse-moi, reprit-elle.

A cet instant, elle le désirait, intensément. Il marqua une hésitation.

— Tu veux vraiment ?

Pour toute réponse, elle l'attira contre elle. Il lui prit les lèvres avec une délicieuse lenteur et elle se sentit fondre. Elle noua les bras autour de son cou, pressa son ventre contre le sien. Une chaleur troublante l'envahit.

— Viens... chuchota-t-elle.

Il l'entraîna vers l'arrière-boutique, poussant la porte d'un coup de talon tout en l'embrassant. Elle bascula sur un vieux fauteuil recouvert de peluche grenat et, de nouveau, l'attira à elle. Il plongea les yeux dans les siens.

— Emma... tu es sûre ? Je vais partir pour la guerre, je ne pourrai pas t'épouser tout de suite...

— Je ne veux pas me marier ! Je suis trop jeune et je tiens à ouvrir ma boutique. Mais oui, je suis sûre de moi. C'est avec toi que je veux faire l'amour pour la première fois.

Peut-être, ce disant, avait-elle le sentiment de conquérir son indépendance ?

L'aimait-elle ? Elle ne se posait pas la question. Elle le désirait. C'était différent. Il libéra ses seins du corsage à guimpe et du caraco en soie, mordilla les pointes qui se dressaient.

— Oh ! Emma, chérie, souffla-t-il.

La jupe, légèrement entravée, vola par-dessus le fauteuil. La peau très blanche entre la culotte et les bas de soie fit perdre la tête à Théo. Il la caressa, fit glisser la culotte et découvrit avec ravissement la toison humide.

— Tu es si belle… parfaite !

Elle l'écoutait distraitement, le regard vague, tout en lui caressant les cheveux. Elle brûlait de désir. A cet instant, plus rien ne comptait que son ami, si proche d'elle, et ses lèvres qui embrasaient sa peau. Elle se cambra en gémissant lorsqu'il s'enfonça en elle. Leurs regards se prirent, et cela devint une autre façon de faire l'amour, presque aussi troublante.

— Oh ! murmura-t-elle.

Théo se retira au dernier moment, provoquant la frustration d'Emma. Elle tendit la main vers lui, il secoua la tête.

— Nous ne pouvons pas prendre de risques…

Il continua de l'embrasser, cependant, et elle jouit seule, avec une intensité qui l'étonna. Il pensa qu'elle était divine, et qu'il n'oublierait jamais ces instants.

Le carillon de la porte tinta. Vite, les jeunes gens se rajustèrent, encore pleins de désir et le souffle court. Le premier, Théo peigna d'un geste de la main ses cheveux, remit en place ses lunettes et se dirigea vers le magasin. Dans sa précipitation, il n'avait même pas songé à tourner le bec-de-cane !

Il fut soulagé en découvrant son père devant les piles de livres.

— Bonjour, fils, lui dit Simon Baratier. Je venais aux nouvelles. Tu es certain d'être mobilisable ?

De toute évidence, il espérait que la myopie de son fils lui permettrait d'être renvoyé dans ses foyers.

Théo secoua la tête.

— Nous verrons bien, mais, tu sais, nous sommes supérieurs numériquement aux Allemands. Je peux fort bien tirer, avec mes lunettes…

— De grâce, ne le crie pas trop fort !

Les deux hommes se sourirent, presque timidement. Simon avait été bouquiniste avant de créer cette librairie. Par la suite, il s'était retiré à la campagne en compagnie de son épouse pour la grande œuvre de sa vie : écrire un livre.

Du bruit parvint de l'arrière-boutique. Simon, étonné, interrogea du regard son fils. Celui-ci réprima un soupir et alla chercher Emma, rhabillée et coiffée. Il la présenta à son père, qui déploya pour elle tout son charme.

La jeune femme était grave.

— Je me sauve, Théo.

Se haussant sur la pointe des pieds, elle l'embrassa au coin des lèvres.

— Prends soin de toi, surtout. Et donne-moi de tes nouvelles.

Le cœur déchiré, il la regarda partir. Quelques minutes auparavant, il la faisait gémir de plaisir... Il ne voulait pas la quitter.

Son père l'enveloppa d'un regard moqueur.

— On dirait que je suis arrivé au mauvais moment ! Sacrée belle fille ! Tu tiens à elle ?

— Je l'aime, répondit Théo sans hésiter.

Il savait au fond de lui que la réciproque n'était pas vraie.

28

1914

Pourquoi ai-je fui ? se demanda une nouvelle fois Emma, en remontant les boulevards. Elle aurait voulu rester avec Théo jusqu'à son départ, se blottir dans ses bras, humer son parfum… L'arrivée de son père avait tout gâché. Pourtant, elle n'avait rien à se reprocher. Elle était une jeune femme libre, même si les convenances la condamnaient. Quelques années auparavant, alors qu'elle lisait Rabelais, elle avait été frappée par la devise de l'abbaye de Thélème, « Fais ce que voudras ». Devise qui lui convenait parfaitement ! Excepté ce jour-là… Elle courut chercher Alice, qui habitait rue de Fleurus.

Son amie était aussi bouleversée qu'elle. Bras dessus bras dessous, elles marchèrent sans but, assommées par l'atmosphère de consternation qui pesait sur la capitale. Si quelques groupes chantaient « La Marseillaise » en brandissant des pancartes

A Berlin !, *A nous l'Alsace et la Lorraine !*, la plupart gardaient un silence accablé. Des femmes hébétées s'accrochaient au bras de leur époux ou de leur fiancé. Les hommes ne soufflaient mot. On les sentait hésitants entre l'angoisse et l'incrédulité. Comment ne pas comprendre ce qu'ils éprouvaient ? Tout était arrivé si vite !

— Mon frère est mobilisable, déclara brusquement Alice. Mes parents m'ont envoyé un télégramme d'Orléans.

— Ma pauvre Alice ! Je suis désolée…

La jeune fille haussa légèrement les épaules.

— Je suppose qu'on ne peut rien y faire. La guerre… Ma mère a tant prié pour que nous y échappions.

Sautant du coq à l'âne, elle enchaîna :

— J'irai aux obsèques de Jaurès. Tu m'accompagnes ?

— Si madame Rosemonde me donne congé, je le ferai volontiers, bien qu'il soit trop tard, désormais. En sait-on un peu plus au sujet de son assassin ?

— C'est un certain Raoul Villain. Il a fait partie de la Ligue des jeunes amis de l'Alsace-Lorraine. Et il a brisé notre dernier espoir de paix… Oh ! Regarde, Emma, que font ces gens ?

— Ils s'attaquent à un magasin ! Pas n'importe lequel, d'ailleurs. Il s'agit d'une laiterie Maggi…

— Maggi ! Mais oui, bien sûr, à cause de leurs panneaux d'affichage ! Tu sais ce qu'on chuchote : ceux-ci serviraient de repères aux avions allemands…

— Foutaises ! lança Emma.

Elle détourna les yeux du magasin saccagé. La foule applaudissait les casseurs. Cela lui fit peur. Elle pensa à Théo. Qu'allait-il affronter ? Il lui manquait déjà.

N'était-ce pas stupide ? Eloïse avait la sensation de mieux respirer depuis qu'elle était descendue du train en gare de Lyon. Elle venait à Paris pour convaincre Emma de rentrer avec elle. Lucien ne décolérait pas depuis que l'Allemagne, trois semaines auparavant, avait déclaré la guerre à la France. Il avait beau envoyer télégramme sur télégramme à leur fille, celle-ci faisait la sourde oreille. Elle refusait de quitter Paris : il n'y avait pas de danger, elle apprenait une foule de choses chez madame Rosemonde… Au fond d'elle-même, Eloïse la comprenait. Aussi s'était-elle proposée comme médiatrice.

Paris avait changé, bien entendu. L'animation habituelle, cette sensation de vivre en perpétuel mouvement étaient atténuées. En revanche, partout la population se pressait devant les kiosques afin d'obtenir les dernières nouvelles. Depuis quelques jours, les communiqués triomphants avaient marqué le pas. On commençait à manifester de plus en plus d'inquiétude. « Mauvais, tout ça », grommelait Lucien, en froissant son journal.

Eloïse alla attendre sa fille rue de Rennes en fin de journée. Elle ne l'avait pas prévenue de son arrivée, et Emma, en l'apercevant, se jeta dans ses bras avec sa fougue habituelle. Elle prit congé de ses camarades et entraîna sa mère vers le jardin du Luxembourg. Le temps était cruellement beau. Eloïse venait de se faire cette réflexion. Sous le soleil, éblouissant, les visages paraissaient tendus.

— Comment va Rémi ? s'inquiéta Emma. Et papa ?

Eloïse sourit.

— Ton père passe son temps libre à éplucher la presse et à piquer des petits drapeaux sur une carte d'état-major... Tu imagines l'ambiance à la maison ! Rémi, lui, brûle de s'engager. A seize ans !

Emma percevait le désarroi sous le ton léger de sa mère. Elle lui pressa le bras.

— Rassure-toi, maman, il est bien trop jeune.

— Tout de même... soupira Eloïse.

Elle se tourna vers sa fille.

— Mais parle-moi de toi ! Tu es heureuse à Paris ?

Emma rejeta légèrement la tête en arrière, comme si elle voulait donner la pleine mesure de son enthousiasme.

— Plus que ça ! Comme si j'avais attendu ce moment toute ma vie ! Chez madame Rosemonde, je me sens pousser des ailes. Et puis, Paris... J'aime tout, ici !

Peut-être bien un homme, aussi, songea Eloïse. Cependant, elle se garda bien de tout commentaire à ce sujet. Elle allait devoir contrarier Emma.

Une chose à la fois, se dit-elle. Déjà, profiter un peu de ce moment entre nous.

Elles marchèrent dans le jardin, éprouvant du bonheur à se retrouver, à se parler de la famille, sans trop mentionner Lucie. Puis Eloïse emmena sa fille dîner au Bouillon Chartier du boulevard du Montparnasse. C'était important pour elle, elle y était venue une fois en compagnie de Rosine et de Blanche, en avait gardé un souvenir ému.

Elles commandèrent la traditionnelle gratinée à l'oignon après avoir admiré le décor Art nouveau, avec sa verrière et ses miroirs encadrés de boiseries.

— C'est un peu bizarre, ce dîner au restaurant alors que nous sommes en guerre, fit remarquer Emma.

— Je suis si heureuse de te retrouver, ma chérie.

Soudain, Emma nota le visage plus marqué de sa mère, sa silhouette amaigrie. Elle savait qu'elle lui avait manqué. Cependant, elle ne voulait ni ne pouvait retourner dans le Lyonnais. C'était au-dessus de ses forces.

— Je devine que papa t'envoie pour ramener au bercail la brebis égarée, mais je ne quitterai pas Paris, déclara-t-elle fermement.

Eloïse sourit un peu tristement.

— N'en parlons pas pour l'instant. Mais, quelle que soit ta décision, je ne t'en voudrai pas.

Elle se rappelait avoir regretté son départ de Paris. Elle avait pensé mourir d'ennui à la ferme des Roussel, avant de recevoir la machine à coudre expédiée par Blanche.

— Goûte-moi ce champagne, suggéra-t-elle.

Les souvenirs la rattrapaient. Sa première coupe de champagne, à la Foresterie, offerte par Paul-Henri de Rivier. Rosine adorait le champagne, affirmant qu'il était son meilleur secret de beauté.

Eloïse avait surpris un jour des confidences échangées avec Blanche. Rosine évoquait des bains de champagne pris avec le prince de Galles, dans la salle de bains qui lui était réservée au Chabanais. « Une baignoire incroyable, en cuivre rouge, qui ressemblait à un bateau viking avec une sphinge en guise de figure de proue. Bertie et moi y prenions des bains de Mumm Cordon Rouge », racontait-elle. Cette confidence avait marqué Eloïse, sans la choquer. Rosine était si belle, si lumineuse, qu'il était impossible de la considérer comme une simple prostituée. Elle avait des admirateurs et des protecteurs, voilà tout.

— Je n'en avais jamais bu… glissa Emma.

C'était une autre Eloïse qu'elle découvrait. Plus vive, plus gaie, comme libérée du regard critique de sa belle-mère. De nouveau, Eloïse sourit.

— A la maison, nous avons le vin de ton oncle Pascal.

Elle ne précisa pas que Lucien aurait assimilé le champagne à une vie de débauche. Au fond de lui, même s'il s'en défendait, il se défiait de sa belle-mère courtisane. C'était la dualité du caractère d'Eloïse. Elle ne critiquait jamais le mode de vie de Rosine, par amour filial, mais devait régulièrement prouver qu'elle ne lui ressemblait pas. C'en devenait épuisant, parfois. A cet instant, elle sut.

Elle laisserait Emma libre de ses choix de vie. Elle-même avait trop souffert d'avoir dû sacrifier ses rêves.

29

1915

Un soleil insolent faisait croire au retour des beaux jours. Emma recula de trois pas pour mieux voir sa vitrine. Sur la peinture gris plume courait en filet noir l'inscription *Roussel Modes*.

Comme l'avait fait remarquer Eloïse, appelée en renfort pour l'aider à aménager et décorer la boutique, c'était sobre et chic.

— Laisse-moi te prendre en photo, suggéra Eloïse.

Sa fille avait revu sa façon de s'habiller. Elle portait une jupe bleu marine, une blouse en crêpe assorti et un spencer gris clair. Telle quelle, avec ses cheveux et ses yeux sombres, elle était elle aussi « sobre et chic ». Son petit chapeau gris, orné d'un bouquet de violettes, lui conférait la note impertinente qu'il fallait pour être dans le ton.

Dans la vitrine, plusieurs couvre-chefs offraient une palette de couleurs printanières. Une blouse marine à lavallière était négligemment posée sur une coupe de velours gris perle.

Eloïse prit la photo et pénétra à l'intérieur du magasin en compagnie de sa fille.

— Encore merci, ma maman !

Emma la serra contre elle.

— Sans toi, je n'aurais jamais pu y arriver.

Eloïse lui caressa la joue.

— C'est l'héritage de Blanche. J'ai gardé la part de Rémi, naturellement.

Son regard se voila. Son fils s'était engagé et était parti se battre, malgré leurs mises en garde. A dix-sept ans... Désormais, Eloïse imitait Lucien et guettait les communiqués. Même si tous deux savaient qu'il était impossible de se faire une idée exacte de la réalité.

Depuis la fin de l'été dernier, en effet, quand Paris avait failli tomber, les Français avaient pris conscience du fait que l'information n'était qu'une gigantesque entreprise de bourrage de crâne.

— Je suis si fière de vous deux, reprit Eloïse.

A trente-cinq ans, elle avait le sentiment de vivre une certaine plénitude. Elle était heureuse avec Lucien, et commençait à moins souffrir de ses cauchemars. Comme si elle avait fait la paix avec le passé... Si seulement cette maudite guerre pouvait s'achever !

Le carillon tinta. Une cliente, la belle quarantaine, vêtue avec une coûteuse simplicité, entra dans la boutique. Elle était intéressée par la blouse présentée en vitrine. Emma l'invita à la suivre dans la cabine d'essayage, un écrin de velours gris perle et indigo, tandis que sa mère se penchait sur les élégants sacs gris placés sous le comptoir en bois cérusé. Ils s'ornaient d'un bouquet rond de violettes, ce qui émut Eloïse.

Elle se rappelait une phrase que Rosine lui avait souvent répétée : « N'oublie pas que tu viens du pays des violettes. » Elle pensa alors à celui qu'elle n'avait jamais connu, son père, et se demanda s'il était encore en vie. Lorsque Emma et elle s'étaient rendues à Grasse, Eloïse n'avait pas osé grimper jusqu'à Tourrettes et la Fontaine aux Violettes. Elle se l'était reproché, par la suite, en se disant qu'elle avait manqué de cran.

Pensive, elle s'interrogea. Que serait-elle devenue si Emmanuel Moulins avait épousé Rosine ? Assurément, elle, Eloïse, n'aurait pas vécu cette enfance sacrifiée. Elle secoua la tête, comme pour chasser cette pensée. De toute manière, il était inutile de chercher à revenir en arrière !

La cliente sortit de la cabine d'essayage. Elle fit l'acquisition de la blouse, choisit un chapeau assorti qu'Emma posa sur son chignon blond en l'inclinant légèrement.

— J'adore ! s'écria la femme, conquise.

Elle régla ses achats, annonça qu'elle reviendrait.

Emma la raccompagna jusque sur le seuil du magasin avant de retourner auprès de sa mère.

— Tu l'as reconnue ?

Eloïse avoua son ignorance. La cliente l'avait impressionnée par son allure et sa diction au phrasé particulier, mais elle ne voyait pas de qui il s'agissait.

— C'était Cécile Sorel, maman ! La grande Cécile Sorel !

Emma était tout excitée. Eloïse répondit :

— Je ne l'ai pas reconnue. Il faut dire que, pour une fois, elle n'était pas « empanachée » !

Elles se mirent à rire, la comédienne du Français était en effet célèbre pour ses toilettes très spectaculaires.

— Nous sommes en guerre, fit remarquer Emma. Elle se rend peut-être compte que l'heure est à plus de simplicité.

— En tout cas, j'espère qu'elle reviendra !

La renommée de Cécile Sorel était telle qu'on pouvait supposer que son nouveau chapeau serait photographié.

— Je n'en reviens pas, souffla Emma.

Elle sourit à sa mère.

— C'est moi qui t'invite au restaurant, ce soir. Et non, tu ne protestes pas !

Le cadre du Lapin-Agile n'avait pas changé, on s'y sentait tout de suite chez soi, mais l'atmosphère était plus compassée que jadis. De nombreux peintres manquaient à l'appel, la guerre avait fait son œuvre. De plus, la mort de « Totor », le fils du « père Frédé », l'âme du cabaret, tué d'une balle dans la tête derrière le bar, en 1911, avait jeté une ombre de malheur sur l'ancien « cabaret des Assassins[1] ».

— J'ai connu le père Frédé quand il était propriétaire du cabaret Le Zut, déclara Eloïse d'une voix rêveuse en jetant autour d'elle un regard empreint de nostalgie.

Elle s'attendait presque à voir surgir Jakob derrière le bar. Que devenait-il ? Elle l'ignorait.

Emma ne précisa pas à sa mère que Théo l'avait emmenée au Lapin-Agile lors de sa dernière permission. Un an de guerre l'avait profondément changé.

Emma avait eu l'impression qu'il était devenu un autre homme, aux gestes plus lents, au regard éteint.

— Je vous reconnais, lui dit le serveur en leur apportant le menu. Vous êtes venue avec Théo il n'y a pas longtemps…

— Parce qu'il y a un Théo ? glissa Eloïse, amusée de voir s'empourprer les joues de sa fille.

Emma esquissa un sourire contraint.

— Ne t'emballe pas, maman. Théo est juste un ami.

Elle ne mentait pas. Ou, plutôt, pas vraiment. Tous deux menaient désormais des existences trop différentes. Marqué par les horreurs du front, Théo ne parvenait pas à les surmonter. Il lui avait raconté

1. Ancien nom du Lapin-Agile, qui s'était aussi appelé « Au rendez-vous des voleurs ».

des histoires atroces et refusait de s'intéresser à ce qu'Emma faisait de sa propre vie.

« A l'arrière, vous ne pouvez pas vous rendre compte », avait-il laissé tomber, comme une condamnation.

Tous deux suivaient désormais des chemins divergents. La peur le rendait injuste, désabusé. Cela, elle l'entendait. Mais pourquoi lui donnait-il l'impression qu'elle était en partie responsable de sa situation ? Elle ne le supportait pas.

Elle continuait de lui écrire, cependant. Une lettre par semaine, dans laquelle elle lui narrait des anecdotes du quotidien, lui faisait partager ses dernières lectures.

Il lui répondait aussitôt, se plaignait de ne pas recevoir assez de courrier.

Avec Théo, Emma se sentait perpétuellement en faute.

Elle n'avait pas l'intention de se confier à sa mère et pourtant elle le fit, juste avant le dessert. Eloïse l'écouta avant de poser une main apaisante sur son poignet.

— Ton ami me donne l'impression de souffrir beaucoup, mais tu n'es en rien responsable, ma chérie.

La guerre... Elle soupira. Elle désirait tant que cette abomination prenne fin !

Dans ses lettres, Rémi ne se plaignait pas. Jamais. Il insistait plutôt sur des faits amusants, il racontait par exemple que ses camarades et lui avaient apprivoisé un chat, qui avait peur des rats !

— C'est tout Rémi, conclut Eloïse. Dénicher une fleur sur un tas de fumier… Nous avons beaucoup de chance, votre père et moi. Nous avons des enfants merveilleux.

— Maman ! Tu es partiale !

— Toujours ! acquiesça Eloïse en riant.

Elle appréciait ces retrouvailles avec sa fille. Emma était rayonnante. Sa boutique lui allait bien.

Sois heureuse, mon Emma, pensa-t-elle avec force.

30

1915

— A moi, les brancardiers !

L'appel, familier et redouté, retentit dans la nuit sombre. Les quatre hommes s'engagèrent vers l'endroit d'où provenait l'appel au secours. C'était le plus difficile : circuler de nuit, à la merci d'une balle, sans avoir reconnu le terrain au préalable.

Théo, le dernier arrivé dans le corps des brancardiers, fermait la marche. Il avait demandé à être versé dans les équipes de secours parce que sa mauvaise vue le handicapait sur le terrain. Sa demande avait été acceptée au début de 1915. Même si le travail était pénible, Théo l'appréciait davantage que son état précédent de fantassin. Au moins, il se sentait utile !

Le camarade qui le précédait glissa dans la boue, effectua un rétablissement in extremis en réprimant un juron. Des nuages voilaient la lune.

Si seulement il pouvait geler ! pensa Théo.

La pluie, l'humidité constituaient autant d'obstacles. Les poilus, comme ils se surnommaient eux-mêmes avec autodérision, souffraient énormément du froid. Leurs vêtements lourds ne parvenaient pas à sécher totalement, et le fait de vivre dans des boyaux humides vous sapait le moral.

Théo rêvait souvent d'un bon bain chaud dans lequel il aurait pu se débarrasser des puces et des poux qui leur empoisonnaient la vie.

— Par ici !

Ils étaient deux. L'un encore conscient, qui les guidait, et le second évanoui.

— Touché aux jambes, fit le premier. Un obus.

Avec d'infinies précautions, les brancardiers firent glisser le corps du blessé sur la civière. Leurs gestes étaient coordonnés. Ils s'engagèrent à petits pas glissants vers la tranchée. Théo et son compagnon transportèrent le deuxième blessé dans la toile de tente que Théo gardait en sautoir.

— Merci, les amis ! leur dit-il d'une voix chevrotante avant de s'évanouir.

Théo se raidit. Où l'homme était-il atteint ? Ne le mettaient-ils pas en danger en le déplaçant ? Eternelle question ! Il avait suivi trois semaines d'entraînement avant d'être versé dans le corps des brancardiers et lisait tout ce qu'il pouvait trouver sur les soins d'urgence mais avait conscience de ses lacunes. La première mission du brancardier consistait à ramener les blessés le plus vite possible au poste de secours.

A deux reprises, il manqua tomber dans la terre boueuse, craignit que son mouvement brusque n'accentue la souffrance du blessé. Celui-ci geignait sourdement. Une fusée éclairante illumina a giorno la scène. Les tirs d'obus allaient suivre. Les deux brancardiers pressèrent le pas. Ils ne pouvaient se protéger.

A la grâce de Dieu, pensa Théo.

L'instant d'après, il se rappela qu'il était agnostique. Tant pis ! La guerre rebattait les cartes.

Son camarade et lui parvinrent à atteindre le PS sans trop secouer leur blessé. Le major les attendait, il allait faire évacuer le fantassin touché aux jambes. Il fallait l'amputer au plus vite.

Théo serra les dents. Il ne s'habituerait jamais à cette souffrance, à ce désespoir. Leur blessé avait l'épaule brisée. Le major se chargea de lui à la lueur jaune d'une lanterne tenue par un infirmier.

— Des renforts arrivent demain, déclara-t-il.

Théo et Mathias, son collègue, échangèrent un regard entendu. L'arrivée des renforts signifiait qu'une attaque était imminente, comme le leur avait appris leur expérience. De nouveau, Théo éprouva l'angoisse familière, montant du ventre. L'offensive constituait un moment éprouvant. Certains s'efforçaient de dompter leur peur en forçant sur le pinard ou la gnôle ; d'autres, résignés, se préparaient à mourir.

Saleté de guerre ! pensa-t-il.

Il allait écrire à Emma. Ses lettres étaient pour lui une éclaircie, une lueur d'espoir. Elle lui racontait ses journées, évoquait avec lui ses dernières lectures. *Gaspard. Les soldats de la guerre*, de René Benjamin, l'avait enthousiasmée. Lui, avait éprouvé un choc en apprenant la mort au front d'Alain-Fournier. Emma et lui avaient si souvent évoqué son unique roman !

Le téléphoniste les rejoignit en courant, faisant sursauter Théo.

— Trois blessés signalés à six cents mètres, dans un trou d'obus ! annonça-t-il. En direction du Bois-Chenu...

— Nous y allons.

Théo aurait dû se dire que c'était la routine. Cependant, il ne parvenait pas à s'y habituer.

Emma chérie, je suis désolé de t'ennuyer avec mes états d'âme mais je ne suis pas certain de pouvoir continuer longtemps. Cela peut paraître stupide de tenir ce genre de discours parce que, entre nous, je n'ai pas vraiment le choix, comme tous les pauvres diables qui m'entourent. Mais, vois-tu, je n'en peux plus d'aller ramasser des débris humains ou de ramener des blessés dont au moins la moitié ne survivront pas.

Certaines nuits, j'ai l'impression que nous allons tous y passer. Je ne suis pas le seul, mais l'amour-propre, ou la pudeur, nous empêche de trop nous livrer entre camarades.

Alors, nous jouons aux dames, pour tenter de tuer le temps. Tuer le temps… quelle ironie ! Je rêve de toi, ma belle Emma.

La jeune fille replia lentement la lettre de Théo, la posa sur sa coiffeuse. Chaque confidence de son ami la bouleversait. Il existait un tel fossé entre le front et l'arrière !

Parfois, elle se disait qu'il était vain, et même cruel, de laisser Théo se bercer d'illusions.

Il était avant tout pour elle un ami, mais elle craignait tant de lui faire de la peine… Et il était si déprimé !

Soucieuse, elle jeta un coup d'œil à la pendulette. Elle devait se hâter. Elle avait rendez-vous avec Alice dans une demi-heure devant le théâtre des Bouffes-Parisiens afin d'assister à la première de *La Jalousie* de Sacha Guitry.

Elle arrêta son choix sur une robe taillée en biais dans un shantung lilas et enfila par-dessus une veste cintrée d'un gris très pâle. Sa robe laissait voir ses chevilles fines et gainées de soie et ses salomés en daim gris clair. Emma planta crânement sur ses cheveux fauves un petit chapeau cloche assorti à sa robe. Elle observa son allure dans la psyché avant de saisir sa pochette et de quitter la maison. Alice allait l'attendre, ce qu'elle détestait.

Une foule nombreuse se pressait devant le théâtre. Alice fit de grands signes à son amie, qui la rejoignit.

— Regarde-moi cette file d'attente ! C'est à croire que tout le monde en ville cherche à se détendre !

— Ça se comprend, ne serait-ce que pour les permissionnaires. Ils ont bien mérité de se changer les idées.

Il y avait en effet de nombreux soldats parmi les spectateurs, mais aussi des sous-officiers, portant beau dans leur uniforme. Emma pensa à son frère ainsi qu'à Théo, et son cœur se serra.

La pièce, bien jouée, notamment par Sacha Guitry et Charlotte Lysès, procura une détente bienvenue aux deux amies. Alice s'était fiancée à Gilbert lors de sa dernière permission. Il combattait en Argonne, tout comme Théo, et l'inquiétude la tenaillait.

— C'était bien, commenta Emma.

A la sortie, un officier s'effaça pour la laisser franchir la porte. Elle le remercia d'un sourire, et il s'inclina légèrement.

— Bel homme ! souffla Alice.

Emma aurait voulu la faire taire. L'inconnu l'impressionnait, avec sa haute taille et le regard admiratif dont il l'enveloppait. Elle manqua trébucher sur une marche. Une poigne solide la rattrapa.

— Mademoiselle... vous allez bien ?

— Oui... merci, murmura-t-elle, confuse.

Elle pressa le pas. Alice courut presque pour se maintenir à sa hauteur.

— Quelle mouche t'a donc piquée ? Tu avais une occasion en or. Il te dévorait des yeux…

— Justement ! Je ne voulais pas qu'il croie que je l'avais fait exprès.

— Je pense que c'est raté, ironisa Alice.

Emma leva les yeux au ciel, amusée malgré elle. L'inconnu était en permission, elle ne le reverrait sans doute jamais.

31

1915

La garden-party battait son plein. Un buffet avait été dressé devant la pièce d'eau. Il proposait amuse-bouche, feuilletés au crabe, vols-au-vent miniatures, petits gâteaux glacés… Emma se retint pour ne pas goûter à tout. Pas question de donner l'impression de mourir de faim ! Elle avait longuement hésité avant d'accepter l'invitation de Cécile Sorel et avait fini par se dire que c'était l'occasion de nouer des contacts avec de nouvelles clientes.

Elle portait une robe en tussor grège, ornée au décolleté bateau et aux manches d'un liseré bleu indigo. Son chapeau était du même ton et faisait ressortir la couleur rare de ses prunelles. Elle se savait belle, sans être pour autant à l'aise parmi tous ces inconnus.

Cécile Sorel allait d'un groupe à l'autre, en grande dame habituée à occuper la première place. Elle arborait une tenue signée Paul Poiret, une tunique couleur émeraude sur une jupe noire.

Emma, qui venait de recevoir une lettre de Rémi détaillant les conditions dans lesquelles il survivait au fond des tranchées, éprouvait une curieuse sensation d'irréalité. Des hommes politiques côtoyaient des comédiens, les femmes étaient en nombre. Personne n'évoquait la guerre.

Je suppose qu'elle n'a pas droit de cité sous ce soleil, pensa Emma.

Une serveuse lui offrit une coupe de champagne. Sa fraîcheur pétillante lui fit du bien.

— Enfin, je vous retrouve !

Emma tressaillit avant de reconnaître l'officier qui la saluait avec élégance.

— On vous voit plus souvent à Paris que sur les champs de bataille, laissa-t-elle tomber.

Un éclair de colère traversa ses yeux gris.

— Il s'agit de ma deuxième permission en six mois.

Ils s'affrontèrent du regard. Le premier, il rompit les chiens :

— Pardonnez-moi, je n'ai pas la moindre envie de me quereller avec vous. Le temps nous est compté. Aurélien de Villers, pour vous servir.

Elle inclina légèrement la tête.

— Emma Roussel.

— De Roussel Modes ? Ma sœur mentionne souvent votre nom. Il paraît que vos créations sont révolutionnaires.

— Vraiment ? Je dirais plutôt... « modernes ».

Il me plaît, se dit-elle au terme d'un badinage agréable. Il l'avait entraînée un peu à l'écart, et tous deux devisaient de littérature. Son visage se rembrunit lorsqu'elle évoqua Rémi, engagé volontaire.

— Il n'a que dix-sept ans, conclut-elle.

Aurélien de Villers soupira.

— Il n'est pas le seul à s'être engagé, même si je comprends vos inquiétudes.

— Et vous ? Où êtes-vous affecté ?

— Je regagne mon régiment dès demain, en Champagne. J'ai bénéficié d'une permission exceptionnelle pour le mariage de ma sœur cadette, hier.

— Son mari est mobilisé, lui aussi ?

— Bien sûr. Il appartient à l'armée, tout comme moi.

Il énonçait cela avec une assurance tranquille qui troubla Emma. Tous deux poursuivirent leur promenade vers une pergola abritant des rosiers grimpants.

Je voudrais que ce moment ne s'arrête pas, pensa Emma.

C'était étrange. Elle se sentait à l'aise auprès du lieutenant et avait envie de mieux le connaître. Il était originaire de Reims. Sa famille avait subi les bombardements de l'été 14 et s'était repliée sur Paris.

Elle parla de ses parents, et de ses amis. Expliqua qu'elle avait le sentiment de vivre entre parenthèses, tant elle se sentait coupable de ne pas partager les souffrances des combattants.

Le visage d'Aurélien se ferma.

— Vous ne pouvez pas imaginer l'enfer que nous vivons, et c'est préférable. C'est à nous de protéger les civils.

Elle esquissa un geste large de la main.

— C'est pourquoi je n'apprécie guère ce genre de réception. Faire comme si la guerre n'existait pas… cela a un côté puéril et égoïste.

— Je ne serai pas aussi intransigeant que vous. Il importe de sauvegarder les apparences, pour soutenir les uns et les autres. C'est primordial.

Le ton grave dont il usait impressionna Emma.

— Il y a tout juste un an, beaucoup caressaient l'espoir que la guerre serait achevée au bout de deux ou trois mois. C'était pour certains une simple formalité, et regardez où nous en sommes…

Aurélien baissa la voix :

— Nous n'étions pas réellement préparés. Voyez… les pantalons rouge garance, les mêmes que sous le Second Empire ! Nos soldats ont payé un lourd tribut dans les champs de blé d'août 1914. Formant des cibles parfaites, ils ont été fauchés par milliers. Tout cela pour quoi ? Pour quelques centaines de mètres gagnés, dans le meilleur des cas.

— L'uniforme bleu horizon constitue de ce point de vue une avancée positive…

— En effet, mais il reste encore tant à faire ! On ne cesse de modifier la capote Poiret, qui offre plus de liberté de mouvement, dans la lancée du casque Adrian, on veut aussi agrandir l'épaulette du même nom, bien qu'elle soit déjà controversée. Pendant ce temps, l'ennemi porte des casques de fer depuis longtemps et ses tenues sont beaucoup moins aisément repérables que les nôtres. L'état-major peut parfois être si rétrograde...

— Dans quel but ?

— Allez savoir ! Attachement à la tradition, refus du progrès... Mais je me montre trop bavard.

Il se pencha, cueillit une rose aux pétales clairs veinés de rose foncé, la tendit à Emma.

— Pour que vous n'oubliiez pas cette rencontre.

Elle rougit. Comment pourrait-elle l'oublier ? A cet instant, elle se sentit très jeune, et très vulnérable.

— Aurélien ! Je vous ai cherché partout !

Une jeune fille s'avançait vers eux. D'un coup d'œil, Emma nota sa toilette, trop classique, rose pâle, ses bas blancs qui alourdissaient ses chevilles, son chapeau trop chargé. Cependant, elle avait de l'aisance, et toisa la jeune modiste sans aménité. Elle saisit d'autorité le bras du lieutenant.

— Mère désire rentrer, nous comptons sur vous pour nous reconduire.

Elle l'entraîna vers le buffet sans paraître s'apercevoir qu'il opposait une certaine résistance. Emma aurait voulu courir vers lui, le retenir et lui dire « Ne partez pas, nous avons à peine fait connaissance ».

Bien sûr, elle n'en fit rien. Blessée par l'attitude désinvolte de l'inconnue, elle prit du champ, se plongea dans la contemplation d'une gloriette de style Art nouveau afin de se donner une contenance. La fête était gâchée pour elle.

Lorsqu'elle revint à pas lents devant la propriété, elle ne fut pas étonnée de constater qu'Aurélien avait disparu. La jeune fille décidée ne lui avait pas laissé la possibilité de s'éclipser.

Cécile Sorel lui adressa un petit signe de la main. Elle présenta Emma à une femme à la silhouette déliée. Une masse de cheveux noirs, des yeux sombres fardés de khôl surprenaient, contrastant avec son teint pâle.

— Vous reconnaissez notre célèbre Colette, n'est-ce pas ? lança-t-elle.

Emma avait aimé lire *Les Vrilles de la vigne*, qui avaient éveillé dans sa mémoire des souvenirs d'enfance. Elle avait aussi particulièrement apprécié les pages dédiées à Sido, la mère tant aimée.

Colette avait le regard sombre, vif et perçant. Un regard qui vous disséquait.

— Très joli, votre chapeau, déclara-t-elle avec un inimitable accent bourguignon. Cécile me dit le plus grand bien de vos créations, mademoiselle, je viendrai peut-être vous rendre visite. Pas pour le moment, cependant, car je rentre de Verdun et vais repartir pour Rome.

— J'en serai ravie.

Emma était certaine qu'elle ne la reverrait pas. A cet instant, cela lui importait peu. Aurélien lui manquait déjà. Elle éprouvait une curieuse sensation d'inachevé et une étrange douleur au cœur.

Elle prit congé des deux femmes, revint à pas lents vers l'entrée du domaine, où patientaient trois taxis.

Elle avait hâte de rentrer chez elle.

Pour oublier.

LIVRE III

Emma

L'on s'apprête à entrer dans un long tunnel plein de sang et plein d'ombre.

Extrait du *Journal* d'André Gide
(31 juillet 1914)

32

1915

Tout parut étriqué à Emma lorsqu'elle descendit du train. La gare, et jusqu'à son père, qui se tenait un peu voûté. Il avait vieilli, se dit-elle avec une pointe d'inquiétude. Jadis, il lui semblait fort. Indestructible. Or, elle mesurait, à présent, que les mois écoulés ne l'avaient pas épargné.

Il la serra contre lui, recula de deux pas pour mieux l'admirer.

— Ma grande fille ! Tu es si belle, mon Emma.

— Je suis heureuse de te voir, papa, même si les circonstances...

Elle n'acheva pas sa phrase.

Lucie Roussel était morte trois jours auparavant, chez elle, après une mauvaise chute dans l'escalier de la cave. On l'avait trouvée inconsciente, le crâne ouvert. Le médecin appelé en toute hâte n'avait rien pu faire.

Prévenue par télégramme du décès subit de sa grand-mère, Emma avait quitté Paris plus pour soutenir son père que par réelle affection. Elle n'avait jamais eu d'affinités avec sa grand-mère, qui la traitait de « petite effrontée » parce qu'elle posait des questions jugées indécentes au prêtre assurant le catéchisme. Ses relations avec ce fameux prêtre, le père Saby, étaient déjà exécrables car il se défiait de la fille de l'instituteur, forcément anticlérical.

— Rémi a-t-il obtenu une permission ? s'enquit-elle en grimpant dans la voiture.

Lucien Roussel soupira.

— Nous ignorons s'il a été prévenu du décès de ma mère. Les communications fonctionnent si mal par moments ! Et, naturellement, nous ne savons pas où il se trouve. Toujours à cause de cette maudite censure. Comme si nous allions prévenir illico des espions prussiens !

— C'est une réalité dont nous devons tenir compte, répondit Emma sans réfléchir.

Elle se sentit rougir sous le regard pénétrant de son père.

— Tu me parais bien renseignée, ma fille ! Sur un sujet qui, en temps normal, ne t'aurait pas beaucoup intéressée…

Elle afficha un air désinvolte.

— Tu sais, à la boutique, je vois toutes sortes de gens. Et ces dames bavardent à n'en plus finir.

Quelle serait la réaction paternelle si elle lui confiait : « Je suis amoureuse d'un lieutenant de cavalerie, Aurélien de Villers, et c'est lui qui m'explique ces choses-là » ? Elle l'imaginait piquant une colère, lui interdisant même, peut-être, de retourner à Paris.

Personne ne savait qu'Aurélien et elle correspondaient.

A peine avait-elle ouvert la boutique, le lendemain de leur rencontre, qu'un coursier lui livrait une somptueuse composition d'orchidées.

Elle en était restée émerveillée, osant à peine effleurer les pétales blancs délicatement veinés de rose et de rouge. Il avait griffonné sur une carte : *Pardonnez-moi de ne pas avoir pris congé de vous. C'est peut-être le signe que nous devons nous revoir très vite. Je penserai à vous chaque jour, à chaque instant.*

Il avait indiqué au-dessous son adresse postale, et les mains d'Emma avaient tremblé.

Elle avait balancé pendant quatre jours avant de lui écrire. Quatre jours abominables durant lesquels elle s'était répété qu'elle n'avait aucune chance de l'intéresser, et qu'il était « en main », comme aurait dit sa mère. L'arrogante jeune fille qui l'avait entraîné loin d'elle ne paraissait pas disposée, en effet, à le laisser lui échapper.

Cependant, il lui avait envoyé des fleurs, et lui avait écrit, alors que rien ne l'y obligeait. Emma s'était alors résolue à lui répondre. Une lettre assez brève, pour le remercier de ses fleurs, et lui donner, comme elle disait, *quelques nouvelles de Paris*. Elle lui avait parlé du spectacle de Tristan Bernard auquel elle désirait se rendre, et de la tragédie se déroulant en Arménie. Il lui avait répondu par retour du courrier. C'était ainsi que tout avait commencé.

— J'aurais tant souhaité que Rémi puisse venir, chuchota Eloïse.

Elle ne précisa pas que c'était plus pour revoir son fils que pour rendre hommage à Lucie.

Elle jeta un coup d'œil autour d'elle. Le village tout entier s'était déplacé pour Lucie, et les visages affichaient une tristesse de circonstance. Pour sa part, Eloïse était peinée pour Lucien, pour son frère et sa sœur, mais cela n'allait pas plus loin. Leur mère ne s'était pas gênée pour détruire sa réputation et agir de même vis-à-vis d'Emma.

Elle était « la Parisienne », celle qu'on méprisait parce qu'elle n'avait pas apporté de terres, comme si rien d'autre ne comptait. Prudemment, Lucien s'efforçait de ne pas prendre sa mère de front, tout en répétant à son épouse de ne pas prêter attention aux ragots de la vieille femme. Pour lui, mieux valait s'éloigner de la ferme familiale s'il ne voulait pas que leur mariage sombre. Eloïse songeait à tout cela, en suivant distraitement l'office. Elle tressaillit en entendant le « Kyrie Eleison ». Elle se rappelait, étant enfant, avoir cru entendre : « Qui est-ce qui sonne ? » C'était si loin… et sa vie avait tant changé. Cependant, c'était certainement pour cette raison qu'elle ne s'était jamais plu à la ferme Roussel. Elle avait gardé de trop mauvais souvenirs des années passées chez Madame.

A bientôt trente-six ans, elle aurait pu se croire libérée de son enfance, mais ce n'était pas vrai. Il lui arrivait encore d'être victime de cauchemars ou de se réveiller en sursaut, paniquée, persuadée qu'elle avait mouillé son lit. Dans ces moments-là, elle sentait le bras de Lucien qui l'attirait vers lui et elle se blottissait contre son flanc, heureuse d'être dans leur appartement, en sécurité. Eloïse avait parfois l'impression d'avoir vécu plusieurs vies.

Il pleuvait lorsqu'ils sortirent de l'église. Emma glissa son bras sous celui de sa mère.

— J'ai froid, souffla-t-elle.

A cet instant, elle ne pensait pas à son aïeule mais à Aurélien et Rémi, subissant le mauvais temps, la peur. Elle s'essuya les yeux d'un geste rageur. Pourquoi cette maudite guerre n'en finissait-elle pas ?

33

1916

Emma aimait la peau d'Aurélien, ferme et douce à la fois. Il lui arrivait de se réveiller et de le contempler à loisir en s'autorisant à baisser la garde. Le reste du temps, elle se refusait à lui montrer à quel point elle l'aimait. Son amie Alice et plus encore sa mère, à qui elle s'était confiée, l'avaient toutes deux mise en garde : « Un aristocrate… il se servira de toi puis épousera une fille de son milieu. »

Emma refusait de les écouter. Elles avaient une vision passéiste. La société traversait une mutation. On était tout de même en 1916 ! Partout, les femmes travaillaient, dans les tramways, dans la métallurgie, les usines Renault… Les questions de classes sociales évoluaient elles aussi. De plus, elle n'avait pas à rougir de son métier ! Roussel Modes avait désormais des clientes fidèles. On se transmettait son adresse par le biais du bouche-à-oreille.

Cécile Sorel était devenue une cliente fidèle. Même Colette avait un jour fait son entrée dans la boutique d'Emma ! Elle y était revenue quelques jours plus tard en compagnie d'Annie de Pène. Et Gaby Deslys, la vedette de music-hall, avait elle aussi franchi le seuil de Roussel Modes entre deux séjours en Angleterre. L'idée du minuscule bouquet de violettes dessiné sur l'étiquette intérieure de chaque vêtement l'avait séduite.

Emma ne se laissait pas tourner la tête pour autant. Elle œuvrait avec acharnement et, dès qu'elle le pouvait, écrivait de longues missives à Aurélien.

Il lui avait fait la surprise de lui rendre visite le premier jour de sa permission, en novembre 1915. Elle avait dû réfréner l'élan qui la poussait vers lui. Il avait les traits tirés, l'air épuisé. Très émue, elle lui avait tendu la main.

« Quelle surprise, lieutenant ! »

Il l'avait alors attirée contre lui, et lui avait planté un baiser audacieux sur les lèvres.

« Giflez-moi si vous le désirez, mais je rêvais de ce moment depuis trop longtemps… »

Elle avait levé la main, comme pour suivre sa suggestion, avant de la laisser retomber et de nouer les bras autour de son cou.

« En confidence, moi aussi. »

Blottie contre Aurélien, Emma évoquait ce merveilleux souvenir de leur première fois. Mais le temps leur était encore compté : il avait obtenu une permission de quarante-huit heures. L'attirance entre eux avait été immédiate. D'ailleurs, ne l'avait-elle pas pressenti lors de leur première rencontre ? Il était venu l'attendre à la boutique, et elle avait senti son cœur battre la chamade lorsqu'elle l'avait aperçu sur le trottoir, sanglé dans son uniforme.

Il l'avait invitée à dîner dans un restaurant des Boulevards. Ils avaient devisé tout en faisant honneur aux fruits de mer, dont ils raffolaient tous deux. De temps à autre, il s'interrompait, et elle lisait dans son regard tout ce qu'il n'avait pas envie de lui dire et qu'elle avait déjà remarqué dans les yeux de Théo. La peur. L'indicible. Et le sentiment que les autres, ceux de l'arrière, ne pouvaient pas comprendre. Elle avait posé la main sur la sienne. Un geste spontané, qui lui avait fait monter le rouge aux joues, après coup. Mais le sourire d'Aurélien s'était fait tendre. « Je veux oublier tout ce qui n'est pas nous. »

Ce qui lui convenait fort bien.

A l'issue du dîner, ils avaient longuement marché dans Paris, main dans la main.

En temps normal, Emma serait rentrée sagement chez elle. Mais rien n'était normal, en 1916. On s'entretuait pour gagner un ou deux mètres de terrain à Verdun, et personne ne savait de quoi demain serait fait. Dans ces conditions, comment aurait-on pu laisser échapper une chance de bonheur ?

Aurélien s'était penché vers Emma.

« Vous voulez bien m'accompagner ? »

Elle avait acquiescé, parce qu'elle ne supportait pas l'idée de se séparer de lui. De plus, elle avait envie de se lover dans ses bras, de s'unir à lui.

Pour faire reculer la nuit.

Ils n'avaient pas prononcé de serments, ni de mots grandiloquents. Ils n'en avaient pas besoin. Leurs corps, leurs peaux, s'étaient tout de suite accordés. Sous les caresses expertes d'Aurélien, Emma s'était laissée aller à exprimer son plaisir. Elle avait su qu'elle était belle, elle l'avait lu dans ses yeux.

De son côté, il avait pris conscience que plus rien ne serait comme avant. Lui qui avait été un séducteur impénitent avait rendu les armes devant une jeune modiste à la beauté flamboyante. Leurs adieux sur le quai de la gare de l'Est avaient constitué une épreuve. « Je reviens dès que possible », avait-il promis, en serrant le visage d'Emma entre ses mains. La gorge serrée, elle n'avait pu prononcer un mot. Elle savait déjà qu'elle avait commencé à l'attendre.

Chaque matin, elle se levait une heure plus tôt et lui écrivait une longue lettre.

Elle en recevait une chaque jour. Parfois, c'étaient juste quelques mots, écrits sous la mitraille, avant la relève. Peu lui importait, elle avait de ses nouvelles, il était toujours en vie. Rien d'autre ne comptait, pas même l'article que lui avait consacré *Le Figaro*. Oh, il n'était pas très long, cet article ! Son père avait même parlé d'« articulet » mais, comme le lui avait révélé sa mère, c'était pour dissimuler son émotion. En tout cas, les mondaines ne s'y étaient pas trompées, qui étaient venues à la boutique, d'abord par curiosité. Emma avait déjà compris que ce genre de clientes était versatile, plus encore d'ailleurs vis-à-vis d'une très jeune femme. Au magasin, elle attachait ses cheveux, arborait une sorte d'uniforme, jupe bleu marine, chemisier ivoire à col lavallière, spencer marine, sans parvenir pour autant à se vieillir ou à s'enlaidir.

Débordée, elle avait fait appel à d'anciennes camarades de chez madame Rosemonde et loué un local situé à une centaine de mètres. Elle avait besoin de personnel et de place. Le développement de son magasin inquiétait son père. « Tu es trop jeune, Emma, tu vas droit à la catastrophe ! » répétait-il.

De son côté, Eloïse la soutenait sans faillir. « Je pense que tu es tout à fait capable de mener ta barque, ma chérie. De plus, même si cela peut te paraître horriblement cynique, je crois que l'époque actuelle permet aux femmes de progresser beaucoup plus rapidement qu'en temps normal. » C'était vrai. Les femmes avaient pris les rênes et, même si Emma estimait que cela ne durerait pas éternellement, elle ne voulait pas laisser passer sa chance. Petite-fille de courtisane, fille de couturière, Emma revendiquait son indépendance. Excepté en amour.

Parce que sa réussite sociale comptait peu face aux sentiments qu'elle éprouvait pour Aurélien. Et qu'elle aurait tout donné pour qu'il la rejoigne.

34

1916

La nuit, tout prenait une autre dimension. Les combattants avaient le loisir de penser et, fatalement, d'envisager leur propre mort. Ils étaient si nombreux à tomber... Pourquoi m'en sortirais-je ? se demandait Aurélien avec une lucidité cruelle.

Or, son appétit de vivre était exacerbé depuis qu'il avait rencontré Emma. Il n'avait pu s'empêcher de parler d'elle à Abadie, son meilleur camarade, officier sorti comme lui de Saint-Cyr. Celui-ci, lui-même très amoureux d'une certaine Ghislaine, l'écoutait avant d'évoquer à son tour sa fiancée. Mais Emma et Aurélien n'étaient pas fiancés, et cette situation le gênait. Il aurait voulu amener la jeune fille dans sa maison de famille située à Louveciennes, la présenter à son grand-père paternel, à qui le liait une grande tendresse.

Emma refusait, arguant avec justesse qu'elle désirait profiter le plus possible de ses permissions. Il y avait une autre raison, tous deux le savaient. Chez les Villers, on n'épousait pas une jeune modiste. Il fallait un nom, une famille réputée et, ce qui ne gâtait rien, une certaine fortune. « Je ne suis pas la candidate idéale », lui avait-elle répondu un jour où il la pressait de se rendre avec lui à Louveciennes, et il s'était incliné, trop heureux de l'avoir à lui seul. De son côté, Emma n'avait jamais eu le courage de l'interroger au sujet de la jeune fille de la garden-party.

Il possédait un appartement, héritage de sa marraine, boulevard de Courcelles. C'était une bonbonnière tendue de velours rose fané, meublée de sièges fragiles et de tables volantes. Un décor dans lequel Aurélien donnait l'impression d'être trop grand, d'avoir une stature trop imposante. « Je n'ai pas eu le temps de l'aménager, lui avait-il expliqué, et je crois que je m'en moquais. A présent, c'est différent. » Il lui avait offert un double des clefs. Quand le manque de lui se faisait trop lourd, elle se rendait à l'appartement, se blottissait dans le lit et rêvait à eux deux. Ils s'aimaient. Aurélien s'émerveillait parfois de leur entente, tout en se refusant à se projeter dans l'avenir. Quand cette maudite guerre sera finie... se disait-il, sans aller jusqu'au bout de sa pensée. Ne pas tenter le sort...

La mitraille avait canardé leurs positions toute la matinée et une partie de l'après-midi. Le calme était trompeur. Un œil exercé pouvait apercevoir des silhouettes furtives progressant vers les trous d'obus. Les brancardiers étaient à l'œuvre. Aurélien frissonna. La boue, qui collait à leurs godillots, à leurs vêtements, jusqu'à leur cœur, était difficile à supporter. Tout comme les rats, grouillant dans les tranchées, et les « totos ». Un fantassin s'était vanté, deux jours auparavant, d'en avoir tué plus de cent dans la nuit. Jusqu'à présent, Aurélien y avait échappé, mais la promiscuité, les conditions sanitaires effroyables favorisaient la prolifération des poux. Et encore, les officiers étaient mieux lotis que les simples soldats !

Aurélien leva les yeux vers la lune blafarde. Il avait froid dans sa capote encore humide. L'été, tout paraissait moins difficile. Les vêtements séchaient plus vite, la « popote » froide était plus supportable, mais l'hiver, la boue, l'humidité, la crasse constituaient des ennemis supplémentaires contre lesquels il fallait sans cesse batailler.

Aurélien avait à cœur d'obtenir pour ses hommes non pas un peu de bien-être, c'était impossible, mais des conditions de survie moins pénibles. De plus en plus souvent, il se demandait comment ils pouvaient tous tenir.

Heureusement, il y avait les permissions ! Et la perspective de retrouver Emma. Rasséréné à cette idée, il s'appuya contre le parapet de la tranchée et ferma les yeux. Il espérait bien rêver d'Emma.

Elle n'aurait pas dû s'attarder ainsi à l'atelier. C'était plus fort qu'elle, quand elle travaillait à sa nouvelle collection, elle ne voyait pas le temps filer. C'était pour elle le seul moment durant lequel elle parvenait à ne pas s'angoisser à propos d'Aurélien. Elle attendait qu'il lui annonce sa prochaine permission ; elle ne supportait plus son absence.

Elle pressa le pas dans la rue sombre. *Paris est en veilleuse*, avait titré récemment un quotidien. En effet, une grande majorité de réverbères étaient éteints et les rideaux de fer baissés, les lourds rideaux de velours destinés à ne pas laisser passer le moindre rai de lumière contribuaient à créer une atmosphère déprimante. L'éclairage public s'éteignait à vingt heures et celui des magasins à dix-huit heures. La nuit, la Ville Lumière perdait son aura. Les Parisiens n'en pouvaient plus de la guerre, même si leurs souffrances n'étaient en rien comparables à celles des soldats. De nouveau, ses pensées la ramenèrent à Aurélien. Elle souffrait tant de son absence.

Blessé à la tête par des éclats d'obus, son frère Rémi avait été envoyé dans un hôpital de l'Aisne. Sa mère et Emma avaient éprouvé le même soulagement. Même si sa blessure était sérieuse, elle ne mettait pas sa vie en danger et plusieurs mois de convalescence lui seraient nécessaires. Leur père n'avait pas fait de commentaire, certainement parce qu'il ne tenait pas à s'avouer qu'il était lui aussi soulagé. Rémi était jeune et vulnérable. Les années de guerre qu'il avait vécues lui avaient ôté une bonne partie de ses illusions. Emma en avait parlé un jour avec Aurélien. Il avait soupiré. « La réalité militaire est parfois bien différente de l'idéal patriotique. J'ai connu des cas particulièrement difficiles… » Il n'en dirait pas plus. Emma respectait sa discrétion, ainsi que son engagement dans l'armée.

Aurélien désirait faire évoluer les choses, exprimait parfois sa lassitude face aux « vieilles culottes de peau » de l'état-major, figées dans leurs certitudes du XIXe siècle. Il croyait au progrès technique, répétait que les chars Renault auraient leur rôle à jouer dans la solution définitive du conflit. Emma l'écoutait, regrettant que, décidément, leurs univers fussent si éloignés.

Elle n'entendait rien aux différentes armes, se faisait souvent rappeler à l'ordre parce qu'elle avait oublié d'occulter les fenêtres de l'atelier, ignorait si elle était ou non patriote. Elle désirait plus que tout vivre avec Aurélien à ses côtés.

Elle arrivait rue Saint-Vincent quand elle perçut le bruit de pas derrière elle.

On la suivait. Elle jeta un coup d'œil par-dessus son épaule, aperçut une silhouette portant une capote. Un permissionnaire, pensa-t-elle. Ils étaient nombreux à se retrouver à Paris, où ils faisaient la noce pendant deux ou trois jours avant de retourner au front. Elle n'avait rien à craindre d'un poilu, se dit-elle, histoire de se rassurer.

Elle accéléra, cependant, et constata sans réelle surprise qu'il faisait de même. Son appartement était tout proche. Elle se retourna au moment où elle sortait ses clefs de son sac. L'ombre était juste derrière elle.

— Emma, n'aie pas peur, déclara l'homme.

Elle poussa un cri de détresse en reconnaissant la voix de Théo.

C'était lui, et ce n'était pas lui. Elle comprit ce qui la gênait en appuyant sur le commutateur du couloir. Son ami portait une sorte de masque en bandages qui dissimulait la majeure partie de son visage. Elle tendit la main vers lui.

— Seigneur, Théo ! Que t'ont-ils fait ?

Il secoua la tête, comme pour lui dire de ne pas accorder d'importance à son apparence.

— As-tu déjà entendu parler des « gueules cassées » ? Non ? Regarde-moi bien, c'est l'occasion ou jamais.

Elle referma la porte, à cause de la défense passive, l'entraîna vers son appartement. Elle tira les rideaux avant d'allumer une lampe. Elle se sentait nerveuse, inquiète, même. Comme s'il allait lui annoncer quelque chose de terrible. Et cette expression – « gueule cassée »…

— Tu as changé, reprit-il. Tu es si… lumineuse. Oh ! Emma, tu ne peux imaginer cet enfer…

Elle l'invita à s'asseoir sur le sofa recouvert de velours bleu, lui servit d'autorité un verre de porto. Elle le regretta aussitôt après, constatant qu'il n'y touchait pas.

— C'est tout un processus compliqué pour m'alimenter et pour boire, reprit-il d'une voix étrangement lointaine, comme désincarnée. Vois-tu, je suis censé me trouver en ce moment à l'hôpital du Val-de-Grâce. J'ai pris la tangente pour venir te voir, Emma. Toutes les nuits, tu m'es apparue dans mes rêves, si belle… et tu sens si bon ! Dans la salle où je me trouve, il faut garder les fenêtres ouvertes le plus longtemps possible, à cause de l'odeur. Les chairs en putréfaction, les sanies…

Elle aurait voulu se boucher les oreilles, lui demander de se taire… mais c'était impossible, il était trop mal, et il avait besoin de parler. Ses mains tremblaient. Elle les prit entre les siennes, comme pour les réchauffer, ou lui transmettre de sa force.

— Il paraît que nous sommes des dizaines de milliers à avoir été blessés à la face, poursuivit-il. C'est assez logique, quand on y pense : on se regarde en chiens de faïence, d'une tranchée à l'autre, et c'est la tête qui dépasse. J'ai effectué un nombre incroyable de sorties avec mes potos[1] brancardiers, et c'est un éclat de shrapnel qui m'a bousillé le visage alors que j'attendais les instructions. Un sale coup du destin.

— Que puis-je faire pour toi, Théo ?

Elle n'osait imaginer ce que dissimulaient les bandages. On ne parlait pas dans les journaux de

1. Copains (argot des tranchées).

ces blessés défigurés. On exaltait sans cesse le courage des poilus, on allait même jusqu'à inventer des bobards du genre « Nos soldats ont pris l'habitude des balles allemandes… Et l'inefficacité des projectiles de nos ennemis est l'objet de toutes les conversations[1] ».

Certaines personnes y croyaient encore. Las, il haussa les épaules. Se retrouver face à ce visage couvert de bandages épouvantait Emma. Elle chercha à croiser le regard de Théo, se demanda comment il s'arrangeait pour lire, lui qui, naguère, ne quittait pas ses lunettes.

Il accentua sa pression sur ses mains.

— Emma… je n'ai jamais cessé de t'aimer. Accepterais-tu de m'épouser ?

---

1. *L'Intransigeant* du 17 août 1914.

35

1916

Un soleil pâle ne parvenait pas à percer le ciel grisâtre de Paris. Seulement une vingtaine de personnes s'étaient rassemblées au cimetière du Père-Lachaise. Il n'y avait pas de cérémonie religieuse pour les suicidés et, d'ailleurs, même le père de Théo ignorait si son fils était croyant. Un aumônier militaire du Val-de-Grâce s'était cependant déplacé, et il bénit le cercueil de Théo. Emma se rapprocha de lui.

— Pourrai-je vous parler à l'issue de la cérémonie, mon père ?

Il acquiesça après avoir jeté un rapide coup d'œil à sa montre. Le temps de tous était compté… mais cette jeune femme semblait avoir besoin de confier ce qui lui pesait sur le cœur. Elle avait été informée de la mort de Théo par un courrier en provenance du Val-de-Grâce. Elle n'était pas encore remise du choc éprouvé et s'était tout de suite sentie coupable.

« Coupable ? Comme tu y vas ! s'était indignée son amie Alice. Tu n'allais tout de même pas épouser Théo alors que tu en aimes un autre ! »

C'était bien là le problème : Emma avait pris beaucoup de précautions pour expliquer à Théo que, malgré l'affection qu'elle lui portait, elle ne pouvait se marier avec lui. Après un long silence, il lui avait affirmé qu'il comprenait, et il paraissait sincère. De toute manière, Emma avait l'impression que ses phrases étaient creuses. Elle était pleine de compassion, tout en se sentant inutile. Quel serait l'avenir de Théo, fauché à vingt-sept ans ? Ils avaient parlé de littérature, reprenant leur conversation comme si les deux années écoulées n'avaient pas existé. Il aimait toujours Rimbaud. « Je n'ai pas de haine, lui avait-il dit. Je sais seulement que, si j'en ai la force, je me battrai toujours pour défendre la paix. Tous ces états-majors qui nous ont envoyés au casse-pipe… ils sont planqués, bien au chaud, eux ! »

« Si j'en ai la force… » avait-il répété. Deux jours après, il s'était tranché la gorge.

Hébétée, toujours sous le choc, Emma s'approcha de la tombe, laissa tomber son exemplaire d'*Une saison en enfer* sur le cercueil de son ami. Son ami, son premier amant. Théo. Irremplaçable. Elle recula de deux pas, se tourna vers le père de ce dernier.

— Je vous prie de m'excuser, mais je ne peux pas imaginer Théo sans livre…

Il lui pressa le bras. Son visage était ravagé de chagrin.

— Merci, souffla-t-il.

Elle eut envie de s'enfuir.

Etait-ce son refus qui avait poussé Théo à commettre l'irréparable ? Le prêtre, à qui elle se confia un peu plus tard, secoua la tête.

— Mademoiselle, je vous en prie, ne portez pas ce fardeau. J'accompagne nombre de blessés, notamment des « gueules cassées », et je puis vous affirmer que rien n'est fait pour faciliter leur retour à une vie, disons... normale. Ils sont atteints dans leur chair comme dans leur intégrité. Le visage... premier contact avec autrui. Il symbolise pour leurs interlocuteurs la réalité de la guerre, celle qu'on cherche à dissimuler avec tant de soin. J'avais tenté d'amorcer un dialogue avec Théo, sans succès. Il s'était enfermé sous une carapace faite d'autodérision et de cynisme. Il m'avait reçu un soir alors qu'on changeait ses pansements. J'avais lu la détresse, le désespoir, dans son regard. « Ne trouvez-vous pas que je ressemble à une gargouille de Notre-Dame ? » m'avait-il lancé. Dites-vous bien que j'ai échoué dans ma mission. J'aurais dû le sauver, mais il était déjà inaccessible.

Il émanait du prêtre une bonté, une générosité qui firent du bien à Emma.

— Avez-vous combattu, vous aussi, pour être si proche de nos soldats ? osa-t-elle lui demander.

Il opina.

— J'étais brancardier et aumônier militaire. En première ligne... Malheureusement, j'ai été gazé et, pour le moment, je dois me contenter de soigner les blessés au Val-de-Grâce. Mais je retournerai au front, croyez-moi.

— J'en suis certaine, mon père. En tout cas, merci... pour Théo et pour moi.

Il la bénit d'un geste rapide et, de nouveau, elle se demanda si elle croyait ou non. Mais elle se garda bien d'approfondir la question. Ses pensées allaient vers Théo. Le père Jérôme l'avait réconfortée.

Les bombardements de Paris avaient repris à un rythme soutenu. Les mains sur les oreilles, Eloïse se tourna vers sa fille.

— Comment faites-vous pour supporter ce vacarme ?

— L'habitude, maman. Dis-toi bien que ce n'est rien en comparaison du front.

Eloïse lui décocha un coup d'œil aigu.

— Tu parles bien souvent du front...

La jeune femme sentit ses joues s'empourprer.

— Maman ! Je n'ai pas envie d'en dire plus !

— Je ne te demande rien, ma chérie.

Emma fréquentait toujours son soldat, Eloïse en était certaine. Son cœur se serra. Elle avait peur pour sa fille, parce que l'époque était cruelle. Déjà à son arrivée, la veille, elle avait remarqué les traits tirés d'Emma, ainsi que sa nervosité. La nuit avait été difficile à cause des raids des zeppelins. Emma lui avait expliqué que les Parisiens avaient été marqués par les bombardements de la nuit du 29 janvier 1916. Un zeppelin avait lâché dix-sept bombes sur les quartiers de Belleville et de Ménilmontant, tuant vingt-six personnes et en blessant une trentaine.

Eloïse n'avait pu cacher ses craintes :

« Je suppose que tu tiens cependant à rester à Paris ? »

Emma l'avait serrée contre elle.

« Oh ! Maman ! Tu sais que ma vie est ici, désormais. »

C'était douloureux à entendre pour une mère, mais Eloïse avait souvent répété à ses enfants qu'ils devaient mener leur vie. Lucien était réticent. « Ils pourraient revenir auprès de nous ! » laissait-il tomber de temps à autre, s'attirant chaque fois la même réponse de son épouse : « Laisse-les vivre à leur guise ! De toute manière, Rémi doit terminer sa convalescence avant de pouvoir entreprendre le voyage. »

Elle-même avait résolu d'aller lui rendre visite. Elle se languissait trop de son fils. Elle s'était tout naturellement arrêtée à Paris afin de profiter d'Emma quelques jours. Elle trouvait sa fille changée. Emma était tendue, nerveuse.

Le fracas d'un nouveau bombardement fit tressaillir Eloïse.

— Je ne m'y habituerai jamais ! s'écria-t-elle.

Emma haussa les épaules.

— Nous n'avons pas le choix ! Je te prépare un chocolat, d'accord ? Puisque nous aurons de toute manière beaucoup de peine à nous rendormir...

— Du chocolat sans chocolat ? ironisa sa mère. Heureusement que j'ai apporté des provisions !...

Le rationnement s'était durci au cours des derniers mois. On commençait à manquer de tout à Paris, et il devenait de plus en plus difficile de se chauffer.

Emma songeait à créer des vêtements en laine plus chauds et plus pratiques.

Les difficultés stimulaient la créativité.

Elle s'activa dans la cuisine, à laquelle elle avait imprimé sa marque. Elle avait décapé les meubles en pitchpin, les avait peints en ivoire, avait acheté une cuisinière moderne. Elle collectionnait assiettes et pots en barbotine.

— Cet appartement est vraiment le tien, à présent, fit remarquer Eloïse d'une voix rêveuse.

L'époque où elle avait vécu là en compagnie de Blanche lui paraissait si lointaine... Elle rêvait alors de Lucien. Tous deux s'aimaient.

Eloïse n'avait pas regardé d'autre homme, excepté monsieur David, peut-être, lorsqu'elle était adolescente. Lui qui l'avait éveillée à l'art comme à la culture.

— Comment ça se passe, à la ferme ? questionna Emma, histoire, en formulant quelques mots, de secouer l'anxiété qui pesait sur elle.

— Eh bien... les choses n'ont guère changé, ton oncle et ta tante travaillent toujours autant.

L'ombre de ta grand-mère plane au-dessus de la ferme, ça m'en donne des frissons. Je me garde bien de dire à ton père ce que je ressens, de crainte de lui faire de la peine.

— Oh ! Je crois qu'il ne se faisait plus guère d'illusions au sujet de sa mère !

— Elle demeurait sa mère. C'est important, pour un homme.

Brusquement, Emma songea à Aurélien. Lui n'évoquait jamais sa mère. Pourtant, elle comptait pour lui, elle en était certaine. Que représentait-elle, elle, Emma, pour lui ? Sa bonne amie ? Sa maîtresse ? La femme qu'il aimait ? Lorsqu'ils se retrouvaient, ils s'enfermaient dans l'appartement d'Aurélien et le monde extérieur n'existait plus pour eux...

La sonnette sur le palier les fit sursauter.

— Il est bien tôt, souffla Eloïse en jetant un coup d'œil à la pendule.

— Sept heures trente. Je vais voir.

Un petit télégraphiste tendit le papier bleu à Emma, qui pâlit.

— Je déteste les télégrammes, fit-elle.

Elle le déchira en l'ouvrant, lut rapidement le texte, et son expression soucieuse disparut pour faire place à un large sourire.

— Maman, je... je vais te laisser... balbutia-t-elle. Une... amie que je dois aller chercher à la gare. Tu voudras bien ouvrir la boutique pour moi ?

— Tu m'y rejoindras, suggéra Eloïse. Avec ton amie.

Emma se troubla.

— Je ne sais pas si ce sera possible. Je... nous aurons tant de choses à nous dire. En tout cas, ne t'inquiète pas, maman.

Elle fila vers sa chambre, se prépara en un temps record. Lorsqu'elle la vit sortir, les cheveux brillants, le teint avivé, rayonnante dans son manteau bleu marine et sa jupe plissée qui dévoilait ses chevilles, Eloïse eut la certitude qu'il s'agissait en fait d'un ami. Sa fille ajusta sur ses cheveux un petit chapeau gris clair orné d'un minuscule bouquet de violettes et lui adressa un baiser du bout des doigts.

— Merci pour tout, maman.

Sois heureuse, ma chérie, souhaita silencieusement Eloïse en entendant Emma dévaler l'escalier.

36

1916

Elle ne voulait pas quitter l'appartement du boulevard de Courcelles. Il lui semblait que, si elle restait encore un peu dans le désordre des draps, elle garderait sur elle l'empreinte des caresses d'Aurélien, le parfum de sa peau.

Elle l'avait accueilli gare de l'Est, s'était jetée dans ses bras bien qu'il ait tenté de la maintenir à distance.

« Doucement, ma chérie, je suis horriblement sale…

— Je m'en moque ! »

Ils avaient regagné son logis à pied, parce qu'il avait envie et besoin d'arpenter Paris à son bras. Le nez en l'air, il humait l'atmosphère avant de se tourner vers elle pour lui voler un baiser. Elle l'aimait.

Elle avait acheté du pain frais, un luxe, du fromage de Brie qu'il appréciait particulièrement, des fruits. Ils n'y avaient pas touché. A peine avaient-ils franchi le seuil de l'appartement qu'ils s'étaient jetés l'un contre l'autre. Baisers fous, caresses leur avaient permis de se retrouver.

« Emma, ma tendre et douce », soufflait-il.

Elle savourait l'instant. Renversée en arrière, elle s'offrait à ses caresses de plus en plus audacieuses. Son sweater et sa jupe gisaient sur le parquet, elle ne portait plus que deux pièces de lingerie, un soutien-gorge en soie créé par Herminie Cadolle et une culotte assortie.

Depuis son arrivée à Paris, elle avait banni de sa garde-robe corsets à baleines et dessous peu confortables.

Aurélien se pencha vers elle, l'emporta dans ses bras vers le lit. Il ôta le couvre-lit, posa délicatement la jeune femme sur la couverture. Elle s'accrocha à lui, noua les jambes autour de son cou.

— Aurélien, vous m'avez tant manqué...

— Chut ! la gronda-t-il, attentif à la montée du plaisir de son aimée.

Il l'observa à la dérobée, tout en la caressant. Seigneur ! Qu'elle était belle, avec ses seins ronds, sa peau blanche et satinée, ses attaches fines, ses jambes interminables... Chaque nuit, il avait rêvé d'elle, comme un adolescent. Il l'aimait. Elle gémit dans ses bras. Il se souleva légèrement, déposa un baiser à la naissance de sa gorge.

— Dois-je m'arrêter ?

— Pas question !

Elle l'attira à nouveau vers elle, noua les jambes dans son dos. Il pouvait voir ses pupilles sombres étrécies, comme si elle avait pris de la drogue.

Aurélien s'était déjà laissé aller à goûter à ce genre de substance, au cours d'une soirée bien arrosée, sans renouveler l'expérience, car il ne supportait pas de perdre le contrôle. Peu lui importait, pourtant, avec Emma.

Elle cria de plaisir lorsqu'il lui fit l'amour, enfonça les doigts dans ses cheveux épais.

Il lécha un sein, délicatement, déposa un baiser sur son ventre avant de basculer sur le côté et de l'attirer contre lui.

— Je voudrais ne jamais vous quitter, murmura-t-il.

Tous deux s'endormirent, ivres de bonheur, d'amour, sans même toucher aux provisions. Ils étaient deux.

Deux jours. Ils avaient passé deux jours à s'aimer, à vivre en vase clos, comme pour mieux se protéger du monde extérieur.

La veille de son retour sur le front, Aurélien avait décidé d'un coup de tête : « Allons dîner dehors ! »

Elle s'était coiffée, maquillée avec soin, avait choisi de porter l'une de ses dernières créations, une robe de taffetas ivoire au grand décolleté adouci d'une pièce d'organza. Pour lui, elle se voulait belle.

Il l'avait emmenée chez Maxim's, où ils avaient fait honneur aux huîtres, au champagne et aux langoustines. Un dîner de luxe, comme pour adresser un pied de nez au côté sordide de la guerre.

Elle l'avait vu saluer d'un bref signe de tête un jeune homme en uniforme, n'y avait pas prêté vraiment attention. Elle ne regardait que lui.

Leur dernière nuit avait été teintée de mélancolie et de passion. La perspective du départ de son amant suscitait la panique chez Emma, bien qu'elle refusât de le montrer. Elle aurait voulu le garder auprès d'elle, lui suggérer de s'enfuir tous les deux loin, vers un pays de soleil, mais le sens du devoir d'Aurélien l'en empêchait. N'avait-il pas été formé à Saint-Cyr ? N'était-il pas un officier ?

Il le lui avait confié un soir, avec gravité : « Je n'ai pas le droit de me dérober. »

Elle l'avait accompagné en taxi jusqu'à la gare de l'Est. Se séparer de lui avait été un arrachement. Elle ne s'était pas rendue sur le quai, c'était au-dessus de ses forces. Revenue rue Saint-Vincent le soir du départ d'Aurélien, elle s'était effondrée en sanglots dans les bras d'une Eloïse perdue et impuissante. « Il est reparti », répétait-elle.

Eloïse s'était efforcée de la réconforter sans poser de questions. C'était une leçon qu'elle avait apprise auprès de Rosine : écouter, ne pas juger.

Lorsque sa fille s'était un peu calmée, elle lui avait préparé un chocolat chaud, avait insisté pour qu'elle le boive.

« Je me sens transie jusqu'aux os », avait murmuré Emma.

Eloïse comprenait ce qu'elle voulait dire. Elle avait ressenti la même chose, dans son enfance, quand Madame l'obligeait à garder son drap souillé sur la tête et les épaules.

Bien sûr, les deux situations n'étaient pas comparables mais Eloïse imaginait assez bien le trouble d'Emma. Ensuite, elle avait respecté son silence, l'avait incitée à se blottir sur le sofa, sous deux couvertures, et à somnoler.

La pluie tombait au-dehors en rafales drues, violentes. Une légère buée se formait sur les vitres, conférant une atmosphère ouatée à l'appartement où régnait une douce chaleur. Eloïse avait confectionné des crêpes, comme lorsque Rémi et Emma étaient petits.

« Tu vois, maman, on ne devrait pas aimer, ça fait trop mal », avait brusquement lancé Emma, et Eloïse avait protesté avec force : l'amour... c'était ce qui demeurait quand on avait perdu tout le reste !

L'amour et l'espoir. Et puis Aurélien reviendrait, la guerre serait bientôt finie...

Emma avait secoué la tête.

« Je n'y crois plus, maman. C'est trop dur, là-haut. »

Avant d'éclater de nouveau en sanglots.

Alors, Eloïse avait eu recours à ce que Blanche appelait jadis « le meilleur dérivatif ».

Emmener sa fille à l'Opéra-Garnier. Depuis Rosine, de mère en fille, on se transmettait la passion de l'opéra. Dans la grande salle, on donnait des extraits en italien d'*Aïda* de Verdi ainsi que de *Manon Lescaut* de Puccini.

Emma vibra, frissonna, au rythme des airs que sa mère et elle connaissaient par cœur.

A la fin de la représentation, quelques minutes avant vingt-trois heures, afin de ne pas risquer une amende, couvre-feu oblige, les deux femmes regagnèrent la rue Saint-Vincent à pas pressés.

L'une et l'autre n'avaient pas peur des bombes qui pouvaient à tout moment les déchiqueter. Elles faisaient confiance à la Providence. Emma était allée se coucher après avoir serré sa mère dans ses bras. « Je ne sais pas ce que je ferais sans toi... avait-elle déclaré, gravement.

— Tu aurais fait, tout simplement, comme nous toutes. C'est dans l'ordre des choses : les hommes partent à la guerre, les femmes tiennent la boutique... Même si, depuis quelque temps, elles commencent à rechigner car, forcément, elles sont toujours moins bien payées que les hommes... »

Lucien, qui avait toujours voté à gauche, avait récemment raconté à son épouse que la grogne se développait chez les ouvrières. En effet, on exigeait d'elles toujours plus, sans pour autant leur verser un salaire équitable. Grâce à son mari, Eloïse se tenait au fait de l'actualité.

— Je suis prête, annonça Emma à sa mère le troisième jour.

Si ses traits étaient encore tirés, elle avait mis un point d'honneur à s'habiller avec élégance et à se maquiller.

— En route, ma chérie !

A la boutique, où les clientes se succédèrent, tout lui parut plus facile. Voyant que sa fille avait repris pied, Eloïse s'éclipsa dans l'après-midi pour aller réserver son billet de train. Elle aurait tant aimé épargner toute souffrance à ses enfants ! Tout en sachant que c'était impossible. Emma aimait pour la première fois, avec passion. Eloïse priait de toutes ses forces pour qu'Aurélien lui revienne.

La jeune femme s'évertua à se concentrer sur son travail, décidée à ne pas trop penser à Aurélien. Elle rectifia sa vitrine, inclinant un peu plus le chapeau qu'elle venait d'exposer. Il s'agissait d'un chapeau cloche en feutre, d'une élégante sobriété. Sentant un regard peser sur elle, elle releva la tête. Sur le trottoir, de l'autre côté de la vitrine, une jeune femme l'observait. Troublée, Emma reconnut la personne qui avait entraîné Aurélien loin d'elle l'été dernier, à la garden-party où Colette lui avait été présentée. Elle se raidit. Elle n'était pas certaine que sa venue chez Roussel Modes fût due au hasard.

La jeune femme poussa la porte d'un air résolu. Elle toisa Emma.

— Emma Roussel… c'est bien vous, n'est-ce pas ? Vous pensez peut-être qu'Aurélien vous épousera, mais c'est à moi, Philippa Delambre, qu'il est fiancé. Demandez-le-lui, il sera bien obligé de vous avouer la vérité !

Ayant lancé sa pique, elle fit demi-tour et claqua la porte si fort que le carillon tinta une fois de trop. Emma tressaillit.

Elle était sous le choc. Aurélien fiancé… Comment était-ce possible ?

Elle avait le sentiment d'être trahie.

37

Avril 1916

Je crois bien que je vous aime. Je n'ai pas encore osé vous le dire, parce que… cela me faisait un peu peur. Je ne voulais pas vous donner l'impression de me jeter à votre cou. Mais, aujourd'hui, la donne a changé. Une certaine Philippa Delambre est venue au magasin en affirmant être votre fiancée. Est-ce vrai, Aurélien ? Si oui, pourquoi me l'avoir tu ? Pour vous jouer de moi ? Je ne parviens pas à le croire…

Agacée, Emma froissa la lettre et la jeta dans la corbeille. Cela ne lui convenait pas ! Elle n'était pas une pleureuse.

La révélation de Philippa Delambre l'avait choquée, et bouleversée. Elle avait fermé la boutique peu de temps après son départ, et s'était rendue boulevard des Italiens, où elle devait retrouver sa mère. Les deux femmes aimaient à boire un verre en terrasse. Une bière pour Eloïse, un porto pour

Emma. Ce soir-là, pourtant, la jeune femme n'avait rien pu avaler. Elle revoyait le visage furieux de Philippa Delambre, sa voix cassante résonnait dans sa tête.

« C'est à moi, Philippa Delambre, qu'il est fiancé ! » Elle avait gardé le silence vis-à-vis de sa mère. Pas question de la tourmenter avec ses histoires de cœur ! Eloïse avait remarqué son abattement, aussi s'était-elle abstenue de tout commentaire.

Cependant, les jours suivants, Emma n'avait pu se défaire de cette question obsédante : la jeune femme avait-elle menti ? Elle imaginait mal Aurélien la séduisant alors qu'il était engagé vis-à-vis d'une autre personne, mais elle n'avait pas vraiment d'expérience en la matière ! De plus, Aurélien ne lui avait jamais dit qu'il l'aimait, ne lui avait pas demandé de l'épouser. Elle n'y prêtait guère attention jusqu'à présent, l'amour qu'elle éprouvait pour lui se plaçant bien au-dessus de ces contingences, mais tout avait été remis en question par la visite intempestive de Philippa Delambre.

Sans entrer dans les détails, elle avait lancé son amie Alice sur les traces de la prétendue fiancée. On apprenait assez aisément ce qu'on cherchait à savoir, dans le milieu de la mode. Un fournisseur avait déjà entendu parler de telle famille, une mercière connaissait une couturière qui... Il suffisait de citer un nom, et de patienter. Même si Emma n'avait guère de patience... Après plusieurs essais infructueux, elle avait renoncé à écrire à son amant. Elle ne savait pas si elle devait se sentir trahie ou si elle pouvait lui accorder sa confiance. Dans ces conditions, elle attendait, en rongeant son frein.

Sa mère l'avait quittée pour retrouver Rémi dans l'Aisne. Emma était si tendue, si épuisée, qu'elle avait préféré la voir partir. C'était devenu trop difficile de jouer la comédie du bonheur, alors que son cœur était déchiré. Elle avait reçu deux lettres d'Aurélien. Elle les avait lues avec fièvre, ne pouvant s'empêcher de trembler pour lui alors qu'il lui décrivait – en se gardant bien de préciser les noms, pour échapper à la censure – l'enfer vécu à Verdun.

Au reçu de la troisième missive, n'y tenant plus, elle lui avait répondu. C'était plus fort qu'elle, elle ne pouvait l'abandonner dans ces moments-là. Tant pis s'il se joue de moi ! Elle n'avait pas oublié la culpabilité éprouvée à la mort de Théo. Les combattants étaient fragilisés, il convenait de les ménager. Cependant, était-ce une raison pour les autoriser à s'engager auprès de deux femmes en même temps ?

Il ne t'a rien promis, se disait alors Emma. Tu es sa maîtresse, rien d'autre !

Il était tentant d'évoquer sa grand-mère, la Lionne aux violettes. Sa propre mère lui avait raconté un jour que Rosine avait été malheureuse en amour. « Elle n'a jamais su choisir la bonne personne », avait conclu Eloïse, en esquissant un sourire empreint de mélancolie. Aurélien était-il pour elle « la bonne personne » ? Emma ne savait plus que penser, et s'angoissait. Forcément, sa missive s'en était ressentie car il lui avait répondu par retour du courrier en lui demandant des explications.

Quelque chose vous tourmente, et je veux croire que ce n'est pas de mon fait. Rassurez-moi vite !

Elle avait balancé durant une journée et une nuit avant de renvoyer cette unique question : *Qui est Philippa Delambre pour vous ?* Ensuite, elle qui était persuadée de ne pas avoir la foi, elle était montée au Sacré-Cœur et avait allumé un cierge devant la statue de la Vierge. C'était sa grand-mère Rosine qui, lui avait-on dit, venait y prier régulièrement.

Elle s'était morfondue durant huit jours avant de recevoir une nouvelle lettre d'Aurélien. Huit jours interminables, passés à échafauder des hypothèses, et à travailler une bonne partie de la nuit pour s'empêcher de le faire. Le neuvième jour, elle avait trouvé sa missive dans la boîte aux lettres, rue Saint-Vincent. Elle était particulièrement lourde, et Emma avait déchiré l'enveloppe dans sa hâte à l'ouvrir. Plusieurs feuillets étaient tombés sur la table. Sur l'un d'eux, Aurélien avait représenté un arbre généalogique, elle le mit de côté, pressée de lire ce qu'il avait écrit.

Mon Emma, mon amour,

Je ne supporte pas l'idée de vous savoir souffrir. A cause de moi, même si c'est bien involontairement. Je suppose que Philippa est venue vous trouver au magasin. N'accordez aucune foi à ses divagations, je vous en conjure, mon aimée. Vous remarquerez sur l'arbre généalogique qu'elle est ma lointaine cousine. Nous nous sommes retrouvés les étés à Louveciennes tout près de Marly-le-Roi, où nous nous sommes rencontrés vous et moi pour la première fois. Philippa est amie avec ma sœur, et elles ont certainement toutes deux comploté quelque projet d'union entre nos familles mais, je vous en fais serment, nous n'avons jamais été fiancés.

Les phrases écrites par Aurélien déchargeaient Emma d'un doute immense. Son cœur battait la chamade. Il l'aimait. Philippa était sa cousine.

Cette idée la transporta. D'un seul coup, la vie se parait à nouveau des couleurs de l'arc-en-ciel. Elle fit quelques pas de danse, ouvrit grande la fenêtre sur le jour qui s'éternisait.

Elle reprit la lettre, parcourut quelques lignes, s'arrêta sur la dernière phrase :

J'ai bon espoir d'avoir une permission de deux jours. Deux nuits avec vous, dans vos bras, mon amour.

Elle se mit à fredonner « Sous les ponts de Paris ».

38

Juin 1916

Après deux jours et deux nuits merveilleux, qu'ils avaient passés à s'aimer, à bâtir des projets, à rêver d'un avenir commun, Aurélien avait dû repartir pour le front, laissant Emma au désespoir. Pour la première fois, elle l'avait entendu gémir, alors qu'il était en proie à de terribles cauchemars. Glacée d'effroi, elle s'était blottie contre lui mais rien, semblait-il, ne pouvait le réconforter. Il hurlait : « Non ! Pas par là, Trochet ! Le ventre, bon sang, ses tripes se vident... Saloperie de guerre ! », se démenait dans leur lit contre un ennemi invisible.

Au réveil, elle ne lui en avait pas parlé. Il lui semblait qu'il y avait une frontière entre le front et l'arrière, entre les militaires et les civils. Elle avait peur pour lui, de plus en plus, au fur et à mesure que leur amour grandissait. Ils n'avaient pas mentionné le nom de Philippa, comme pour se protéger de l'extérieur. Emma avait accordé sa confiance à Aurélien, et n'éprouvait pas le besoin de revenir sur ce sujet. Ils étaient trop occupés à s'aimer.

Ils s'étaient offert une seule sortie, ne résistant pas à l'éclat du ciel magnifiquement bleu et à la douceur de l'air printanier. Sans le mettre en mots, l'un et l'autre avaient songé qu'il serait bien temps pour Aurélien d'être prisonnier d'une énième tranchée.

Ils avaient marché, longtemps, vers le pont Neuf. Ils avançaient d'un même pas, décidé et harmonieux. De temps à autre, leurs hanches se frôlaient, et ils échangeaient un regard tendre.

« Si nous étions libres… où aimeriez-vous aller ? » l'avait questionné Emma, tout à trac.

Elle avait envie de tout connaître de lui, comme pour compenser à l'avance son absence. Il avait marqué une hésitation :

« Notre liberté constituerait déjà un cadeau inestimable… Voyons… je vous emmènerais au bord du lac Majeur. Et vous ?

— Au pays des violettes ! avait-elle lancé sans réfléchir. Ma grand-mère était originaire de Tourrettes, au-dessus de Grasse. »

Comme portée par une impulsion joyeuse, elle avait eu envie, soudain, d'y retourner, en compagnie d'Aurélien, naturellement.

Il s'était penché vers elle pour lui dérober un baiser.

« Quand la guerre sera finie… promis, nous irons là-bas. »

Elle désirait y croire. Même si la guerre était loin d'être achevée.

Quai de la Mégisserie, elle était tombée en arrêt devant un chiot bouledogue. Blanc avec des taches marron, il avait une bouille attendrissante et roulait des yeux enamourés en direction d'Emma.

« Il vous plaît ? » s'était enquis Aurélien.

Quelques minutes plus tard, il la rejoignait, portant le chiot. Il l'avait déposé dans les bras d'Emma avant d'aller chercher collier, laisse et panier.

« Il s'appelle Toby. Vous ai-je raconté que nous avions un petit ratier nommé Filou qui était chargé de trucider nos pires ennemis, avec les poux ? C'est notre mascotte.

— Celui-ci est adorable… Oh, merci, Aurélien…

— Rentrons, ma chérie. Pour notre dernière nuit… »

Emma avait dû lutter contre la panique qui montait en elle.

Ils s'aimèrent avec une fougue et une passion presque désespérées, conscients du fait que c'était peut-être la dernière fois.

Tandis qu'il se préparait, elle essuya ses larmes, s'habilla et se coiffa avec soin. Toby ronflait dans son panier.

Aurélien secoua la tête en voyant Emma prête à l'accompagner.

— Non, ma chérie, restez là. Ce sera trop difficile, ensuite.

Elle savait qu'il avait raison mais c'était si éprouvant ! Elle se blottit contre lui.

— Jurez-moi de revenir !

Il la fit taire d'un baiser.

— Chut ! Je reviendrai. Et vous, je vous veux heureuse, belle, et confiante. Occupez-vous de Toby, ajouta-t-il en souriant car le petit chien, réveillé, commençait à mordiller son panier.

Elle aurait tant voulu le retenir, fuir avec lui, loin...

Il partit très vite, sans se retourner, et elle courut à la fenêtre, l'ouvrit, suivit des yeux sa silhouette qui s'éloignait d'un pas décidé. Pour ne pas éclater en sanglots, elle mit sa laisse à Toby et l'entraîna vers son magasin. Là-bas, au moins, elle devrait retenir ses larmes.

Le temps s'étirait, interminable. Les Parisiens mondains avaient déserté la capitale et investi leurs villégiatures de Deauville ou de Biarritz. Une chaleur écrasante rendait la vie en ville pénible. Emma avait envie de se rendre en Normandie mais n'osait quitter Paris, de crainte de manquer une permission impromptue d'Aurélien.

Et puis, il y avait autre chose. Elle avait éprouvé des doutes à la fin du mois de mai, les avait chassés d'un haussement d'épaules. Cela ne pouvait pas être, voyons !

Cependant, quand elle fut victime de nausées et sentit ses seins gonfler, elle n'eut plus de doute. Elle alla consulter un médecin recommandé par l'une de ses clientes.

Cabinet chic, situé boulevard des Italiens. Emma se présenta à lui comme « madame Roussel ». Il lui posa quelques questions avant de procéder à un examen qui la gêna. C'était un homme d'une soixantaine d'années, courtois et policé.

— Eh bien… votre époux va être heureux, chère petite madame. Vous devriez donner naissance à un bébé au début de l'année prochaine.

Elle prit sur elle pour ne pas laisser voir sa panique. Un enfant ! Alors qu'elle n'était pas mariée et que la boutique dépendait d'elle seule… Qu'allaient-ils devenir ? Etait-elle prête à subir l'ostracisme attaché aux filles mères ? Au terme d'une nuit blanche, elle arrêta sa décision.

Elle était une jeune femme libre et indépendante, et elle aimait Aurélien. Porter son enfant était la meilleure chose qui pouvait lui arriver.

Une raison de vivre, en attendant son retour.

Il lui faudrait juste prévenir son père avec tact. Sa mère s'en chargerait.

Alice se laissa tomber avec grâce sur une chaise du jardin du Luxembourg et sourit à son amie.

— Comme au bon vieux temps… tu te rappelles ? Nous pensions que le monde nous appartenait. Et ce pauvre Théo…

Même s'il appréhendait de tout avouer à Emma. Chez les Villers, on ne divorçait pas.

Ce mot était d'ailleurs inconnu de leur vocabulaire. Son destin était désormais lié à celui de Philippa...

— Mon lieutenant, on dirait que ça chauffe, du côté du village...

Aurélien fit un sourire las à son ordonnance, Raffin, qui venait de l'interpeller.

Certains jours, il ne croyait plus en la victoire.

Que ressortirait-il de cette guerre d'usure, dans la pluie, la boue et le froid ?

Aucun survivant ne serait jamais plus le même homme. Et lui, Aurélien, se maudissait d'avoir trahi Emma.

Pourquoi lui ai-je écrit ? se reprocha une nouvelle fois Emma.

Elle avait cédé aux instances de ses amies après avoir été victime d'un malaise, à la mi-septembre. Le médecin appelé à la hâte avait préconisé le repos durant une quinzaine de jours. Emma devait éviter tout déplacement et limiter la station debout si elle voulait mener sa grossesse à son terme. Elle avait réalisé à ce moment-là qu'elle tenait à son enfant, plus encore qu'à sa boutique.

Après avoir été prévenue par télégramme et brièvement mise au courant de la situation, Eloïse n'avait pas tergiversé. Elle était arrivée à Paris dès le lendemain, s'était instaurée garde-malade bien que les deux femmes se soient accordées à dire que la grossesse n'était pas une maladie.

Elle n'avait pas fait de leçon de morale, ce n'était pas son genre. Elle n'avait d'ailleurs même pas posé de question, attendant que sa fille se livre à des confidences.

Lucien n'avait pas été mis dans le secret. Officiellement, Emma souffrait d'une pneumonie, ce qui nécessitait la présence de sa mère auprès d'elle. Comme l'avait dit Eloïse, il convenait de parer au plus pressé. Elles aviseraient par la suite.

Craignant de perdre son enfant, Emma avait écrit à Aurélien et s'était confiée comme jamais. Elle lui avait raconté ses angoisses, sa joie d'attendre un enfant de lui, mais aussi ses inquiétudes face à l'avenir.

Elle avait posté sa longue lettre sans la relire. Elle avait besoin de l'amour d'Aurélien, de ses paroles de réconfort. Et puis, alors qu'elle allait mieux et qu'elle retournait depuis deux jours à la boutique, sous la surveillance d'Eloïse, qui l'obligeait à s'asseoir le plus possible, elle s'était trouvée à nouveau confrontée à Philippa Delambre.

C'était elle et ce n'était plus elle, avait remarqué Emma. Elle était plus assurée dans sa jupe à godets bleu marine et son sweater ivoire. Elle avait toisé Emma.

« Je suis venue vous faire part de mon mariage. Notre union a été célébrée il y a un mois et demi, le 14 août, à Louveciennes. »

Elle avait brandi sa main gauche, ornée d'une alliance et d'une bague, un saphir entouré de petits diamants.

Emma avait senti la nausée la submerger.

Ne lui laisse pas voir à quel point tu es blessée, avait-elle pensé, et elle avait planté son regard dans celui de sa rivale.

« Félicitations », avait-elle laissé tomber d'une voix unie avant de tourner la tête.

Sa mère s'était rapprochée d'elle, comme pour la soutenir.

Les deux rivales avaient gardé le silence durant plusieurs secondes. Puis Philippa, triomphante, avait lancé : « A présent, vous savez à quoi vous en tenir ! »

Eloïse n'avait pu se contenir :

« Ma fille et moi ne tenons pas à poursuivre cette conversation. »

Elle avait ouvert la porte.

« Au plaisir de ne plus vous revoir ! »

Dès que Philippa avait disparu, Emma s'était effondrée dans les bras d'Eloïse.

« Oh ! Maman ! Pourquoi a-t-il fait ça ? »

Eloïse s'était efforcée de la réconforter tout en se disant qu'elle ne comprenait rien au comportement d'Aurélien.

« Demande-toi plutôt pour quelle raison elle a éprouvé le besoin de venir te narguer, avait-elle répondu. A mon avis, elle ne se sent pas vraiment rassurée. »

Quoi qu'il en soit, Philippa Delambre était désormais l'épouse d'Aurélien, et ce malgré ses promesses. Emma aurait voulu rattraper son courrier, pour le déchirer.

Qu'Aurélien ne cherche surtout pas à la contacter !

Elle ne le reverrait jamais.

Malgré l'enfant qu'elle portait.

40

Février 1917

La lettre lui fut remise en mains propres par un soldat au visage las, mangé par une barbe qui accentuait sa mauvaise mine. Emma comprit dès qu'il franchit le seuil de la boutique. Ce fut plus fort qu'elle : même si elle s'était promis de ne jamais le revoir, elle éprouvait toujours des sentiments pour Aurélien.

Le lendemain du passage de Philippa Delambre, elle lui avait adressé une lettre comminatoire qui tenait en quelques mots :

Ne m'écrivez plus, ne cherchez pas à me joindre.
Ma décision est irrévocable.
Vous devez désormais vous consacrer à votre épouse.

Sur l'instant, écrire ces mots lui avait fait du bien. Elle s'était effondrée, ensuite. Comment avait-il pu agir ainsi ? Elle souffrait tant, alors elle avait tenté de reprendre le dessus, s'était noyée dans le travail.

Ses parents avaient fait le déplacement pour la Noël. Rémi était venu les rejoindre avant de repartir pour le front. Leur mère n'avait pu dissimuler sa déception, elle espérait tant que la guerre était terminée pour lui. Rémi, lui, plastronnait un peu même s'il avait confié à son aînée qu'il était « mort de trouille à l'idée d'y retourner ». Emma en était malade pour lui. Ses parents et son frère avaient accepté sa grossesse sans jamais la critiquer.

Emma mesurait sa chance d'appartenir à une famille aussi unie et se doutait que sa mère avait dû longuement plaider sa cause auprès de son père.

Durant les fêtes, la trahison d'Aurélien avait été reléguée au second plan. Il convenait de se tenir chaud, tous les quatre, pour emmagasiner affection et tendresse.

Pour l'heure, face au soldat barbu, Emma était terrifiée.

Taisez-vous ! pensa-t-elle avec force. Tant que vous ne m'aurez pas parlé, je pourrai encore espérer…

Son calot à la main, il l'enveloppa d'un regard empreint de compassion.

— Je suis venu parce que je l'avais promis à mon lieutenant. J'étais son ordonnance, vous comprenez, Raffin. Lui et moi on ne s'est pas quittés depuis août 1914. Ça crée des liens, forcément.

— Il est… blessé ? questionna Emma d'une voix mal assurée.

Le soldat secoua la tête.

— Il est mort, ma pauvre demoiselle.

Il se précipita vers Emma, horriblement pâle, qui titubait.

Il la fit asseoir, s'empressa autour d'elle.

— Il m'avait souvent répété qu'il ne devait pas mourir, pour vous expliquer, pour vous revoir. Et puis, le matin de l'attaque, il était un peu bizarre, le visage à l'envers. « J'ai un mauvais pressentiment, Raffin », il m'a dit comme ça, et il m'a donné cette lettre pour vous. Il faut vous dire que nous, on aime pas ce genre de choses. Je connais beaucoup de potos qui sont tombés après une mauvaise nuit. C'est l'enfer, là-haut. L'enfer…

D'un mouvement de paupières, son regard exprima l'innommable. Emma joignit les mains l'une contre l'autre.

— A-t-il… souffert ?

— Non, il a été tué sur le coup. Une chance dans son malheur… Si vous saviez tous ceux qui mettent près de vingt-quatre heures à mourir en se vidant de leur sang ou de leurs tripes…

— Taisez-vous ! hurla Emma, incapable d'en entendre plus.

Raffin recula.

— Pardonnez-moi, murmura-t-il. Vous, les civils, vous ne pouvez pas vous rendre compte…

— Je… suis désolée, articula-t-elle avec peine. Je n'aurais pas dû hausser la voix. Mais, voyez-vous, je l'aimais. Je l'aimais tant…

Elle s'interrompit, en larmes. A cet instant, le fait qu'Aurélien ait épousé Philippa n'avait plus d'importance. Elle se revoyait avec lui, faisant l'amour pour la dernière fois et l'ignorant. Elle sentait son corps peser sur elle, elle caressait sa peau, soutenait son regard, jusqu'à ce qu'ils laissent échapper un râle de plaisir. Ensemble.

Plus tard, bien sûr, la colère, l'amertume reviendraient la hanter. Pour l'instant, il n'y avait qu'Aurélien. Son amour.

Raffin, maladroitement, posa la lettre sur le comptoir.

— C'est beau, ces bouquets de violettes, on se croirait au printemps, apprécia-t-il. Ça aussi, mon lieutenant me l'avait dit : « La femme que j'aime vient du pays des violettes. »

Emma ne put réprimer ses sanglots.

— « La femme que j'aime »… répéta-t-elle. Pourquoi, dans ce cas, en a-t-il épousé une autre ? Parce que je n'étais pas de son monde ? Parce qu'il me considérait comme « sa poule » ? C'est ça, n'est-ce pas, que vous dites entre vous… ?

Le pauvre Raffin rougit.

— Mon lieutenant ne parlait pas comme ça, protesta-t-il. Seulement, quelques confidences, après des bombardements particulièrement durs, quand on se demandait par quel miracle on était encore en vie. Il m'avait ainsi communiqué votre nom, votre adresse, et m'avait parlé des violettes. Ça nous faisait rêver, quand on respirait les gaz de ces maudits boches… Mais vous traiter de « poule », ça non, jamais !

Son indignation aurait fait sourire Emma en d'autres circonstances. Elle lui tendit la main.

— Merci pour tout, monsieur Raffin. Prenez soin de vous, surtout.

Il lui offrit un sourire timide.

— Vous aussi, mademoiselle.

Il avait soigneusement évité de poser les yeux sur son ventre. Depuis plusieurs semaines, Emma avait renoncé à le comprimer. Elle assumait sa grossesse hors mariage. Après tout, elle n'avait de comptes à rendre à personne puisque ses parents ne l'avaient pas rejetée.

Elle était une femme libre.

Elle perdit les eaux la nuit suivante, avec deux bonnes semaines d'avance sur la date prévue.

Seule dans sa chambre, elle appela sa voisine, mademoiselle Angéline, qui fila chercher la sage-femme du quartier. Pendant ce temps, Emma avait ôté sa chemise trempée, changé les draps, sorti du linge. Le travail était commencé quand mademoiselle Angéline revint, mais Emma refusa de se coucher.

— Ce sera plus facile si je reste debout, expliqua-t-elle.

Philomène, la sage-femme, ne fut pas de cet avis. A cinquante-cinq ans, elle avait donné naissance à des kyrielles d'enfants, aussi bien dans des chambres de bonne et des appartements confortables que dans des maisons closes.

Elle avait une longue expérience et des principes d'hygiène auxquels elle ne dérogeait pas. Elle avait fait des piqûres à Blanche pour son cœur et aimait bien Emma.

Elle prit les choses en main. La jeune femme pleurait tout en réclamant Aurélien. Curieusement, l'accouchement fut rapide bien que particulièrement douloureux.

— Tu t'en tires très bien, ma belle, commenta Philomène.

Le sort du bébé était plus préoccupant. C'était une petite fille minuscule, un « petit poids », elle dut lui administrer une claque sur les fesses afin de vérifier le bon fonctionnement de ses poumons.

— Ça va, c'est une gueularde ! lança Philomène.

Avant de laver l'enfant, elle appela Toby, que mademoiselle Angéline avait chassé de la chambre. Elle fit renifler la tête du bébé au bouledogue, qui lécha le mucus.

Philomène se redressa.

— Ils seront inséparables, ces deux-là ! affirma-t-elle.

Elle s'occupa alors de l'enfant, la lava entièrement, l'enveloppa dans des langes.

Il régnait une douce chaleur dans la chambre. Emma somnolait.

Philomène plaça sa fille dans ses bras.

— Bats-toi pour qu'elle vive, lui intima-t-elle.

D'une certaine manière, elle avait trouvé le moyen de donner une raison de vivre à la jeune femme.

41

1918

L'hiver, comme la guerre, n'en finissait pas. L'année 1917 avait été éprouvante à plus d'un titre, marquée par des alternances d'espérance et de désespoir nu.

Emma avait eu énormément de peine à surmonter la mort d'Aurélien. Elle était la femme de l'ombre, celle qui n'avait pas le droit de porter le deuil ou de se recueillir sur sa tombe, et elle le vivait mal.

Elle avait consulté la presse de janvier, découvert l'avis de décès dans *Le Figaro*. Le faire-part mentionnait l'épouse, Philippa, les parents d'Aurélien de Villers, son grand-père et son frère et sa sœur.

Elle avait retenu qu'il avait été enterré à Louveciennes et s'était promis de s'y rendre.

Plus tard, quand Béatrice serait en âge de comprendre.

Sa fille était son soleil, sa raison de vivre.

Elle l'avait prénommée Béatrice, « celle qui apporte le bonheur », comme un coup de pied au destin.

Les deux premiers mois, elle ne s'était pas séparée de son enfant, veillant à sa croissance et à son bien-être. Ses parents étaient revenus rue Saint-Vincent. Voir Béatrice toute menue dans les bras de son grand-père avait constitué un moment d'émotion intense.

Emma avait assez bien surmonté la gêne éprouvée en lisant sur l'acte de naissance *née de père inconnu.*

« Elle a un grand-père, et un oncle », avait commenté Lucien.

On n'évoquait pas Aurélien, pour préserver Emma. Elle se disait parfois qu'elle n'aurait pas survécu sans sa petite fille et sans ses parents.

Elles étaient entourées d'un cocon d'amour qui lui réchauffait le cœur.

Au début du troisième mois, Emma n'avait plus de lait. Elle avait dû se résoudre à placer Béatrice en nourrice, à Fontenay-aux-Roses, et allait la voir chaque dimanche.

La petite poussait dru, comme pour rattraper sa prématurité.

Eloïse, marquée par son enfance maltraitée, avait multiplié les mises en garde : surtout, ne pas faire confiance aveuglément à la nourrice, ne pas hésiter à se rendre chez elle sans prévenir, afin de vérifier que tout se passait bien, ne pas payer d'avance...

Emma l'avait regardée, intriguée, sans pour autant oser lui poser de questions.

L'enfance d'Eloïse était taboue. Leur père avait un jour mis en garde Emma et Rémi :

« Surtout n'interrogez pas votre mère au sujet de ses jeunes années. Elle a beaucoup souffert. »

Parce qu'ils l'aimaient, ils avaient obéi.

Antoinette, la nourrice, était une femme robuste à l'hygiène rigoureuse. Emma était satisfaite d'elle, même si elle éprouvait parfois une bouffée de jalousie. C'était elle qui récoltait les premiers sourires et les premiers mots de Béatrice.

Un crève-cœur pour une mère aussi aimante qu'Emma.

Elle s'était organisé une vie rythmée par le travail et le temps consacré à Béatrice. Il le fallait, pour ne pas trop ressasser de sombres pensées. Aurélien était désormais pour elle comme une douleur sourde, à laquelle elle ne donnait libre cours que la nuit, au fond de son lit.

A vingt et un ans, elle se retrouvait quasiment veuve et mère célibataire.

Elle ne regrettait rien, cependant.

Même si, désormais, elle se défiait de l'amour.

Il faisait trop mal.

— Tu es bien sûre de ce que tu fais ? insista Alice.

Emma secoua la tête.

— C'est à contrecœur, tu le sais, mais je n'ai pas d'autre solution. La mode périclite. Tout l'argent passe dans le charbon et la nourriture et les plus fortunés ont quitté Paris pour la côte basque ou la Côte d'Azur. J'aurais dû ouvrir une boutique à Biarritz, comme mademoiselle Chanel, mais je n'en ai pas les moyens.

— Elle a des soutiens efficaces, glissa Alice.

On chuchotait, en effet, que Gabrielle Chanel, qui avait révolutionné la mode, était la maîtresse d'un bel Anglais, Boy Capel, et qu'il avait financé ses boutiques.

Emma ne cherchait pas à rivaliser avec elle. Elle devait encore faire ses preuves. De plus, elle ne tenait pas à sacrifier sa carrière.

Pour elle, Béatrice avait la première place.

Elle s'était donc résolue à fermer l'atelier. Trop de frais, pour des ventes en chute libre.

Elle ne le voyait pas comme un échec, plutôt comme une pause dans une ascension qui avait peut-être été trop rapide. De toute manière, la guerre qui s'éternisait faussait tout.

Le formidable espoir suscité par l'arrivée des troupes américaines était retombé. On avait tant misé sur elles… pour se rendre compte que les offensives allemandes se poursuivaient, au mépris des pertes terribles enregistrées. La paix semblait s'éloigner de jour en jour.

Les bombardements sur Paris étaient de plus en plus difficiles à supporter.

Début mars, ne pouvant plus tenir, Emma ferma la boutique et alla chercher Béatrice chez la nourrice. Agée d'un peu plus d'un an, la petite fille absorbait désormais une alimentation solide.

Elles prirent le train pour Bordeaux, d'où elles se rendirent à Arcachon. Une cliente avait proposé à Emma de lui louer une petite maison qu'elle possédait sur le front de mer. La mère et la fille y séjournèrent pendant trois merveilleux mois qui leur permirent de se retrouver. Béatrice était une enfant facile, rieuse et tendre. Difficile de dire à qui elle ressemblait, même si Eloïse soutenait qu'elle était le portrait frappé de Rosine.

« Elle sera une vraie beauté, comme toi et ta grand-mère », affirmait-elle à Emma.

Elle-même s'excluait volontairement de la lignée familiale. Elle ne s'était jamais trouvée belle ; on lui avait trop souvent répété dans son enfance combien elle était laide. Pourtant, elle avait beaucoup de charme, avec ses yeux et ses cheveux sombres, et sa silhouette harmonieuse.

A Arcachon, Emma dessinait avec ardeur. Le Bassin l'inspirait, elle avait envie de créer des vêtements amples, dans ses couleurs fétiches, le bleu marine et le beige.

Béatrice avait fait ses premiers pas sur la plage. Emma avait essuyé une larme en voyant sa fille s'élancer, bras étendus, vers l'eau. Si seulement Aurélien avait pu être là, avec elles !

De nombreux blessés séjournaient à Arcachon dans les hôtels réquisitionnés et transformés en hôpitaux. Quand elle les apercevait, installés sur des chaises longues, la jeune femme détournait les yeux. Elle souffrait pour eux, pour leurs familles, tout en les enviant. Eux au moins étaient saufs.

Elle éprouvait toujours des sentiments contradictoires. Le chagrin était ancré dans son cœur, bien qu'elle n'ait pas pardonné ses mensonges à Aurélien.

Elle avait fini par se confier à Eloïse, qui lui avait fait remarquer : « Ma chérie, certains hommes sont ainsi faits. Ils n'ont pas la force ou le courage d'affronter leur famille, le poids des traditions à respecter les paralyse. Garde seulement les bons souvenirs, pas l'amertume. »

Comment sa mère se débrouillait-elle, elle qui avait eu un seul amour, pour avoir acquis une telle sagesse ? Emma lui était éperdument reconnaissante de son écoute, de sa tendresse et de son amour indéfectibles. Sans Eloïse, elle aurait sombré.

Sa mère l'incitait aussi à poursuivre son travail créatif :

« Ma mère, Rosine, a vécu de ses charmes. Moi, j'ai appris la couture alors que je rêvais d'enseigner. Toi, tu as le bonheur d'être passionnée par la mode. Ne laisse pas passer cette chance. »

Emma avait hoché la tête, tout en se disant que si elles étaient les descendantes de Rosine elles n'avaient pas fini de payer leur hérédité.

Lucie Roussel n'avait jamais accepté sa bru et, chez les Villers, on aurait tourné le dos à la petite-fille d'une courtisane, celle-ci eût-elle été aussi célèbre que la Lionne aux violettes.

Le prix à payer, se dit-elle, un brin amère.

42

Novembre 1918

Paris pavoisait, Paris chantait, en proclamant que c'était bel et bien « la der des ders ».

Partout, place de la Concorde, place de l'Opéra, une foule en liesse brandissait des drapeaux français, britanniques et américains.

Après plus de quatre ans de guerre, la paix tant attendue, tant espérée, était enfin signée. Ses parents avaient envoyé un télégramme à leur aînée. *Ça y est, ma chérie ! Nous y sommes ! Rémi va bientôt rentrer. Nous t'embrassons, ainsi que Béatrice.*

En toute logique, Emma aurait dû rejoindre ses amies pour aller célébrer l'armistice. Pourtant, elle n'en avait pas envie. Après avoir fait manger et couché sa fille, elle se réfugia dans son fauteuil recouvert de velours bleu et, le regard fixé sur la nuit étoilée – on était enfin autorisé à ne pas tirer les rideaux occultants ! –, elle avait pensé à Théo et à Aurélien. Morts tous les deux. Ils ne connaîtraient pas la victoire, ne la partageraient pas avec leur famille et leurs camarades.

Pour ne pas éclater en sanglots, elle avait ouvert la bouteille de champagne apportée par sa mère lors de sa dernière visite, et l'avait bue, coupe après coupe, en se persuadant de reprendre dès que possible son activité.

Elle n'avait jamais été ivre. Ce soir-là, pourtant, elle se coucha « pompette », un mot du temps de Blanche.

Elle se releva à deux reprises, alla vérifier que tout allait bien pour Béatrice, et sombra aussitôt après dans un sommeil lourd.

Le lendemain, souffrant d'une horrible gueule de bois, elle se promit de ne jamais recommencer. Béatrice avait besoin d'elle.

Pourtant, au cours de cette nuit mémorable, s'était opérée une sorte de catharsis.

La guerre était finie, Aurélien ne reviendrait jamais, il convenait de tourner la page.

1920

Une sorte de frénésie s'était emparée de Paris. On voulait vivre, intensément, rattraper toutes les années perdues. Le couvre-feu avait été supprimé, on sortait plusieurs soirs par semaine.

« Il faut des tenues différentes à chaque fois », assurait Alice, qui avait le sens des affaires.

Les deux amies travaillaient d'arrache-pied dans l'arrière-boutique. Emma attendait le moment opportun avant de louer à nouveau un atelier : il lui fallait d'abord équilibrer sa trésorerie, mise à mal par la dernière année de guerre.

Elle s'était déplacée à Lyon pour établir de nouveaux contacts avec des fabricants de tissus. Elle n'avait pas eu le courage cependant de revenir dans sa famille.

Elle n'avait pas encore la force de se confronter à ses souvenirs. Ses parents l'avaient rejointe à Lyon. Ils avaient dîné à la brasserie Georges avant qu'Emma ne reprenne le PLM pour rentrer à Paris, où Alice gardait sa fille.

Eloïse lui avait glissé en souriant : « Rosine rêvait toujours du PLM. »

Entre elles deux, elles disaient « Rosine », comme pour la garder vivante. C'était une sorte de mot de passe.

Lucien ne tentait plus de la convaincre de quitter Paris. Il avait vieilli, les années de guerre l'avaient marqué. Pacifiste convaincu, il s'inquiétait des suites du traité de Versailles, estimant que les Allemands chercheraient à tout prix à prendre leur revanche. Rémi, à leur grande déception, n'avait été démobilisé qu'à l'été 1919.

La mode évoluait. Mademoiselle Chanel avait donné l'impulsion. D'autres femmes avaient pris le pouvoir, comme Jeanne Lanvin ou Madeleine Vionnet, reléguant Paul Poiret à l'avant-guerre. Ce mot avait une connotation péjorative. On pensait « XIXe siècle ».

Emma n'ambitionnait pas d'ouvrir une maison de haute couture mais envisageait de se diversifier. Elle avait dessiné des modèles de sacs, de ravissantes aumônières de velours et de strass, qu'elle faisait réaliser à Lyon, et s'intéressait à présent aux chaussures. Elle s'était ainsi rapprochée d'une fabrique de Romans, et échangeait des projets avec le directeur.

Elle lui avait envoyé plusieurs croquis, expliqué qu'elle désirait assortir les souliers aux tenues et, pour ce faire, lui avait adressé des échantillons de tissus. Elle tenait à un concept innovant : proposer dans sa boutique lingerie, robes, manteaux, chaussures, sacs et chapeaux. « Un grand magasin à toi toute seule ! » avait résumé Eloïse, qui se passionnait pour l'essor de Roussel Modes.

Pour ce faire, elle avait besoin de capitaux. Elle s'était rendue à sa banque, avait fait jouer la concurrence. A vingt-trois ans, Emma était plus sûre d'elle, et souhaitait développer son entreprise. Même si le retour des soldats avait renvoyé chez elles nombre des femmes qui, durant toutes ces années de guerre, avaient fait vivre le pays, les Françaises gagnaient peu à peu leur indépendance.

La femme de 1920, la Parisienne surtout, sortait sans chaperon, se maquillait, travaillait, menait sa vie à sa guise. Tout naturellement, pour accompagner cette liberté nouvelle, elle s'était fait couper les cheveux et avait raccourci ses robes, dévoilant des « gambettes » à la Mistinguett.

Emma et Alice jouaient les mannequins pour Roussel Modes. Emma, la première, avait sacrifié sa crinière auburn. Ses cheveux, coupés à hauteur du menton, encadraient son visage au teint clair. Alice, blonde aux yeux bleus, paraissait plus éthérée mais elle était capable de danser jusqu'au bout de la nuit.

Philomène, de qui Emma était restée proche, l'avait mise en relation avec Nina, jeune émigrée russe, qui gardait Béatrice. Emma et elle s'entendaient bien, et elle avait toute confiance en Nina. La jeune fille, mince, avec une couronne de cheveux blonds et de grands yeux gris, suscitait l'envie de la protéger, même si elle témoignait d'une force de caractère peu commune. Elle faisait « bouillir la marmite », expression qu'elle chantait d'un délicieux accent, pour sa mère, son grand-père et sa sœur cadette. Son père était mort au combat en 1915 et ils avaient fui la révolution russe à la fin de l'automne 1917. Fille de la bourgeoisie de Saint-Pétersbourg, Nina y avait appris le français, ce qui avait facilité son insertion. Lorsqu'elle ne gardait pas Béatrice, elle travaillait à l'atelier. « Ma belle équipe », se félicitait Emma.

Alice, Nina et la jeune Fanny, brodeuse, la secondaient ainsi qu'Annie, une « arpette[1] » chargée aussi

1. En langage familier de l'époque, jeune apprentie, surtout modiste ou couturière.

des livraisons en ville. Toutes se passionnaient pour la boutique et faisaient preuve d'une belle créativité.

Cependant, le soir venu, Emma pensait toujours à Aurélien. L'avait-il vraiment aimée ? La lettre qu'il avait confiée à Raffin n'avait pas apporté de réponse à la fille d'Eloïse. Il la priait de lui pardonner, promettant de venir tout lui expliquer à sa prochaine permission... Il ne parlait pas de l'enfant. Il ne parlait pas d'amour.

Emma aurait désiré la déchirer, s'en défaire, sans toutefois y parvenir. Il était le père de Béatrice. Cette lettre était le seul souvenir de lui qu'elle avait à transmettre à son enfant.

Parfois, elle se demandait ce qu'était devenue Philippa Delambre. Non, corrigeait-elle aussitôt. Philippa de Villers.

Celle-ci n'était jamais revenue à la boutique. Elle n'en avait pas besoin.

Puisque c'était elle qui avait gagné.

Une bien triste victoire, mais une victoire tout de même.

43

1922

La musique à la mode, exprimant à la fois nostalgie, rage et fureur de vivre, avait tout de suite séduit Emma.

Invitées au music-hall, Alice et elle avaient découvert le jazz importé des Etats-Unis. Elles sortaient fréquemment ensemble, ce qui leur offrait l'occasion de porter les dernières créations de Roussel Modes.

Elles se moquaient allègrement des rumeurs courant à leur sujet. La femme libre des années 20 était souvent taxée de lesbianisme, ce qui les faisait sourire.

Alice avait rompu avec Gilbert, son fiancé, en 1919. Ne prétendait-il pas la cloîtrer chez ses parents, la soupçonnant de l'avoir trompé durant la guerre ?

Révoltée, la jeune femme lui avait rendu sa bague et tourné le dos.

De nombreux couples avaient vécu des retrouvailles difficiles. Les années de guerre avaient laissé des traces profondes. Durant plus de quatre ans, beaucoup de femmes avaient assumé le quotidien, travaillé, à la ferme ou en ville, élevé les enfants, pris en charge les parents âgés. C'était à croire que, de retour au foyer, leurs époux avaient redouté de perdre le pouvoir.

« Nous leur faisons peur », souriait Emma.

Les Américains ne lui donnaient pas cette impression. Ils étaient rentrés au pays après l'Armistice, mais ils revenaient de plus en plus nombreux depuis un an, chassés des Etats-Unis par la Prohibition et attirés par la réputation de Paris.

La capitale était d'ailleurs de plus en plus cosmopolite, mêlant Russes blancs, Américains du Nord et du Sud, Italiens, réfugiés des Balkans, Arméniens.

A Paris, on chantait, on dansait, on voulait se persuader que l'horreur était bel et bien finie. Emma avait envie d'y croire, elle aussi.

Même si le ragtime et le blues suscitaient en elle une furieuse envie de pleurer.

Il avait toujours été attiré par les beautés mystérieuses.

Ce soir-là, il aurait préféré rester chez lui, dans sa chambre de l'hôtel d'Angleterre, rue Jacob. Il était fatigué mais, finalement, il avait accompagné son ami Arthur, qui tenait à passer la soirée au Zelli's, rue Fontaine, un cabaret en vogue.

Arthur et lui étaient amis depuis l'adolescence alors que tous deux étudiaient le droit à la prestigieuse université de Chicago.

La guerre avait bouleversé leurs projets. Ils s'étaient engagés en même temps, avaient combattu à Château-Thierry et en Argonne, et, après avoir été démobilisés, ils n'étaient rentrés que pour un an aux Etats-Unis. Arthur s'intéressait à l'art, lui au journalisme.

Devenu correspondant à l'étranger pour le *Chicago Daily News*, il s'était installé à Paris. De son côté, Arthur, malgré les réticences de sa famille, suivait des cours aux Beaux-Arts et fréquentait assidûment de nombreux peintres, entre Montmartre et Montparnasse. Grâce à Arthur, Jason avait consacré des articles à Pablo Picasso. La rage de vivre et le talent de l'Espagnol l'impressionnaient.

La jeune femme, qu'il observait de moins en moins discrètement, portait une robe droite en lamé, un petit béret en résille dorée crânement incliné sur ses cheveux et paraissait sous le charme de la musique de l'orchestre composé de Noirs et de Blancs.

Ses jambes gainées de soie battaient la mesure. Elle murmura quelque chose à l'amie qui l'accompagnait et but une gorgée de champagne.

Une jeune femme libre, pensa-t-il. Elle l'attirait irrésistiblement.

N'y pouvant plus tenir, il se leva, la rejoignit et l'invita à danser.

L'orchestre jouait un ragtime. Elle tourna la tête, faisant peser sur lui un regard fascinant, d'un étonnant bleu-violet.

— Je veux bien, acquiesça-t-elle.

Tous deux se lancèrent dans un fox-trot élégant. Elle dansait bien, avait le sens du rythme et de la mesure, ne se souciait pas des regards d'autrui.

On fit vite cercle autour d'eux pour suivre leurs évolutions. Chaque pas donnait à Emma l'impression de revivre. Elle se laissait emporter par la musique qui prenait possession d'elle. C'était à la fois grisant et magique, comme si cette danse lui avait permis de devenir une autre Emma, de se libérer du passé.

A bout de souffle, elle s'arrêta la première. Elle avait chaud et soif.

— Je m'accorde une pause, annonça-t-elle comme si elle avait l'intention de poursuivre ensuite.

Il inclina la tête, la raccompagna jusqu'à la table qu'elle partageait avec Alice.

— Champagne !

Emma sourit. Le champagne évoquait toujours pour elle Eloïse et Rosine, son aïeule.

Son cavalier se présenta :

— Jason Bryant, journaliste au *Chicago Daily News*.

C'était une soirée durant laquelle tout pouvait arriver. La musique, la danse avaient eu raison des défenses d'Emma, prête pour un nouvel amour.

Et Jason, typiquement américain, avec sa haute taille, sa mèche châtain, ses yeux gris-bleu et son charme nonchalant, lui plaisait.

1925

Paris vibrait au rythme de la Revue nègre. Emma et Jason avaient assisté à la première, le 2 octobre, au théâtre des Champs-Elysées.

L'événement avait attiré beaucoup de monde. Emma salua nombre de clientes, se fraya difficilement un passage jusqu'au premier rang. Jason ouvrait la marche.

Les yeux fixés sur ses larges épaules, elle se dit qu'elle avait beaucoup de chance. Il était un compagnon aimant et attentif, et, grâce à lui, elle avait découvert des artistes aussi fascinants que Pablo Picasso, Robert Desnos, Francis Picabia ou Blaise Cendrars.

Emma souriait souvent en songeant qu'un Américain lui avait donné accès à un univers dont elle ignorait tout. La créativité des artistes des Années folles suscitait en elle un désir d'émulation.

Ses doigts la démangeaient, elle imaginait déjà des bijoux barbares, des tuniques ornées de motifs ethniques.

En 1923, un an après la découverte du tombeau de Toutankhamon, elle avait créé une collection inspirée de l'art égyptien qui avait connu un vif succès. Cet aspect de son métier – coller à l'air du temps – la passionnait.

Elle échangea un regard complice avec Jason. Tous deux s'étaient apprivoisés lentement. S'il avait éprouvé un coup de foudre pour elle, elle avait pris son temps, appréciant ses attentions, sa cour discrète mais assidue.

Elle s'était d'abord laissé aimer, comme si elle avait eu peur de trop s'investir dans cette nouvelle relation. Au fond d'elle-même, elle n'accepterait jamais la trahison d'Aurélien.

Ils s'étaient aimés la nuit du 31 décembre 1922, et ç'avait été une merveilleuse façon de clore l'année.

Dans les bras de Jason, Emma s'était sentie reine. Ses caresses tendres et exigeantes l'avaient ramenée à la vie, elle qui n'avait pas eu d'amant depuis Aurélien.

Ils ne vivaient pas ensemble, chacun étant fort occupé par son travail, mais partageaient plusieurs soirées par semaine. Ils se retrouvaient à l'hôtel de Jason, Emma se refusant à l'imposer à sa fille, à qui elle donnait toujours la première place.

Après plusieurs mois d'une liaison discrète, elle avait tout de même fini par présenter son amant à Béatrice, ravie de connaître un homme qui venait de si loin et racontait – en les mimant ! – des histoires d'Indiens.

Jason savait aussi réparer le bras cassé d'une poupée et conduisait une superbe voiture jaune, aux chromes étincelants.

Béatrice était bouche bée devant lui, et le réclamait souvent, au point qu'ils étaient partis tous les trois en vacances. Ils s'étaient rendus en Toscane, avant de séjourner à Cannes. Jason avait appris à nager à la mère et à la fille. C'étaient des souvenirs heureux.

Emma se demandait de plus en plus souvent dans quelle mesure Béatrice souffrait de l'absence de son père. Elles n'avaient pas abordé ce sujet, mais un jour viendrait où sa fille lui réclamerait des explications. Que pourrait-elle alors lui répondre ?

Sur la scène, Joséphine Baker et Joe Alex entamaient un duo torride, la « Danse sauvage ». Les seins nus, elle portait une ceinture de plumes, une culotte de satin, et des plumes autour du cou. Son partenaire avait des plumes autour des hanches, des perles autour du cou, des genoux et des chevilles.

Le couple était sensuel et beau. Quelques sifflets s'élevèrent dans la salle. Emma, furieuse, se retourna.

— Quels tartuffes ! s'écria-t-elle.

Les jours suivants, la méchanceté gratuite de certains critiques lui donna la nausée.

Robert de Flers, de l'Académie française, était allé jusqu'à écrire, dans *Le Figaro* : « La Revue nègre est un lamentable exhibitionnisme transatlantique qui semble nous faire remonter au singe en moins de temps que nous n'avons mis à en descendre... »

Son écœurement l'incita à rencontrer Joséphine Baker. Il ne leur fallut pas longtemps pour devenir amies.

44

1927

Si je mourais là-bas sur le front de l'armée
Tu pleurerais un jour ô Lou ma bien-aimée
Et puis mon souvenir s'éteindrait comme meurt
Un obus éclatant sur le front de l'armée
Un bel obus semblable aux mimosas en fleur[1]…

Profondément émue, Emma ferma le recueil et le posa sur le bras de son fauteuil. Lorsqu'elle restait chez elle le soir, elle aimait à dessiner ou à lire. Béatrice dormait dans sa chambre, veillée par un Toby très investi dans son rôle d'ange gardien.

Elle commençait à bien parler l'anglais, tout comme sa mère, et Jason avait suggéré, l'avant-veille :

« Nous devrions aller en Amérique. Il s'y passe tant de choses… »

1. Extrait de *Poèmes à Lou* de Guillaume Apollinaire.

Une sonnette d'alarme s'était alors déclenchée dans la tête d'Emma. Même si le rêve américain faisait fantasmer nombre de ses compatriotes, elle n'avait aucun désir de s'y rendre. D'abord parce qu'elle savait qu'elle n'y serait pas aussi libre qu'à Paris. Ensuite parce que sa situation de mère célibataire y serait très mal vue.

Jason appartenait à une famille de banquiers et de juristes fortunée, ayant pignon sur rue à Chicago. Elle serait considérée comme une « saltimbanque », voire comme une femme entretenue, elle qui avait toujours été indépendante.

Elle comprenait que Jason éprouvât le besoin de revoir sa famille, mais n'avait pas envie de traverser l'Atlantique. Sa vie était en France et jamais elle n'abandonnerait Roussel Modes, transférée rue de Rennes depuis peu.

Elle possédait à présent un immeuble sur trois niveaux, ce qui lui permettait de présenter ses collections dans un vaste salon aux murs couverts de miroirs, et de rassembler ouvrières et créatrices dans un atelier baigné de lumière.

« Ton royaume », l'avait félicitée sa mère, le jour où elle lui avait fait visiter ses nouveaux locaux.

Emma avait besoin de peu de mots pour être à l'unisson avec sa mère. Celle-ci « montait » toujours régulièrement à Paris pour voir ses enfants. Rémi, après avoir suivi une formation de compagnon, s'était installé comme ébéniste près de la Bastille. Il avait épousé une charmante Colette, secrétaire dans un garage. Emma et elle s'entendaient plutôt bien, même si elles avaient peu de points communs.

Colette, en effet, ne se passionnait que pour le cinéma, alors qu'Emma préférait la littérature, le théâtre et les ballets.

Grâce à Jason, elle s'intéressait de plus en plus à la vie culturelle et initiait déjà Béatrice à l'art. Sa fille, qui avait du caractère, avait refusé d'apprendre le piano. En revanche, elle aimait lire et dessiner. A la différence de sa mère, qui avait tout de suite apprécié les peintres d'avant-garde, Béatrice préférait les impressionnistes.

« Ils me font rêver », affirmait-elle face aux œuvres de Monet ou de Berthe Morisot.

Béatrice serait-elle une artiste ? Elle fréquentait pour le moment un cours privé et se montrait bonne élève. Pour Emma, sa fille avait toutes les qualités.

Avec ses boucles dorées et ses yeux bleus, la fillette était ravissante, même si elle n'en avait pas encore conscience. Elle menait une existence protégée, à mille lieues de celle qu'avait pu connaître son aïeule Rosine, et Emma s'en félicitait.

Même Béatrice était née « de père inconnu ». Un stigmate dont Emma espérait que sa fille ne souffrirait pas trop…

C'était un cliché, admit Jason, mais il aimait tout particulièrement le printemps à Paris. Il y avait comme une promesse dans l'explosion des arbres en fleurs, l'air était parfumé au lilas.

Il aimait Paris et il aimait Emma. Pour lui, la jeune femme faisait partie intégrante de la capitale. Tombé sous son charme dès leur première rencontre, il avait l'obscure prescience qu'elle reprendrait un jour sa liberté, parce qu'il ne pouvait en aller autrement. Tout les opposait. Pourtant, il était heureux avec elle. Ou, plutôt, il aurait été heureux s'il n'avait pas craint de ne pas être à la hauteur.

Emma était vive, émotive, dans l'instant. Jason était méthodique, raisonnable, prétendait ne pas se laisser déborder par ses émotions. Il avait été élevé en ce sens par un père austère, rigide, qui ne se passionnait que pour Beethoven. Il aurait souhaité que Jason joue du piano mais son fils unique préférait le ragtime et s'était même essayé, sans grand succès, à la trompette. Sa mère écrivait des contes pour enfants délicieusement désuets. C'était une personne excentrique, perdue dans ses rêves, dépourvue de tout sens pratique. Heureusement, Eva, la gouvernante, s'occupait de tout. Elle avait élevé Jason et sa sœur Virginie, avec l'aide de grand-mère Bryant, qui s'était installée chez eux à la mort de son époux.

Cette éducation était aux antipodes de celle qu'avait reçue Emma.

Il lui enviait parfois son aisance, sa liberté, cette façon d'être « si parisienne » qui charmerait à coup sûr Virginie. Sa sœur ne devait-elle pas faire acte de présence à des bals de charité où elle s'ennuyait horriblement ? Il était cependant inconcevable pour elle de se dérober.

Il secoua la tête. Emma et Virginie appartenaient à des mondes si différents !

Cela l'inquiétait, parfois. Parce qu'il savait qu'il devrait un jour ou l'autre quitter Paris pour revenir à Chicago. Emma accepterait-elle de l'accompagner ?

Il n'en était pas certain.

Une foule incroyable se pressait tout autour de la piste de l'aéroport du Bourget, en cette soirée du 21 mai 1927.

Prévenu par les soins de l'ambassade, Jason guettait depuis le matin l'arrivée de celui qui allait réussir l'exploit de la première traversée en solitaire sans escale de l'Atlantique en aéroplane.

Il avait rencontré Charles Lindbergh aux Etats-Unis au début des années 20. C'était alors un jeune homme passionné d'aviation.

Il n'espérait pas que celui-ci se souviendrait de lui. Pourtant, l'aviateur de haute taille, au regard perçant malgré l'épuisement, qui venait de lancer : « Bon, je l'ai fait ! », reconnut Jason et lui serra vigoureusement la main.

Le journaliste américain lui posa quelques questions, nota ses réponses dans son carnet de moleskine et lui conseilla d'aller prendre un peu de repos.

Tourné vers un autre reporter, Charles Lindbergh racontait avoir piqué du nez à plusieurs reprises durant le vol. Il s'était réveillé chaque fois alors que les ailes de son monoplan frôlaient la crête des vagues.

Jason songea que la voie était ouverte. Bientôt, les liaisons transatlantiques deviendraient banales. Il était impatient d'assister à cette évolution.

Dans son métier, il fallait toujours être parmi les premiers. Il avait conscience de se trouver à la croisée des chemins. Le Nouveau Monde se rapprochait de l'Ancien, la guerre avait favorisé ce mouvement. Il n'était pas certain, cependant, que ce fût pour le meilleur. La guerre, toujours elle, avait laminé les esprits comme les corps, sabré les classes d'âge.

Le traité de Versailles avait laissé des blessures à vif, des problèmes en suspens n'avaient pas été résolus. Il avait de plus en plus le sentiment que l'Europe dansait sur un volcan.

Il referma son carnet d'un coup sec.

Curieux comme cet exploit de Charles Lindbergh suscitait en lui des pensées moroses…

Il rejoignit à grands pas son Amilcar, petite voiture nerveuse qu'il avait garée sur place le matin même. Il avait hâte de rentrer à Paris, de boire un double scotch et de rejoindre Emma.

Pour oublier l'amertume éprouvée.

45

1929

Depuis plusieurs mois, Emma pressentait que sa vie allait changer.

Même si l'entente entre Jason et elle était bien réelle, leur relation avait glissé vers une certaine routine. Ils sortaient le mardi et le vendredi, assistaient à un spectacle avant d'aller souper entre amis. Tous deux travaillaient beaucoup. Roussel Modes avait développé son activité de manière spectaculaire. Emma possédait désormais une boutique à Nice et une autre à Arcachon. Elle n'avait pas oublié, en effet, la station balnéaire où Béatrice et elle avaient trouvé refuge, une dizaine d'années auparavant. Elle présentait une collection de « sportswear », conforme à l'évolution de la société. Les bains de mer, le yachting, le tennis avaient le vent en poupe. Les jeunes femmes sportives avaient besoin de vêtements souples n'entravant pas leurs mouvements. La couturière s'était spécialisée dans ce créneau. Consciente de ses limites, Emma créait peu de tenues de soirée. Elle se sentait moins à l'aise dans le glamour et ne souhaitait pas entrer en concurrence avec de grandes maisons comme Schiaparelli, Vionnet ou Molyneux.

Sa diversification, la recherche de nouveaux tissus comme de nouveaux marchés accaparaient son temps. Comme elle ne voulait pas se priver de Béatrice, à qui elle consacrait trois semaines l'été et tous ses week-ends, sa relation avec Jason en pâtissait.

Elle devinait qu'il le vivait mal. Il n'était pas homme à se plaindre mais manifestait de plus en plus souvent un certain agacement. Il faisait allusion à son retour aux Etats-Unis. Sa mère le réclamait ; on lui proposait un poste à responsabilités à son journal.

« Faites comme vous l'entendez, mon cher », disait Emma.

Etait-elle indifférente ou bien refusait-elle de laisser voir qu'elle tenait à lui ? Jason ne savait jamais à quoi s'en tenir avec sa maîtresse. Lui-même ne parvenait pas à définir jusqu'à quel point il était prêt à s'engager. Même si elle était un chef d'entreprise reconnu, Emma restait une mère célibataire, situation qui ne serait pas forcément acceptée aux Etats-Unis, a fortiori par la famille Bryant, très conservatrice.

Jason n'ignorait rien de tout cela. Et Emma le savait, elle aussi, bien qu'ils n'en aient jamais parlé. Les Bryant, installés en Amérique depuis le

XVIIIe siècle, constituaient un exemple représentatif de ces WASP[1] attachés à leurs prérogatives et à leur mode de vie.

La sonnerie du téléphone interrompit ses réflexions.

— Un appel de Romans, Emma, annonça Elodie, son assistante.

Réprimant un léger soupir, la jeune femme répondit à son interlocuteur.

Le travail n'attendait pas.

Elle se sentait bien dans l'appartement de Jason, situé rue Bonaparte. Un appartement de célibataire, où il travaillait, dormait, ou bien écoutait sa collection de disques de jazz. Où ils se retrouvaient, aussi, au moins deux soirs par semaine. Emma y avait ses habitudes désormais, même si, par principe, elle n'y avait jamais laissé d'affaires personnelles. Elle était si attachée à son indépendance qu'elle ne voulait pas donner l'impression de s'installer dans sa vie.

Pourtant, elle tenait à lui. Dans la mesure où elle était capable d'aimer un autre homme qu'Aurélien. Ce n'est pas pareil, se dit-elle en observant Jason qui leur préparait un whisky sour. Grand, les mains fines, le geste élégant, il était séduisant et raffiné.

Elle appréciait aussi sa culture, comme le style de ses articles. Mais s'il retournait en Amérique elle ne perdrait pas pied. Jason était un compagnon de route, pas l'homme de sa vie.

---

1. White Anglo-Saxon Protestants.

Cette soudaine prise de conscience la troubla. Etait-elle, comme Alice le lui avait fait remarquer quelques jours auparavant, une véritable garçonne, capable de vivre sans un homme à ses côtés ?

Alice, elle, avait fini par « rentrer dans le rang », en épousant le fils de soyeux lyonnais. Une union disparate, car Lucas, son mari, était aussi posé et réfléchi qu'Alice était spontanée. Mais tous deux semblaient bien s'entendre et Alice attendait un enfant. Emma en était heureuse pour elle.

— Je vous trouve bien lointaine, remarqua Jason en lui tendant son cocktail.

Elle le remercia d'un sourire un peu crispé.

— Je songeais à Alice et Lucas, ainsi qu'à nous. Des idées vagabondes…

Il n'en était rien, tous deux le savaient. Depuis plusieurs jours, l'explication couvait entre eux. Peut-être était-il temps…

Emma but une gorgée.

— Jason… reprit-elle. Vous avez envie de retourner à Chicago, n'est-ce pas ?

Il garda le silence plusieurs secondes de trop. Le moment était venu. Il le retardait par lâcheté, ou par amour.

Lorsqu'il répondit, il soutint le regard de sa maîtresse. Il aimait chez elle son caractère sans concession, son exigence.

— En effet, mais je ne parviens pas à m'y résoudre. Parce que vous refuserez de m'accompagner.

Vous ne me l'avez jamais demandé, pensa-t-elle. Elle était de mauvaise foi et jouait sur les mots. Et, même si Jason l'avait suppliée, elle n'aurait jamais pu quitter la France. Elle y avait bâti sa maison, sa carrière. C'était ce qui comptait le plus dans sa vie, avec Béatrice et les siens.

Emma ne baissa pas les yeux.

— C'est vrai, et j'en suis désolée, déclara-t-elle d'une voix enrouée.

Ils étaient parvenus à un point de non-retour, qu'ils avaient longtemps cherché à éviter.

C'était trop tard, à présent.

Jason hocha la tête. Lentement.

— Vous savez que je vous aime, n'est-ce pas ?

— Je vous aime, moi aussi. Mais ma vie est ici, à Paris, tout comme il est certainement temps pour vous de retrouver votre famille, vos racines…

A cet instant, elle pensa à ses propres racines, dont il lui manquerait toujours une partie, et au pays des violettes. Elle tendit la main vers lui.

— Accordons-nous encore un peu de temps, Jason.

Cette nuit-là, ils s'aimèrent avec une intensité, une ferveur désespérées.

Parce que c'était la dernière fois.

Emma avait loué une villa à Beaulieu. Eloïse, Béatrice et elle s'y retrouvaient « entre filles », Lucien n'ayant pas envie de se rendre sur la Côte d'Azur.

Des vacances, enfin ! soupira Emma, allongée sur un transat au soleil.

Le départ de Jason l'avait affectée plus qu'elle ne voulait le reconnaître. C'était inéluctable, mais elle ne s'en était pas encore remise. Elle donnait le change, cependant, soucieuse de ne pas peser sur son entourage. A trente-deux ans, elle avait fait son choix. Pas question pour elle de gémir sur ce qui aurait pu être, sur ce qui avait été.

Elle avait perdu Aurélien, et la vie avait perdu de ses couleurs. Jason avait constitué un agréable intermède dans sa vie de femme, bien qu'elle n'ait jamais envisagé de se marier avec lui. Ils appartenaient à des mondes trop différents, et elle avait bien retenu la leçon de la trahison d'Aurélien.

Pourtant, Jason n'était pas Aurélien, et peut-être lui faisait-elle là un mauvais procès. De toute manière, il n'y avait pas de place pour elle à Chicago et, ne parlant pas suffisamment bien l'anglais, elle ne se sentait pas le courage d'aller créer une nouvelle entreprise aux Etats-Unis.

Béatrice rejoignit sa mère, lui glissa sous le nez un bouquet odorant de lavande.

— Cadeau ! lança-t-elle.

Emma l'attira contre elle et piqua un baiser sur sa joue.

— Merci, ma chérie, c'est adorable. Tu as fait une incursion dans le champ de notre voisin ?

— Il laisse sa lavande à l'abandon. Sens-moi ce parfum !

Emma, le cœur gonflé de fierté, ne se lassait pas de contempler sa fille. Béatrice était grande pour ses douze ans et, toute en jambes, elle évoquait un jeune faon. Emma n'avait jamais cherché à établir des ressemblances entre son père et sa fille.

Elle se passionnait pour l'art et avait décrété qu'elle serait « créatrice ». Elle ne savait pas encore dans quel secteur mais, après tout, elle avait encore le temps d'y songer.

Toby leva un œil ensommeillé et émit un jappement quand Béatrice l'appela.

— Je crois qu'il est un peu fatigué, glissa Emma.

L'enfant et le chien étaient généralement inséparables. Mais, prenant de l'âge, le bouledogue se déplaçait moins aisément et recherchait son confort.

— C'est un gros paresseux, oui !

Béatrice déposa un baiser sur le bout de sa truffe.

— Un gros paresseux que j'adore.

Elles étaient bien, là, toutes les trois, à admirer la Méditerranée au loin, se dit Emma, observant discrètement sa mère qui tricotait, assise sur un fauteuil en osier.

A cet instant, elle songea à Rosine, sa grand-mère. Elles devaient se rendre à Tourrettes.

LIVRE IV

Béatrice

J'ai vécu près de la rose
et j'ai été imprégné de ses parfums.

(Proverbe persan)

46

1935

J'ai le sentiment d'avoir toujours su que je n'étais pas tout à fait comme les autres.

Longtemps, cela ne m'a pas perturbée. Il y avait maman, mes grands-parents, Alice, Nina…

Et puis, il y avait Toby, mon cher Toby, à qui je pouvais raconter tout ce qui me passait par la tête.

Maman m'avait expliqué que mon père le lui avait offert, et Toby était pour moi quelqu'un de magique. Quelqu'un et pas un simple chien !

Quand Toby est mort, à l'âge vénérable de treize ans, j'ai eu l'impression de perdre une seconde fois mon père.

Mon père que je n'ai jamais connu, tué à la guerre avant ma naissance.

Mon père ! Je n'ai rien de lui, pas même une photographie. Chaque fois que j'essaie d'en savoir un peu plus à son sujet, ma mère se ferme.

« Il s'appelait Aurélien, et nous nous sommes aimés », c'est tout ce qu'elle consent à me dire. Avant d'ajouter : « Il t'aurait adorée. » Bien qu'il ne m'ait pas donné son nom ? La mention « née de père inconnu » fait tache sur mon acte de naissance. Quand j'ai compris que j'étais orpheline de père, j'ai traversé deux, trois années de cauchemars. Je suppliais maman. « Ne meurs pas, je t'en prie ! Pas tout de suite. Ne me laisse pas. »

J'allais la rejoindre dans sa chambre, je me glissais dans son lit, me serrais contre elle, pour qu'elle me rassure, me réconforte. Parfois, je la réveillais.

« Maman ! Dis-moi que tu n'es pas morte, que tu ne m'as pas abandonnée… »

L'idée même de la mort m'était devenue familière. Je tentais de l'apprivoiser, sans grand succès. Ce fut une période douloureuse, pour ma mère et pour moi.

Heureusement, il y avait mamée, ma merveilleuse grand-mère ! Elle venait souvent nous voir à Paris, et j'allais passer un mois, l'été, chez papé et elle. Depuis que papé était en retraite, ils avaient quitté leur appartement de fonction et acheté une maison à Chazay-d'Azergues, dans le Beaujolais.

Une demeure ourlée de vigne vierge, entourée d'un jardin fouillis dans lequel je jouais à cache-cache avec Serge, le fils des voisins.

Papé cultivait sa vigne, à laquelle il consacrait beaucoup de son temps. Mamée levait les yeux au ciel. « Vigneron sur le tard ! Tu ne peux pas te consacrer à ton potager et à tes recherches généalogiques ? »

Mais je voyais bien qu'elle était fière de lui. C'était beau, cet amour, cette tendresse, unissant mes grands-parents. Même s'ils se chamaillaient souvent, on percevait leur amour. C'est papé, désolé de me voir si triste après la mort de Toby, qui est allé me chercher Mercure. Un petit fox-terrier vif et remuant, qui s'est tout de suite attaché à mes pas. Je lui ai un peu mené la vie dure, les premiers temps, précisément parce que ce n'était pas Toby. Et puis, je me suis laissé séduire.

J'avais retenu de mes cours de chimie que le mercure était aussi nommé « vif-argent » jusqu'au siècle dernier, et c'est pour cette raison que j'ai baptisé Mercure ce petit chien qui courait partout. Il était plus à sa place chez mes grands-parents que dans notre appartement parisien, mais il s'est adapté dès que je lui ai fait faire de grandes promenades. Il a même participé à des photos de mode, avec un petit bouquet rond de violettes glissé dans son collier ! Mercure, chien vedette…

Chez nous, c'est la vie de bohème, comme dit mon oncle Rémi.

C'est sûrement vrai. Maman n'est pas très douée pour la cuisine, et moi non plus. Par chance, nous avons Huguette, qui s'efforce de nous faire mener une existence à peu près normale, même en période de collections, durant laquelle maman n'a pas d'heure. Huguette est notre boussole, prétend maman. Il y a un peu de ça. C'est à elle que j'ai parlé pour la première fois de mon rêve, et elle n'a pas levé les yeux au ciel ni éclaté de rire.

« C'est une idée intéressante », a-t-elle commenté. Avant d'ajouter : « Je suis sûre que tu y arriveras, ma grande. »

C'est fou comme une approbation peut faire du bien ! Grâce à Huguette, je n'ai pas été découragée. Un peu plus tard, j'en ai parlé à maman. Qui a eu l'air ravie.

« Parfumeuse… voilà qui serait parfait pour compléter l'activité de Roussel Modes ! Même si tu as un long chemin en perspective avant d'y parvenir, fonce, ma chérie ! Accroche-toi à ton rêve. »

J'ai obtenu mon bachot avec mention et j'entre en fac de chimie à la rentrée.

Papé se rengorge. « Ma petite-fille est la première bachelière de la famille ! »

Ça m'amuse.

Ce qui m'amuse moins, c'est de toujours ignorer le nom de mon père. Aurélien…

C'est un peu vague !

J'ai essayé de « cuisiner » Alice, mais c'est une tombe, comme mamée.

« Nous n'avons pas connu ton père », me répondent-elles avec un bel ensemble.

Ce n'est pas difficile de deviner qu'elles ont été chapitrées par maman. Dans quel but ?

Ces interrogations mises à part, nous nous apprêtons à partir pour Grasse, où maman aimerait acheter une maison. Je préférerais Cannes, car j'adore nager, mais il paraît que nous n'en avons pas les moyens. Je pense plutôt que maman cherche à se rapprocher de ses racines. Je me rappelle, il y a quelques années, nous sommes allées toutes les trois au cimetière de Tourrettes, sur une tombe mal entretenue qui portait le nom de « Barelli ». Mamée a soupiré, et dit qu'elle n'imaginait pas Rosine enterrée là. Depuis le cimetière, la vue embrasse les collines, c'est très beau, bien qu'un peu sauvage. Quand j'entends mamée raconter que sa propre mère était née à Tourrettes, je réalise combien de choses ont évolué en l'espace de soixante-dix ans, et j'en suis ravie.

Béatrice posa son stylo-plume – un Waterman offert par ses grands-parents – et jeta un coup d'œil par la fenêtre. Tout comme sa mère, elle restait attachée à Montmartre, même si elles avaient quitté l'appartement de Blanche pour un logement plus vaste et plus lumineux, situé près de l'avenue Junot, dans un quartier d'artistes.

Sa mère fréquentait aussi bien des peintres que des poètes. Béatrice la surnommait « le caméléon », tant elle se montrait à l'aise dans n'importe quel milieu.

Emma avait créé les costumes pour la pièce de Noël Coward, *Les Amants terribles*, jouée au théâtre Michel.

Béatrice aimait l'atmosphère des théâtres, les effluves de poudre de riz et de poussière en suspension. En sortant du lycée, elle allait retrouver sa mère, qui procédait aux derniers essayages. Les comédiens la fascinaient. Ils semblaient ne pas faire partie du commun des mortels. Cette sensation s'était accentuée le jour de la première. Assise à l'orchestre, Béatrice avait assisté à une nouvelle interprétation de la pièce dont elle connaissait pourtant certaines répliques par cœur. Le théâtre était magique ; il transcendait les émotions.

Pour autant, Béatrice n'avait pas envie de devenir actrice. Elle préférait demeurer dans l'ombre, à concocter de mystérieux mélanges de fragrances.

Cet été-là aurait dû être celui de la plénitude, avant son entrée à l'université.

Pourtant, le jour où, cherchant à la requête de sa mère un dossier urgent dans le secrétaire de celle-ci, elle découvrit une enveloppe blanche portant au dos le nom d'Aurélien de Villers, elle comprit que sa vie allait changer.

47

1935

Juste quelques mots, écrits à la va-vite, sous le feu. *Pardonnez-moi, chérie, je n'ai guère de temps, mais je tiens à vous dire combien je vous aime, et à quel point vous me manquez.*

L'écriture était haute, régulière, élégante.

Quelqu'un de bien, pensa Béatrice, profondément troublée.

Elle disposait à présent d'un nom. Aurélien de Villers. Elle se le répéta plusieurs fois, « pour se le mettre en bouche », comme disait Louis, un comédien ami de sa mère.

Aurélien de Villers, Béatrice de Villers. Elle secoua la tête. Non, elle était Béatrice Roussel.

Tout au long de la journée, elle conserva un regard rêveur qui surprit Emma. Mais, débordée, celle-ci n'eut pas le temps de se poser des questions.

Elle devait terminer les costumes commandés pour un bal masqué, sur le thème du surréalisme. C'était le genre de défi qu'Emma aimait relever.

Même si elle continuait de créer deux nouvelles collections par an pour ses clientes, elle s'investissait de plus en plus dans les activités artistiques.

Grâce à Jason, elle avait gardé des relations dans le milieu du spectacle et voyait toujours Joséphine Baker. Entre deux tournées, la chanteuse américaine et elle se retrouvaient parfois dans un salon de thé pour refaire le monde avec force éclats de rire. Emma recevait régulièrement des nouvelles de Jason. Il dirigeait à présent le *Chicago Daily News*.

Contrairement à ce qu'elle avait pensé, il ne s'était pas marié, et se consacrait exclusivement à son travail. Emma savait qu'en cas de besoin elle pourrait toujours compter sur lui. C'était pour elle un sentiment réconfortant.

De son côté, Béatrice était déterminée à localiser la famille d'Aurélien de Villers. Avec le Bottin, ce ne devrait pas être trop compliqué. Elle passa l'après-midi au téléphone, sous le regard d'abord intéressé, puis ennuyé de Mercure. Quelle idée de rester enfermés par ce soleil ! semblait-il penser.

La méthode de Béatrice était simple. Elle appelait chaque « de Villers » recensé dans le Bottin, et se présentait comme une journaliste enquêtant sur les personnes tombées au champ d'honneur durant la guerre. Son deuxième interlocuteur lui indiqua une adresse à Louveciennes : son cousin, Aurélien de

Villers, devait être la personne qu'elle recherchait. Il était mort au début de l'année 1917.

Elle aurait voulu se rendre immédiatement à Louveciennes, mais il était important pour elle de se préparer afin de rendre son personnage crédible. Jupe mi-longue à panneaux marine, sweater bleu clair, salomés en daim assorti, sans oublier un carnet de moleskine acheté à la papeterie et un stylo. Elle noua ses cheveux en chignon, usa de poudre et de fard pour se vieillir, et chercha pour quel journal elle pourrait bien travailler.

Elle choisit finalement une revue provinciale, *L'Ouest-Eclair*, afin de limiter le risque d'être démasquée, et prit le train pour Louveciennes.

Elle ne voulait pas trop réfléchir à ses propos, comptant improviser en fonction de l'accueil qui lui serait réservé. Elle n'avait pas prévu, cependant, que l'on connaîtrait son nom, et donc pas jugé nécessaire de se donner un pseudonyme.

Aussi, lorsqu'elle déclina son identité à la femme qui lui ouvrit, elle eut la surprise d'entendre : « Je vous attendais, mademoiselle Roussel. »

Philippa de Villers n'avait jamais été tentée de se remarier. Frappée par la mort d'Aurélien, quelques mois seulement après leur union, elle était restée à la villa Hortense, la demeure familiale dominant la Seine, où les parents de son époux et les autres membres de la famille l'avaient entourée.

Elle-même aimait Aurélien depuis toujours. Elle avait à peine huit ans lorsqu'elle s'était promis de l'épouser. Même s'il la considérait comme une petite sœur, elle parviendrait à se faire aimer de lui. Sa sœur l'avait aidée. Elle aussi estimait que Philippa était la femme dont Aurélien avait besoin. Les deux cousines avaient uni leurs efforts, fait pression sur le militaire. Philippa était allée jusqu'à s'inventer une tache au poumon pour apitoyer Aurélien…

Pourtant, toutes ces manœuvres n'avaient pu sauver Aurélien. Tombé en Champagne, son corps avait été enterré à Sainte-Marie-à-Py, avant que la famille ne le fasse rapatrier dans le caveau de Louveciennes au début de l'année 1919.

Depuis cette date, Philippa s'était transformée en gardienne du temple. Elle avait veillé sur ses beaux-parents, qui ne s'étaient jamais remis de la mort de leur fils unique, avait aidé son beau-père à gérer les terres possédées dans le Vexin. Philippa aimait à se rendre indispensable.

Elle n'avait pas oublié Emma Roussel, la jeune maîtresse de son mari. Elle avait eu recours à un détective privé, appris que la jeune femme était dans une situation intéressante. A une autre époque, elle aurait aimé la défigurer au vitriol mais, naturellement, elle ne pouvait se le permettre. Philippa de Villers n'était pas une fille des barrières ! Aussi avait-elle remâché sa rancœur, tout en se persuadant qu'elle avait la meilleure part. Personne ne pourrait lui retirer son statut d'épouse ni le nom de Villers.

Elle comprit aussitôt, quand sa visiteuse déclina son identité. Elle l'invita à pénétrer dans le salon Directoire, lui proposa de s'asseoir. Son accueil avait pris la jeune fille au dépourvu. Béatrice observa discrètement la femme vêtue de noir qui lui faisait face. Ses yeux très sombres accentuaient la pâleur de son teint. Elle pouvait avoir entre quarante et cinquante ans, il était difficile de lui donner un âge. C'était le genre de femme « transparente », comme disait sa grand-mère. Béatrice n'était pas certaine de la reconnaître si elle venait à la croiser dans la rue.

Surprise par l'atmosphère tendue, elle glissa son carnet dans son sac. Son alibi étant devenu inutile, elle attendit.

Philippa de Villers se décida à attaquer :

— C'est votre mère qui vous a parlé de moi ?

Malgré sa gêne, Béatrice ne se laissa pas démonter :

— Ma mère ignore tout de ma démarche, madame. Puis-je vous demander votre nom ?

Philippa se redressa de façon perceptible avant de décliner son identité en précisant :

— Aurélien de Villers était mon époux.

Béatrice réalisa immédiatement qu'elle s'était fourvoyée. Il lui était impossible, cependant, de reculer.

— Je suis désolée, déclara-t-elle posément, ignorant ce que son hôtesse savait à son sujet.

Cette phrase passe-partout ne l'engageait pas.

Philippa la toisa.

— Je suppose que vous cherchez à retrouver votre père, laissa-t-elle tomber, glaciale. Naturellement, comme mon mari a entretenu une liaison avec votre mère, il est facile d'en tirer des conclusions... qui sont fausses ! Votre mère avait d'autres amants, questionnez-la, mais dites-vous bien que vous n'êtes pas une Villers. Plutôt la bâtarde d'un artiste sans le sou ! Vous n'aurez pas un liard, mademoiselle !

Le rouge aux joues, Béatrice se leva. L'humiliation et la colère la faisaient bouillir.

— Je suis Béatrice Roussel, ce qui me convient fort bien. Bâtarde ou pas ! ajouta-t-elle d'une voix tremblante. Et je ne vous permets pas de porter un quelconque jugement sur ma mère. Adieu, madame !

Elle tremblait encore lorsqu'elle se retrouva dans l'allée menant à la demeure des Villers. Cette femme imbue de son nom et méprisante l'avait à la fois choquée et révoltée.

En tout cas, je sais à quoi m'en tenir ! se dit-elle.

Les dénégations de « la veuve », comme elle avait décidé de l'appeler, ne l'avaient pas convaincue. Aurélien de Villers était assurément son père, et elle avait bien l'intention de questionner sa mère à son sujet.

Elle aurait dû commencer par là, au lieu de se jeter tête baissée dans le train pour Louveciennes. Une nouvelle fois, son impulsivité lui avait joué un mauvais tour. Peu lui importait. Elle avait hâte de retourner à Montmartre, là où elle était née. La maison austère de Louveciennes ne l'attirait pas.

48

1939

Les locaux de l'IBPC, l'Institut de biologie physico-chimique de Paris, situés au 11, rue Pierre-et-Marie Curie, avaient fasciné Béatrice dès le premier jour de la rentrée.

Motivée par son désir de créer des parfums, elle avait le sentiment d'apprendre chaque jour et appréciait l'atmosphère studieuse régnant dans les bâtiments construits par Henri-Paul Nénot, l'architecte de la Sorbonne. Elle s'était constitué un réseau d'amis sympathiques et ils avaient pris le pli de travailler ensemble, aussi bien dans les laboratoires de travaux pratiques que dans l'immense bibliothèque de la Sorbonne. Dans l'espace réservé aux sciences, au sud, à la lumière douce diffusée par des lampes en opaline vert d'eau, Béatrice aimait à effectuer des recherches en compagnie d'Albert, Henri et Pauline, ses amis.

Ses études la passionnaient, d'autant plus que ses connaissances lui permettaient d'avoir une vue d'ensemble sur tout ce qui concernait la mystérieuse alchimie des parfums.

Son entrée à l'université avait aidé la jeune fille à surmonter le choc éprouvé à Louveciennes. L'animosité, le mépris de Philippa de Villers l'avaient bouleversée, et elle avait attendu plusieurs jours avant d'en parler à sa mère.

Elle n'avait pas oublié le trouble d'Emma, le tremblement de ses mains.

« Ma chérie, tu aurais dû me poser plus de questions, cela t'aurait évité de rencontrer cette femme », lui avait-elle dit.

Elle avait alors pris le parti de raconter. Aurélien, leur rencontre devant l'Opéra, leur amour, cette impression que le temps leur était compté, les menaces de Philippa… « Nous étions dans notre bulle, comprends-tu, ma Béatrice ? Si nous n'évoquions pas la guerre, l'avenir, peut-être notre amour serait-il épargné. C'était une époque à la fois très difficile et exaltante. Je l'ai aimé, oui, comme on n'aime qu'une seule fois, et je pense pouvoir te dire qu'il m'a aimée, lui aussi, même s'il a épousé Philippa. Vois-tu, dans ces familles-là, on se marie par raison, par intérêt, rarement par inclination. La passion ne dure guère, à la différence des fortunes réunies. Ne crois surtout pas que je sois amère ; le temps a passé, et Aurélien m'a donné le plus beau cadeau qui soit, toi. Je sais qu'être née de père inconnu est lourd à porter mais je n'avais pas d'autre solution. »

Les larmes s'étaient mises à couler sur les joues d'Emma.

« Ce fut une terrible blessure, poursuivit-elle et il m'a fallu longtemps pour comprendre pourquoi Aurélien l'avait épousée, elle, tout en affirmant m'aimer. Ma seule explication est celle que je t'ai donnée : nous appartenions à des mondes si différents, il n'a pas osé aller jusqu'au bout de la transgression. Ma grand-mère Rosine a vécu cela, vers 1890. Son grand amour, le peintre Jakob, ne lui a jamais proposé de l'épouser. Cela ne pouvait se faire, parce qu'elle avait été une courtisane en vue… Ce qui n'était pas mon cas mais, à vingt ans, j'avais créé ma boutique de modiste, j'étais une jeune femme libre. Pas vraiment le parti idéal pour une famille d'aristocrates si conservatrice…

— Je comprends », avait dit Béatrice, en serrant sa mère contre elle.

C'était vrai. Elle aurait presque regretté, même, sa démarche auprès de Philippa de Villers si elle avait deviné combien cette histoire perturbait encore Emma. N'était-ce pas logique ? Béatrice connaissait l'émotivité de sa mère, même si celle-ci prenait soin de la dissimuler.

« Je me moque de ces histoires de nom et de bâtardise, avait-elle repris. J'aurais simplement aimé connaître un peu mieux mon père. »

Elle avait un patronyme, désormais, auquel se raccrocher. Et la certitude d'avoir été plus heureuse à Montmartre qu'elle ne l'aurait été à Louveciennes.

Cette conversation entre la mère et la fille n'avait pas eu de suite. Béatrice savait l'essentiel. Elle pouvait se consacrer à ses études. Quelque part au fond d'elle-même, elle se sentait apaisée.

Sa mère et elle avaient fini par se rendre au cimetière de Louveciennes, à la Toussaint 1935. Une pluie obstinée avait transformé les allées en bourbiers. Mère et fille progressaient bras dessus bras dessous, sans mot dire. Après avoir effectué le tour du cimetière, elles avaient enfin trouvé le caveau des Villers. Un monument austère, tout de marbre sombre. Le geste d'Emma avait bouleversé Béatrice. Sa mère s'était penchée et avait posé la main sur le marbre, comme pour un ultime adieu.

La mention *Lieutenant Aurélien de Villers, tombé au champ d'honneur, 1889-1917* avait éveillé un écho chez la jeune fille.

« C'est mon père, il repose là depuis près de vingt ans, et je ne pourrai jamais rien partager avec lui. »

Elle s'était mordu la lèvre, fort, pour ne pas pleurer, tout en éprouvant une étrange sensation de dédoublement.

L'homme qu'elle aurait tant désiré connaître, son père, était différent. Il aimait le champagne et les fruits de mer, il aimait danser, marcher dans Paris la nuit, et il aimait Emma. Cet homme-là n'était pas l'époux de Philippa mais l'amant d'Emma.

Et son père.

Elles avaient posé chacune une rose rouge sur la stèle avant de repartir, toujours bras dessus bras dessous.

Le ciel s'était éclairci lorsqu'elles avaient franchi les grilles du cimetière. Avant de monter dans la Rosengart qu'elle conduisait avec assurance, Emma avait remarqué : « Toi qui aimes tant les impressionnistes, tu sais certainement que Renoir, Sisley et Pissarro sont venus peindre à Louveciennes. L'art, toujours, pour vous aider à surmonter un cap difficile... »

Béatrice avait enchaîné sur Sisley, dont elle appréciait plus particulièrement *La Neige à Louveciennes*.

De retour à Montmartre, la mère et la fille s'étaient senties libérées.

Béatrice se rappelait ces instants, en marchant d'un bon pas dans Paris. Dans sa tête, elle concoctait des mélanges.

Elle avait effectué un stage chez Roure, à Argenteuil, une usine de synthèse pour la parfumerie. Même si, les premiers jours, elle avait été cantonnée à un travail de grouillot, elle avait tout de suite su qu'elle était faite pour évoluer dans ce domaine d'activité. Tout la fascinait, à commencer par les matières premières de synthèse. Elle avait ainsi découvert que le parfum de l'essence chimique de rose était plus fort et plus reconnaissable que celui de l'essence naturelle.

Au cours de la deuxième semaine, elle avait eu le droit d'accéder au « saint des saints », l'orgue à parfums, et avait été présentée à monsieur Debas, célèbre « nez », capable de reconnaître plus de deux mille essences.

Depuis son stage, elle rêvait d'être acceptée chez Roure et avait fait acte de candidature. L'université ne lui apprendrait plus grand-chose désormais, elle désirait agir sur le terrain. Sa mère, ses grands-parents, son oncle la soutenaient. Elle avait hâte de faire ses preuves, tout en étant consciente que le chemin serait long.

Elle jeta un coup d'œil à sa montre. Elle avait rendez-vous avec Pauline et Albert.

Tous trois avaient décidé d'aller voir le dernier film de Marcel Carné, *Le jour se lève*, au Madeleine Pathé.

Béatrice était une inconditionnelle de Carné, qu'elle avait découvert avec *Jenny, Drôle de drame* et *Le Quai des brumes*. Il était pour elle « le maître », le meilleur réalisateur au monde. Son ami Albert partageait son enthousiasme.

Elle leva la tête vers le ciel, d'un bleu pur sans nuages, et se dit que l'été 1939 promettait d'être superbe.

49

1939

D'ordinaire, le fait de contempler les champs d'oliviers depuis la terrasse de sa demeure suffisait à combler Philippe Moulins. Ce matin-là pourtant, il ne marcha pas jusqu'à la balustrade de pierre, se contentant de jeter un coup d'œil au ciel. La journée s'annonçait difficile. Et il n'avait pas de solution de secours.

Il crispa les mâchoires. Il se rappelait les fêtes données à la Belle Epoque, cette atmosphère joyeuse et insouciante qui attirait nombre d'amis à la Fontaine aux Violettes.

La guerre avait alors tout balayé, son fils aîné, Etienne, était mort dans les Dardanelles et son épouse, Marie, ne lui avait pas survécu un mois. Par la suite, une sorte de léthargie avait pesé sur le domaine. On manquait de personnel pour entretenir et cueillir les fleurs. Deux hivers rigoureux avaient entraîné de lourdes pertes. Tous les espoirs de Philippe s'étaient alors reportés sur Raphaël, son cadet, malgré sa nature fragile. Philippe voulait croire alors que le domaine pouvait encore être sauvé.

La dot de Tatiana, la jeune épouse russe de Raphaël, avait permis de rembourser les dettes les plus criantes et de faire restaurer la toiture. Philippe en avait par-dessus la tête de disposer des bassines dans les greniers ! Mais les bijoux de Tatiana avaient dû être vendus, l'argent de sa dot n'étant pas inépuisable, et les Moulins s'étaient à nouveau trouvés à court d'argent. Le diable s'en était mêlé… Philippe, sans avoir toute confiance en Raphaël, n'aurait jamais imaginé qu'il serait assez fou pour tenter sa chance au casino de Monte-Carlo… Tout le monde savait que c'était le meilleur moyen de courir à sa ruine !

Raphaël avait tout perdu, jusqu'à la Fontaine aux Violettes, le domaine auquel son père était si attaché. Celui-ci allait être mis en vente, et les derniers membres de la famille Moulins devraient le quitter dès que possible. Se retrouver en meublé…

Quel déshonneur ! pensa Philippe.

Bien sûr, sa vieille amie, la baronne Maquet, l'avait invité à séjourner chez elle à Antibes, mais cette perspective l'emplissait de honte et d'effroi. A soixante ans, il n'envisageait pas de vivre ailleurs qu'à la Fontaine aux Violettes.

Un toussotement dans son dos le fit tressaillir. Il se retourna, esquissa un sourire las en découvrant Tatiana dans la bibliothèque. Dans sa robe de tussor bleu, sa belle-fille paraissait à la fois juvénile et vulnérable.

— Pardonnez-moi, père, les déménageurs sont arrivés, déclara-t-elle.

Il réprima un sursaut. Les déménageurs... quel mot choquant ! Dans sa famille, on naissait, on vivait, on mourait à la Fontaine aux Violettes. On y côtoyait les mêmes meubles de toute éternité...

— Je m'en charge, jeta-t-il.

Il s'éloigna à grands pas en direction du hall sous le regard navré de la jeune femme. Elle pouvait partager son désarroi. A huit ans, elle avait connu l'exil, quitté son pays, l'immense domaine familial, et effectué un véritable périple, de Saint-Pétersbourg à Odessa, puis d'Odessa à Marseille et enfin Nice. Philippe éprouvait de l'affection pour la jeune femme. Elle au moins ne fréquentait pas les casinos !

Il revint vers elle.

— Ne vous faites pas trop de souci, mon petit, je vais trouver une solution.

« Je », et pas « nous ». Dans un accès de colère, il avait fermé sa porte à un Raphaël penaud et repentant. Tatiana n'avait pas accompagné son époux. Quelqu'un devait s'occuper de la maison, à présent que la plupart des domestiques avaient reçu leur congé.

Tatiana le suivit des yeux tandis qu'il fonçait vers le hall. Elle avait du respect et de l'affection pour son beau-père, et ne supportait pas le comportement immature de son époux. Elle perçut des éclats de voix, des claquements de porte. Puis le silence.

Un silence lourd d'inquiétudes non formulées.

Elle courut rejoindre Philippe, le trouva debout, appuyé contre le chambranle de la porte. Il paraissait épuisé.

— Ils sont partis… mais ils reviendront tôt ou tard, naturellement.

Tatiana lui offrit son bras.

— Venez vous asseoir, père. Dites-moi… je me demandais… les pertes de Raphaël concernent tout le domaine ou bien seulement la maison ?

Il écarquilla les yeux.

— Seigneur ! Comment n'y ai-je pas songé moi-même ? Apparemment, il ne s'agit que de la maison et du parc attenant…

Ils échangèrent un coup d'œil entendu.

— Tatiana, vous êtes fantastique ! s'écria Philippe.

Il leur restait le pavillon du jardinier et les terres. Une véritable aubaine, alors qu'ils pensaient avoir tout perdu.

— Nous allons transporter sur une charrette les meubles auxquels vous tenez, suggéra la jeune femme, et nous installer dans le pavillon. Nous ne serons pas à la rue.

Elle ne précisa pas que c'était sa plus grande angoisse depuis sa fuite de Russie : se retrouver sans toit. Ses parents étaient décédés dans un accident deux ans auparavant. Elle n'avait plus que Philippe.

Et Raphaël. Mais elle savait ne pas pouvoir compter sur son époux.

La petite terrasse du mas des Lucioles donnait sur des oliviers plantés en restanques et un pan de Méditerranée, d'un bleu irisé sous le soleil.

— Je respire, enfin ! s'écria Béatrice.

Après une année universitaire très dense, la jeune femme avait ressenti le besoin de se ressourcer au plus près de la nature.

Aussi sa mère lui avait-elle conseillé d'aller séjourner chez ses grands-parents, qui avaient acheté, quelques années auparavant, une ancienne ferme du côté de Vence.

Le climat convenait parfaitement à Eloïse, dont l'asthme s'était aggravé après plusieurs lustres passés dans la région lyonnaise. Le couple coulait des jours heureux dans l'arrière-pays et Lucien se consacrait à son verger et à son potager. Il fallait le voir arpenter sa terre, le chapeau repoussé en arrière, les manches retroussées. Il s'intéressait à l'histoire du pays comme à la culture des fleurs et donnait l'impression d'avoir retrouvé une seconde jeunesse.

Béatrice se pencha pour caresser la tête de Mercure.

— C'est si beau ici, mon vieux chien !

Les parfums de l'été l'enchantaient. A Paris, tout était gris, uniforme, et sa rupture avec Gaspard, son fiancé, n'avait rien arrangé. Tous deux avaient convenu d'un commun accord que leur relation ne leur apportait plus grand-chose et qu'ils étaient plus amis qu'amants. Mais elle avait tout de même ressenti ce constat comme un échec. Elle avait été amoureuse de Gaspard, chimiste, avait pensé un temps l'épouser pour finalement se rendre compte qu'il était ennuyeux et trop conformiste à son goût.

Sa mère s'était gardée de tout commentaire en ne voyant plus Gaspard sonner à leur porte, mais son sourire discret était explicite. Elle s'était juste bornée à dire une fois à Béatrice : « Gaspard est beaucoup trop plan-plan pour toi. »

Plan-plan... le mot en lui-même avait quelque chose de ridicule et, désormais, Béatrice y songerait chaque fois qu'elle croiserait le jeune homme.

Gaspard était loin, à Paris, et elle n'avait pas envie de l'évoquer.

Eloïse, qui l'avait rejointe, saisit Béatrice par la taille.

— Nous sommes si heureux de t'avoir auprès de nous, ma chérie.

— Moi aussi, mamée. Et ta cuisine... quel délice !

Elles se sourirent, complices, car Emma, comme Béatrice, n'avait aucune disposition pour la cuisine. Le retour à ses racines s'était accompagné chez Eloïse d'une recherche des recettes traditionnelles. Elle cuisinait avec bonheur tians de bettes, petits farcis, daubes à l'ancienne et épaules d'agneau. Lucien, bon vivant de nature, appréciait ces essais culinaires tout en lui réclamant de temps à autre des escargots et de la poule à la crème.

— Il fait si beau ! s'extasia Eloïse. Et ce ciel... ma chérie, si nous allions nous promener ?

Béatrice connaissait sa grand-mère. Ce ton désinvolte en apparence... mamée avait une idée derrière la tête. Elle lui jeta un coup d'œil intrigué.

— Toi et moi ? Que fais-tu de ton cher et tendre ?

— Il parle à ses oliviers. Je l'ai traité de vieux gâteux et il l'a mal pris.

— Mets-toi à sa place !

— Précisément, non ! J'ai envie de bouger.

Béatrice se laissa aisément convaincre. De plus, elle aimait conduire la voiture de Lucien.

Les deux femmes se préparèrent et partirent en compagnie de Mercure.

— Choisis la direction, proposa Béatrice.

Eloïse n'hésita pas :

— Cap vers la route de Grasse !

La route grimpait entre des murets de pierres sèches et des rideaux de cyprès.

— Gare-toi par ici, suggéra sa grand-mère alors que Béatrice avait atteint la place de Tourrettes.

La jeune fille était de plus en plus intriguée. Elle se rappelait être venue au cimetière du village, plusieurs années auparavant, en compagnie d'Emma et d'Eloïse. Elles avaient cherché la tombe des Barelli. Elles avaient fini par la découvrir. Quant à Luigi, le frère cadet de Rosine, personne ne savait ce qu'il était devenu. Il avait disparu quand sa sœur s'était mise en ménage avec Jakob, estimant sans doute qu'il ne pourrait plus lui soutirer d'argent.

— Où allons-nous, à présent ?

— On monte un peu. Doucement... n'oublie pas que je suis une vieille dame !

— Quand ça t'arrange.

Le chemin s'élevait au-dessus du village médiéval. Elles laissèrent sur leur gauche une petite chapelle, gravirent une côte pentue, bordée d'oliviers et de cyprès.

Après une demi-heure de marche tranquille, elles atteignirent une grille flanquée de deux bornes. Une plaque indiquait *La Fontaine aux Violettes*.

— Tiens ! Quel hasard ! fit Béatrice, qui connaissait le lieu de nom.

Eloïse esquissa un sourire.

— J'ai lu dans le journal que la maison était en vente. J'avais envie d'y jeter un coup d'œil avec toi. Entre filles.

Béatrice croyait deviner les intentions de sa grand-mère. Toutes deux ignoraient tout de leur père. Elle savait qu'Eloïse avait connu une enfance malheureuse avant que Rosine ne la retrouve.

Elle-même se sentait privilégiée par rapport à l'enfance de sa grand-mère. La Fontaine aux Violettes constituait pour elle une sorte de mythe, tant Rosine lui en avait parlé. Un Graal inaccessible, qui avait influencé la vie de la jeune cueilleuse de fleurs.

Béatrice aperçut, de l'autre côté de la grille, une allée bordée de rosiers, huma le parfum caractéristique de la lavande. A cet instant, elle sut que la Fontaine aux Violettes les attendait, Eloïse, Emma et elle, les descendantes de la belle Rosine.

50

1940

Au réveil, Emma se levait, courait jusqu'à la fenêtre, repoussait les persiennes et contemplait le parc. Un sentiment curieux, mélange de fierté et de plénitude, l'envahissait alors. Elle était chez elle ! Elle se rappelait l'excitation dans la voix de Béatrice quand, en juillet de l'année précédente, sa fille l'avait appelée :

« Maman… Il faut que tu nous rejoignes le plus vite possible… La Fontaine aux Violettes est en vente ! »

La Fontaine aux Violettes… Emma avait su, à cet instant, que le destin leur adressait un clin d'œil. Cependant, un zeste de prudence l'avait incitée à recommander : « Ne montre pas ton emballement, surtout. »

C'était elle, la femme d'affaires de la famille. Béatrice et Eloïse réagissaient de façon plus affective. Or, Emma se défiait de ce genre de réaction.

Elle avait pris le train pour Nice, ce fameux PLM dont le nom avait fait rêver Rosine, jadis. Bien qu'elle s'en défendît, l'excitation avait fait trembler ses mains alors qu'elle préparait sa valise avec soin. Lingerie en soie, pantalons larges, jupes et sweaters, pochette de bijoux... dans son sac, ses papiers, de la poudre de riz, son parfum conçu spécialement pour elle au début des années 20, son chéquier, qui constituait son attribut de femme libre et indépendante.

La Fontaine aux Violettes... se répétait-elle dans le train.

Alice gérait la boutique et l'atelier. Emma avait toute confiance en son amie.

Ses parents et sa fille l'attendaient sur le quai de la gare de Nice. Béatrice, radieuse, avait pris des couleurs. Toutes trois s'étaient étreintes, sous le regard attendri de Lucien.

Il ne manquait plus que Rémi. Mais Rémi s'était éloigné. Il avait mal vécu l'émergence du Front populaire, s'était tourné vers les partis d'extrême droite, ce qui avait choqué ses parents et sa sœur. Lucien critiquait l'influence de sa belle-fille, Colette, dont le père était un « cagoulard ». La politique avait provoqué une scission dans leur famille, et ils l'acceptaient mal.

Ils s'étaient rendus aussitôt à la Fontaine aux Violettes, où ils avaient rendez-vous avec un fondé de pouvoir.

Eloïse avait éprouvé un sentiment étrange en pénétrant dans la demeure. Il lui semblait marcher sur les traces de Rosine, et elle se rappelait avec émotion les confidences de sa mère.

Elle s'était arrêtée devant plusieurs portraits, dans le hall aux proportions imposantes.

« La famille Moulins », avait indiqué leur guide.

Son père se trouvait-il parmi eux ? Le cœur d'Eloïse battait à grands coups. Qui aurait pu la comprendre en cet instant ?

Béatrice, peut-être… mais Béatrice, Dieu merci, n'avait pas connu le même parcours qu'Eloïse.

De leur côté, Lucien et Emma avaient remarqué les taches d'humidité au plafond, la vétusté des sanitaires et de la salle de bains.

Cette maison avait besoin de travaux de rénovation, de toute évidence, mais Eloïse ne le voyait pas. Elle était loin… à Paris, avenue de Villiers, tandis que Rosine évoquait pour elle le pays des violettes. Elle avait essuyé la larme roulant sur sa joue. Même si elle ne l'avait jamais avoué – pas même en son for intérieur –, elle n'avait toujours pas surmonté la mort brutale, injuste, de sa mère.

Emma, à l'issue de cette visite, avait fait une proposition chiffrée. Proposition qui avait vite été acceptée, certainement parce que les travaux nécessaires rebuteraient les acquéreurs éventuels.

Ils n'avaient pas eu beaucoup de temps pour réfléchir aux aménagements nécessaires. L'invasion de la Pologne, la déclaration de guerre avaient bouleversé leurs projets. Sous le choc, Emma avait fermé la boutique et l'atelier, se repliant sur Nice. Elle aurait préféré rester à Paris, mais son amie et associée, dont l'époux était juif, avait souhaité émigrer en famille au Portugal.

D'une certaine manière, l'acquisition de la demeure avait permis de surmonter une partie des angoisses suscitées par « la drôle de guerre ».

Tout s'était déroulé si vite que les Roussel avaient ensuite eu besoin d'un peu de temps pour réaliser la situation. Il arrivait à Emma de se réveiller au milieu de la nuit, en proie à une crise de panique. Ne s'était-elle pas précipitée ? N'avait-elle pas sacrifié son entreprise à un rêve familial ? Pourtant, elle savait, grâce aux lettres de Jason, que la situation était gravissime. *Hitler ne s'arrêtera pas en chemin*, lui avait-il écrit en octobre 1939. *C'est un pangermaniste, doublé d'un fou. Venez me rejoindre aux Etats-Unis, je vous en conjure. Béatrice et vous y serez en sécurité.* Il n'avait pas compris qu'Emma n'abandonnerait jamais son pays.

Elle avait cogité tout au long de l'hiver, en essayant de se persuader que Jason s'était trompé, que la situation n'évoluerait guère, regrettant presque déjà son exil, mais des appels téléphoniques d'anciennes couturières avaient ébranlé ses certitudes. Elle avait alors découvert que certaines étaient juives, ce qui lui était parfaitement égal, excepté en ces temps troublés où elles se sentaient menacées.

Nina, sa chère Nina, qui avait en partie élevé Béatrice, lui demandait si elle pouvait les rejoindre à Tourrettes. Emma avait accepté, naturellement. Elle aimait travailler avec Nina, et elle devait « sortir » une collection intermédiaire afin d'approvisionner la boutique de Nice. Elle avait eu envie de couleurs vives, de jupes larges, de corsages ornés de guipure, comme pour chasser toute la grisaille environnante. Maïevski, un orfèvre génial qui créait des bijoux en pâte de verre, était venu lui aussi s'installer à Vence, ainsi que Simone, une jeune modiste qui créait des chapeaux incroyables.

Lorsqu'elle croisait Philippe Moulins dans les rues de Tourrettes, Emma avait l'impression qu'il la considérait comme un personnage à part. Une femme qui travaillait... Le vieux monsieur la saluait avec courtoisie, tout en posant sur elle un regard perplexe. Pourquoi, semblait-il se demander, n'était-elle pas mariée ? Leurs relations étaient plutôt limitées. Emma lui avait proposé de lui racheter le pavillon du jardinier, où il s'était retiré avec son fils et sa belle-fille ; il avait demandé à réfléchir. Elle avait deviné qu'il finirait par accepter, faute d'argent, mais ne cherchait pas à précipiter les choses. Elle attendait son heure.

Raphaël, son fils, plus accessible, plus ouvert, invitait Emma à boire un thé au café quand il la rencontrait dans le village, et lui parlait des fleurs à parfum. Il était plutôt bel homme, avec ses cheveux sombres à peine grisonnants, ses yeux verts, sa silhouette élancée.

« Le genre fin de race », disait Eloïse, qui avait la dent dure vis-à-vis des Moulins.

Emma, elle, se livrait toujours à un rapide calcul mental : Voyons... si Philippe est le demi-frère de maman... qu'est donc Raphaël vis-à-vis de moi ? Mon demi-cousin ? Quelle étrange situation !

Elle le regardait déployer son charme, s'en amusait ou bien s'en irritait, selon le moment.

C'était un Moulins, le petit-fils de celui qui avait chassé Rosine.

L'espace de deux générations, la roue avait tourné. Or si lui habitait encore Tourrettes, c'était elle qui occupait la Fontaine aux Violettes, comme un imposteur, bien qu'elle l'ait achetée.

Pouvait-on recommencer, réparer ce qui avait été ?

Elle en doutait, parfois.

51

1940

Chaque matin, Béatrice faisait démarrer sa vieille Renault 6 CV et descendait vers Grasse, vitres ouvertes, les cheveux au vent, s'imprégnant des parfums de l'arrière-pays. Elle admirait les champs d'oliviers s'étageant au-dessous de Tourrettes, les murets de pierres sèches, les romarins et les genêts en fleur.

Parvenue à Grasse, elle se dirigeait vers son nouveau « saint des saints », l'atelier de monsieur Berrier.

Jacques Berrier, personnage fascinant et fantasque, se consacrait exclusivement à la création de parfums. Il incarnait à merveille le descendant de ces familles de maîtres gantiers-parfumeurs qui s'étaient installées à Grasse au XVIe siècle.

Comme il l'avait expliqué à la jeune fille, c'était Catherine de Médicis qui avait eu l'idée de faire utiliser par ses parfumeurs les fleurs odorantes de la Provence. A cette époque, mégisseries, cordonneries, tanneries et ganteries faisaient la réputation de la ville. Les tanneurs traitaient les peaux avec de la poudre mêlant myrte et lentisque. Ils utilisèrent ensuite les fleurs de la région pour effacer l'odeur trop prégnante du cuir. Devenus gantiers-parfumeurs, les Grassois abandonnèrent le cuir au milieu du XVIIIe siècle pour le parfum.

« Cette passion pour les parfums, nous nous la transmettons de génération en génération, avait confié monsieur Berrier à Béatrice. Au fil des années, nous avons acquis une maîtrise, un savoir-faire incomparables. »

C'était vrai. La jeune chimiste s'émerveillait des connaissances de son mentor. Elle l'avait rencontré grâce à l'entremise de Raphaël Moulins.

Jacques Berrier l'avait discrètement sondée durant une bonne heure, sur la terrasse du Grand Hôtel.

C'était un homme imposant à la crinière blanche, au profil aquilin, aux mains larges et longues, parsemées de taches de vieillesse. Il portait beau dans son complet gris, sa chemise immaculée, son nœud papillon bleu marine à pois blancs. Veuf, il vivait dans la grande maison familiale, au Plan-de-Grasse, avec pour seule compagnie Jeannette, sa gouvernante.

Il avait confié l'entreprise familiale à Thomas Reymona, qu'il avait formé, lui-même se consacrant à la recherche.

Si elle maîtrisait les connaissances techniques, Béatrice avait l'impression de tout réapprendre aux côtés de « monsieur Jacques », comme on l'appelait à Grasse.

Après lui avoir annoncé qu'il l'engageait, il lui avait recommandé :

« Vous venez de la capitale. Il faut apprendre à vous servir de votre odorat. Promenez-vous dans la campagne, découvrez nos fleurs... et, ensuite, vous pourrez effectuer vos essais. Je vous laisse carte blanche. La créativité a besoin de liberté. »

C'était un programme qui convenait tout à fait à la jeune fille. D'autant qu'elle avait bien besoin de se changer les idées ! La « drôle de guerre » s'était achevée en une campagne éclair qui avait entraîné la défaite de la France. Béatrice et sa mère avaient entendu le discours de Pétain depuis la terrasse de la Fontaine aux Violettes. Choquée, bouleversée, Emma avait laissé échapper un « Foutaises ! » qui reflétait assez bien son état d'esprit.

Rémi lui avait téléphoné le lendemain. Il donnait l'impression d'être surexcité.

« La France va connaître un véritable renouveau ! » exultait-il, avant de se livrer à un panégyrique du maréchal Pétain.

« Je ne partage pas ton point de vue, mon cher frère », avait glissé Emma entre deux envolées lyriques. Blessé, il avait raccroché d'un coup sec.

Elle avait pleuré, longuement, à la pensée de leur famille éclatée, de la France coupée en deux, de l'occupation d'une grande partie du pays...

Elle ne rouvrirait pas de sitôt Roussel Modes. Dans ces conditions, leur installation à la Fontaine aux Violettes était la meilleure chose qui pouvait leur arriver. Elles se trouvaient en France libre, du bon côté de la ligne de démarcation, et avaient convaincu Eloïse et Lucien de rester auprès d'elles.

« Notre retour aux sources », avait commenté Eloïse. Elle souffrait de l'éloignement de son fils et connaissait son entêtement. Rémi avait hérité de certains traits de caractère de sa grand-mère paternelle, hélas...

A Grasse, chez monsieur Jacques, Béatrice revisitait la façon de concevoir la parfumerie.

Elle savait la révolution causée par l'émergence du célébrissime N° 5 de Chanel, composé à base d'éléments de synthèse par Ernest Beaux. Elle savait aussi que les éléments de synthèse équilibraient les essences naturelles. L'équilibre... c'était le maître mot en matière de parfums.

Elle appréciait la liberté dont elle disposait. Jacques Berrier travaillait sur plusieurs projets et restait ouvert à ses propositions. Béatrice avait le sentiment de pouvoir faire ses preuves, enfin.

Et cette idée l'emplissait de joie, malgré tout.

— Il faut réaliser des prodiges avec trois bouts de tissu ! pesta Emma, en contemplant d'un air désespéré ses réserves qui diminuaient beaucoup trop vite à son goût.

— La rançon du succès, ma chérie, commenta Eloïse.

La boutique de Nice, située cours Saleya, attirait toujours plus de clientes. Le bouche-à-oreille avait bien fonctionné, Roussel Modes suscitait la curiosité et l'intérêt.

Emma Roussel avait du chien, ne cherchait pas à vendre à tout prix. Elle s'attachait plus à choisir parmi ses vêtements ceux qui mettraient en valeur la silhouette de sa cliente et lui donneraient de l'assurance. « L'art pour l'art », disait-elle en souriant, se rappelant l'atmosphère des Années folles, durant lesquelles la création l'emportait sur tout.

Elle avait côtoyé alors des personnes aussi fascinantes que Pablo Picasso, André Breton ou Paul Eluard. Elle n'était pas nostalgique, partant du principe que le chemin de vie comportait de nombreuses étapes, et était persuadée que beaucoup d'artistes ne tarderaient pas à venir se réfugier sur la Côte d'Azur ou dans l'arrière-pays. Leur désir de liberté s'accommodait mal, en effet, des contraintes de l'Occupation.

Les nouvelles, en cette fin d'année, étaient mauvaises. Le 3 octobre, le gouvernement de Vichy avait promulgué une loi sur le statut des Juifs leur interdisant l'accès à la fonction publique, à l'armée, à la magistrature comme à des postes à responsabilités dans les médias. Le surlendemain, trois cents communistes avaient été arrêtés à Paris. Le 7 octobre, une loi de Vichy abrogeait le décret Crémieux de 1870, qui accordait la citoyenneté française aux Juifs d'Algérie. Le 24 octobre, l'entrevue de Montoire entre Pétain et Hitler et leur poignée de main avaient profondément marqué les esprits, tout comme l'annonce à la radio de Pétain, le 30 octobre : « J'entre aujourd'hui dans la voie de la collaboration. »

De colère, Lucien avait failli briser son poste de TSF.

« Si j'étais un homme... » se rebellait parfois Béatrice, et sa mère se réjouissait qu'elle n'en fût pas un. La guerre de 14-18, celle qu'on croyait être « la der des ders », l'avait marquée. Son pacifisme était profond et réel, même si elle comprenait tout à fait le combat de ceux qui avaient rejoint la France libre.

Elle lissa du plat de la main un coupon de satin noir.

— Du noir, encore du noir ! soupira-t-elle.

Elle avait mal vécu le fait que de grandes maisons de couture aient présenté leur collection comme si de rien n'était. Pour sa part, elle ne regrettait pas d'avoir fermé boutique.

— As-tu reçu des nouvelles récentes de Rémi ? reprit sa mère.

Emma secoua la tête.

— Non, maman, et je ne pense pas qu'il se manifestera de sitôt. Il est trop occupé à célébrer la concrétisation de ses idées !

Elle n'aimait pas l'amertume de sa voix mais c'était plus fort qu'elle : Rémi les avait tous trahis.

Elle serra sa mère contre elle.

— Cela finira peut-être par s'arranger, déclara-t-elle. Si nous y croyons très fort…

52

1942

Béatrice jeta un discret coup d'œil par-dessus son épaule avant de se glisser dans la ruelle abondamment fleurie. La glycine la fascinait mais, ce matin, elle avait d'autres préoccupations.

Elle frappa au numéro 6. Une jeune femme au visage las vint lui ouvrir. Béatrice la salua et lui tendit une enveloppe cachetée.

— De la part de Silvio, précisa-t-elle avant de tourner les talons.

Tout avait commencé parce qu'elle avait rendu service à monsieur Jacques, un jour où il était bloqué par une sciatique paralysante. Il l'avait considérée plusieurs minutes avant de s'enquérir : « Béatrice, mon petit, voudriez-vous me rendre un grand service ? »

Depuis ce jour-là, elle jouait les agents de liaison pour le réseau auquel il appartenait. Il lui avait expliqué le minimum, arguant de la nécessité de cloisonner leurs activités.

Elle n'aurait jamais imaginé qu'un personnage comme Jacques Berrier puisse être impliqué dans la Résistance mais, après réflexion, il ne pouvait en être autrement. Humaniste, prônant la tolérance, cet homme était incapable de demeurer simple spectateur de leur époque tragique.

Et encore... La situation sur la Côte et dans le département des Alpes-Maritimes était privilégiée, comparée à celle de la France occupée. De nombreux réfugiés s'étaient installés dans l'arrière-pays. Des artistes séjournaient à Vence et à Tourrettes. Jacques Prévert, à qui son grand-père vouait une grande admiration, louait une villa à Tourrettes. Il y recevait des amis, le compositeur Joseph Kosma et le décorateur de cinéma Alexandre Trauner, qui séjournaient à l'hôtel Belle Terrasse. On chuchotait dans le village qu'il écrivait le scénario d'un film que Marcel Carné tournerait, et Béatrice était impatiente d'en savoir plus sur le sujet. Passionnée par le cinéma, elle avait aimé *L'Assassinat du père Noël*, à l'atmosphère onirique, *Les Jours heureux*, *Madame Sans-Gêne*, portée par la gouaille et l'abattage d'Arletty, et *Volpone*. En revanche, des films comme *Premier rendez-vous* ou *Romance de Paris* ne l'avaient pas vraiment séduite.

Comme nombre de ses compatriotes, elle appréciait les histoires l'entraînant loin de la réalité quotidienne. Pour elle, l'association Jacques Prévert – Marcel Carné laissait présager un excellent cru.

Elle avait composé un premier parfum, axé sur la rose de mai et la glycine, et l'avait baptisé « Rêve d'antan ». Monsieur Jacques avait esquissé une moue.

« Votre jus me plaît, Béatrice. En revanche, ce nom… il date beaucoup trop ! »

Sa mère partageait son avis.

J'ai vingt-cinq ans et… des goûts d'avant-guerre ! pensa la jeune fille avec une pointe d'autodérision.

Ces réserves n'avaient pas entamé sa passion. Elle savait être faite pour ce métier, et était heureuse dans son bureau, parmi ses mouillettes et ses fiches. Composer des mélanges, peser au gramme près chaque élément, rechercher la note de fond, celle qui allait retenir le souvenir, tout l'enthousiasmait.

Le matin, il lui arrivait de se lever à l'aube pour se promener dans le jardin. Elle humait alors les parfums des roses de Damas, froissait entre ses doigts une feuille de géranium, respirait les odeurs « vertes » des arbres et de l'humus. Mille idées se bousculaient dans sa tête.

Elle prenait des notes sur un petit carnet toujours glissé dans sa poche, à la recherche de l'accord parfait. Souvent, elle fredonnait un air d'opéra, comme celui de « La Reine de la nuit » ou bien, en fervente admiratrice de Baudelaire, elle aimait à établir des correspondances entre la musique et les parfums.

Comme de longs échos qui de loin se confondent,
Dans une ténébreuse et profonde unité,
Vaste comme la nuit et comme la clarté,
Les parfums, les couleurs et les sons se répondent[1]...

Après avoir mis un peu d'ordre sur son bureau, elle alla saluer monsieur Jacques et monta en voiture pour rentrer à la Fontaine aux Violettes. Les jours rallongeaient, elle avait le temps de passer embrasser ses grands-parents.

Elle ne fut pas surprise de trouver Lucien dans son potager. Le rationnement devenant de plus en plus draconien, il s'attachait à approvisionner les siens en légumes et fruits frais. Il avait augmenté la surface cultivable, irrigué le jardin. Il y consacrait désormais la majeure partie de son temps.

Il serra Béatrice contre lui, en lui recommandant de ne pas se salir.

— Tu sens bon ! s'écria-t-il.

Béatrice secoua ses longs cheveux dorés.

— Création personnelle, papé ! « Rêve d'antan ». Tu aimes ?

— Ça te va bien. Le nom, en revanche... Un peu démodé, non ?

— C'est une conspiration ! J'abandonne ! Oh, tu es en train d'arracher des radis...

1. Extrait de « Correspondances ».

— Ta mère s'est déjà invitée pour le dîner. Elle est sur la terrasse avec ta grand-mère. Tiens, tu peux leur apporter ma première récolte...

Il la regarda s'éloigner d'un pas dansant vers le mas des Lucioles. Elle est si belle... se dit-il. Elle aurait pu être mariée, fonder une famille. Mais cette maudite guerre avait bouleversé tous les projets.

Il retourna à ses légumes en soupirant. La situation internationale le préoccupait de plus en plus.

Sur la terrasse ombragée d'une treille et d'une somptueuse glycine, Emma et Eloïse écossaient les premiers pois gourmands. Elles accueillirent Béatrice avec un large sourire.

— Des radis ! Lucien réussit des prodiges ! C'est une renaissance, pour lui.

— Le retour à la terre, glissa Emma d'une voix indéfinissable.

La mère et la fille songeaient aux racines de Lucien, et à sa mère bourguignonne, qui avait tant bataillé pour qu'il reprenne la ferme familiale. Eloïse secoua la tête.

— C'est autre chose, ici.

Mercure, qui était resté sagement dans son panier, se leva avec peine et posa sa tête sur les genoux de sa maîtresse. Béatrice le gratta entre les oreilles.

— Oui, mon tout beau, je t'aime.

Elle lui jeta un coup d'œil inquiet.

— Il a de plus en plus de mal à se déplacer, vous ne trouvez pas ?

— L'âge est là, osa Emma avec prudence.

Le sujet était particulièrement sensible. A douze ans, Mercure peinait à se mouvoir et souffrait d'arthrose. Ce que Béatrice refusait d'admettre.

— Tu devrais l'emmener chez le vétérinaire à Grasse, suggéra Eloïse. Il paraît qu'il est très bien.

— Merci pour le conseil, mamée !

Emma paraissait songeuse, lointaine. Quelque chose la tracassait visiblement. Béatrice se leva.

— Je vais me chercher un verre d'eau. Vous en voulez ?

L'eau du puits était fraîche à souhait, un véritable délice.

Elle la but à longs traits, heureuse de se désaltérer. Elle se satisfaisait de petits plaisirs, se dit-elle, presque étonnée.

Les nouvelles en provenance du front étaient si angoissantes qu'il importait de garder le moral en se raccrochant à l'essentiel.

Etre ensemble constituait déjà un réconfort.

— J'ai reçu un message de Renée à la boutique, déclara tout à trac Emma, alors que le soleil déclinait et que le ciel se moirait d'un dégradé de bleus et de mauves.

— Renée, celle qui était si douée pour le biais ? questionna sa mère.

Sans qu'elle puisse expliquer pourquoi, l'entendre utiliser l'imparfait exaspéra Béatrice. Emma hocha la tête.

— Plus qu'un message, c'est un véritable appel au secours. Elle va essayer de franchir la ligne de démarcation avec sa petite fille, Elyette, qui a sept ans. Elle me demandait si je pouvais les accueillir toutes les deux.

Eloïse regarda sa fille. Qui se tourna vers Béatrice.

— En quoi cela pose-t-il problème ? s'enquit la plus jeune.

Emma soupira.

— Renée a émigré d'Europe centrale il y a une dizaine d'années. Elle est juive.

Le mot resta en suspension sous la treille.

— Et alors ? répliqua Eloïse. Il y a assez de place à la Fontaine aux Violettes.

De nouveau, Emma opina du chef.

— C'est bien ce que je pensais. Je voulais juste vous en parler... pour ne pas vous impliquer si vous n'étiez pas d'accord...

— Quelle sottise ! lança Eloïse.

A cet instant, Béatrice eut le sentiment de s'engager un peu plus dans la Résistance. Cela ne lui faisait pas peur.

Pas encore.

53

1942

Certains matins, Anton Svary songeait que son pays, sa forêt lui manquaient toujours cruellement.

Soucieux de se soustraire à la censure instaurée par le régime du régent Horthy, il avait quitté sa Hongrie natale en 1936. Arrivé en France, il avait loué une chambre à Saint-Germain-des-Prés, et s'était rapproché du milieu du cinéma.

Il avait ainsi fait la connaissance de Jacques Prévert, alors scénariste, et de son ami Alexandre Trauner, émigré hongrois comme lui.

Chef opérateur, Anton avait eu la chance de travailler avec Marcel Carné pour *Le jour se lève*.

Même si le réalisateur était particulièrement exigeant, Anton avait le sentiment de progresser chaque jour sous sa houlette. Il aurait dû se sentir heureux. Il n'y parvenait pas, cependant.

A cause de Lola.

Le cœur battant, Béatrice se présenta à l'heure dite au lieu du rendez-vous. Elle avait eu vent de l'information grâce à monsieur Jacques, qui connaissait son admiration pour Marcel Carné.

« Il recrute des figurants pour le tournage de son nouveau film. Si le cœur vous en dit… »

Elle n'avait pas hésité, à partir du moment où il l'avait encouragée : « Cela vous changera les idées, mon petit », avait-il ajouté.

Elle avait essayé plusieurs tenues avant de se décider pour une jupe en laine marine et un sweater blanc. Vêtements siglés *Roussel Modes*, d'une élégante sobriété.

Elle avait brossé ses cheveux dorés avec soin, les avait coiffés en chignon parce qu'on chuchotait qu'il s'agissait d'un film en costumes.

Même si le métier de figurant n'avait rien à voir avec celui de parfumeur, elle désirait vraiment tenter cette expérience.

Béatrice n'était pas la seule dans ce cas. Elle connaissait de vue plusieurs jeunes gens, les salua d'un signe de tête.

En même temps, elle eut envie de se moquer d'elle-même. Pourquoi serait-elle choisie, elle, plutôt que les autres ? Elle n'avait jamais joué la comédie, ni pris le moindre cours. Tout ce qu'elle rêvait de faire était de créer un parfum inédit.

Elle cogitait ainsi lorsqu'elle le vit. Grand, très mince, il avait des cheveux bruns rejetés en arrière et des yeux verts. Il portait un pantalon noir et une chemise blanche au col ouvert.

Elle enregistra ces détails sans même en avoir conscience.

A cet instant, elle se rappela sa mère qui lui avait confié un jour :

« Quand j'ai croisé le regard de ton père, j'ai su que nous allions nous aimer. »

C'est tout à fait ça, songea-t-elle.

Par la suite, Béatrice devait se dire qu'elle avait vécu une belle aventure. Sur le moment, elle avait surtout connu l'envers du décor.

Après chaque scène à laquelle elle participait, elle avait peur d'être renvoyée. Marcel Carné, en effet, ne se gênait pas pour faire le tour des figurants et décréter : « Vous, fini » ou, à peine mieux, « Vous, c'est fini ».

Le metteur en scène, réputé pour ses accès de colère, était craint et respecté. Heureusement, Anton, le chef opérateur, et Jeanne, la scripte, arrondissaient les angles.

Béatrice s'était adaptée sans problème à l'équipe de tournage. L'une de ses camarades, prénommée Simone[1], faisait preuve d'une belle endurance. Parisienne elle aussi, elle échangeait

1. Il s'agissait de la jeune Simone Signoret.

des souvenirs de Saint-Germain-des-Prés avec Béatrice.

Le soir, Béatrice regagnait la Fontaine aux Violettes et s'empressait de raconter sa journée à une Emma intriguée et amusée. Le tournage suscitait la curiosité et apportait une diversion bienvenue aux problèmes de rationnement et de chauffage.

On manquait de tout, dans la France de 1942, et le film s'en ressentait. Si Arletty, Marie Déa, Alain Cuny et Marcel Herrand portaient des costumes de velours et de brocart, les autres acteurs devaient se contenter de rayonne, ce qui obligeait Marcel Carné à ne pas les filmer de trop près ! Il en allait de même avec les plats du banquet. Lassé de les voir disparaître, le metteur en scène les avait remplacés par des volailles en carton et avait fait piquer au phénol les fruits des compositions. On se regardait en chiens de faïence… en rêvant d'y goûter à nouveau !

Pour les scènes d'extérieur, tournées sous le soleil de l'arrière-pays, Carné pestait contre la maigreur des chiens de chasse. On avait beau lui rétorquer « C'est la guerre ! », il levait les yeux au ciel.

Cette passion pour la création enchantait Béatrice, tout en la confortant dans son choix de vie. Le tournage demeurerait pour elle un joli souvenir, mais elle n'était pas attirée par le métier de comédienne.

Elle désirait avant tout créer.

Et puis, il y avait Anton Svary.

Tous deux avaient commencé par effectuer des promenades dans la campagne. Béatrice lui parlait avec passion de son pays d'adoption, lui avait fait découvrir les gorges du Loup, et le pont du même nom. Une alchimie étrange les unissait.

Qu'ils devisent ou non, ils se sentaient bien. Il avait évoqué la raison de son exil, lui avait confié être en situation irrégulière. Jusqu'en 1941, la Hongrie n'étant pas encore entrée en guerre, Anton avait échappé à l'internement dans un camp. Ensuite, il s'était bien gardé de se faire connaître. Il n'était pas le seul. A Tourrettes comme à Vence, Alexandre Trauner et Joseph Kosma, d'origine juive hongroise, se cachaient eux aussi.

Sur le plateau, il leur arrivait de s'isoler pour échanger dans leur langue maternelle. Le reste du temps, ils parlaient un français tout à fait correct.

Béatrice avait renoncé à s'interroger sur sa relation avec Anton. Tous deux se plaisaient, c'était une évidence, mais elle se trouvait jeune et inexpérimentée, comparée à lui. A trente-six ans, il avait déjà vécu plusieurs vies. S'il parlait peu de sa jeunesse en Hongrie, il se montrait plus prolixe concernant sa passion pour le cinéma. Il aimait aussi la poésie, était capable de citer des poèmes entiers de Baudelaire ou de Verlaine. Mais ces moments de détente ne duraient guère, Anton travaillant d'arrache-pied. La recherche de la lumière idéale le motivait ; il pouvait en parler durant des heures, et Béatrice ne se lassait pas de l'écouter.

Se pourrait-il que je l'aime ? se demandait-elle. Ce ne serait guère judicieux, car Anton repartirait bientôt pour Paris avec l'équipe de tournage.

De plus, il n'était pas homme à s'attacher.

Et pourtant, elle avait bien l'impression de l'aimer !

54

1942

Même si l'on manquait de tout en cette période de rationnement, rien ne pouvait altérer la sensation de bien-être éprouvée par Emma chaque fois qu'elle s'installait à la table en pierre de la terrasse.

Elle aimait y travailler, en s'efforçant, contrairement à son habitude, de ne pas gâcher de papier. Elle y buvait le café, ou, plutôt, un ersatz de café, après le déjeuner, lorsqu'elle restait à la Fontaine aux Violettes. Le soir, Béatrice et elle y dînaient d'une salade avant de refaire le monde, tandis que la nuit tombait lentement, et que les étoiles s'allumaient l'une après l'autre dans le ciel.

Eloïse et Lucien venaient souvent les rejoindre, pour se réconforter, après les derniers événements. La rafle du Vél' d'Hiv', survenue le 16 juillet, avait provoqué une véritable onde de choc. Les autorités de Vichy avaient eu beau tenter de minimiser l'affaire, en affirmant avoir voulu épargner les Français de confession juive, Renée, l'amie d'Emma, avait sangloté durant toute une nuit en imaginant que sa fille et elle auraient pu se retrouver prisonnières dans l'enceinte du vélodrome chauffé à blanc.

Révoltés, les Roussel avaient alors mesuré que le régime nazi avait rattrapé la France. Ils avaient pensé être à l'abri dans le Midi mais se voulaient désormais solidaires de toutes les familles juives persécutées. Quelle serait la prochaine étape ? se demandaient-ils avec angoisse.

L'équipe du film s'apprêtait à repartir pour Paris. Béatrice n'avait plus de scènes à jouer, mais Anton et elle se retrouvaient chaque soir au pied du château blanc conçu par Alexandre Trauner.

Anton se confiait peu à peu. Il racontait sa vie à Budapest, sa passion pour le cinéma. Il avait un jour balayé d'un définitif « Nous ne nous parlons plus depuis plusieurs années, trop de différences nous séparaient » la question de Béatrice concernant sa famille.

« Je suis communiste. Ça ne passe pas chez les gros propriétaires terriens », avait-il ajouté.

La répression hongroise l'avait incité à quitter son pays en 1936, l'année du Front populaire. Cette même année, il avait participé au tournage de *Jenny*, de Marcel Carné, et n'avait pas eu envie d'émigrer pour un autre pays.

« Et si vous êtes arrêté ? » avait glissé Béatrice, inquiète. Elle savait qu'il avait de faux papiers au nom d'Antoine Boschi, mais ceux-ci ne résisteraient pas à un examen approfondi. Or, elle estimait qu'il courait beaucoup plus de risques à Paris qu'à Tourrettes ou à Vence.

Le dernier soir, il lui parla de Budapest et de sa jeune sœur, Wilma, la seule avec qui il échangeait de temps à autre une lettre.

— J'aimerais que nous nous revoyions, lui dit-il.

Béatrice inclina la tête.

— Restez par ici.

— C'est impossible ! Carné a besoin de moi.

— Et si vous vous faites arrêter ? répéta-t-elle, car cette pensée l'obsédait.

— Je refuse d'y penser. Je veux croire en ma bonne étoile.

Curieusement, il ne chercha pas à l'embrasser. Elle en fut blessée, et peinée. Avait-il laissé une amante à Paris ? Elle s'imaginait mal lui poser la question. Il se contenta de lui effleurer la joue en lui disant :

— Prenez soin de vous, Béatrice.

Il disparut derrière le mur presque trop blanc et elle se sentit abandonnée.

Malgré son laissez-passer et ses papiers en règle – Josée Laval[1], grande amie d'Arletty, était intervenue

1. Fille unique de Pierre Laval.

pour faciliter les déplacements de l'équipe du film –, Béatrice éprouva un sentiment de crainte diffuse en franchissant la ligne de démarcation.

Elle laissait derrière elle sa famille et son travail. « Juste l'affaire d'une petite semaine », avait-elle déclaré à monsieur Jacques, et celui-ci avait recommandé : « Pas plus de huit jours. Et plus de fausses excuses, jeune fille. Sinon, je vais finir par croire que les parfums ne vous intéressent plus. »

Elle s'était sentie rougir. A vingt-cinq ans... Quand parviendrait-elle à mieux maîtriser ses émotions ? Son grand-père lui avait fait remarquer, un jour : « Ma chérie, tu es une artiste. Et comme telle, tu es à fleur de peau. Hypersensible. »

Fort bien ! se dit-elle. Mais je me vois mal débarquer à Paris dégoulinante de sueur...

Elle avait laissé Mercure à sa mère. Son fox, furieux, était parti bouder au fond du jardin. Elle éprouva un nouveau choc en découvrant un Paris étranger. Partout, des militaires portant l'uniforme vert-de-gris, des panneaux indicateurs écrits en allemand, des lettres gothiques, des véhicules blindés... Le Paris occupé ne ressemblait pas vraiment à la ville de son enfance. N'étant chargée que d'un bagage léger, elle se rendit à pied avenue Junot.

La fidèle Huguette était restée seule pour garder et entretenir la maison. Elle étreignit Béatrice, lui posa une foule de questions sur la famille. Elle se plaignit de la vie à Paris.

— C'est d'un triste, ma petite fille ! Tout me paraît gris, malgré l'été.

Elle évoqua aussi la rafle du Vél' d'Hiv', le climat de désespoir et de défiance qui s'était abattu sur la capitale.

— Quelques-uns ont pu s'échapper, grâce aux gendarmes qui les avaient prévenus la veille, mais les autres, ces milliers d'autres… qui sait ce qu'ils sont devenus ? A-t-on déjà vu des petits enfants envoyés en camp de travail ? J'ai prié pour eux, et je ne suis pas la seule, mais le pire, c'est cette impuissance… Comme si la nuit était tombée sur la France…

Cette phrase allait longtemps obséder Béatrice. Elle devait la vérifier à plusieurs reprises, d'ailleurs. Que ce soit dans le métro, ou à pied, les inconnus qu'elle côtoyait lui semblaient moroses, dépourvus de couleur. Gris, en quelque sorte. Elle comprenait mieux pourquoi de nombreux peintres s'étaient réfugiés dans le Midi.

Elle se présenta dès le lendemain aux studios de Saint-Maurice, dans le Val-de-Marne, retrouva l'équipe avec plaisir. Arletty, Marie Déa, Marcel Herrand, Alain Cuny, Jules Berry, Fernand Ledoux, ils étaient tous là, ainsi que les machinistes, la maquilleuse, la scripte.

Monsieur Carné la salua avec gentillesse, et les tomates du potager qu'elle avait apportées furent appréciées. Simone, son amie figurante, la rejoignit alors qu'elle cherchait Anton.

— Disparu, envolé, notre bel assistant ! lança-t-elle. Tu imagines la colère de monsieur Carné !

Béatrice, catastrophée, se mordit les lèvres pour ne pas pleurer. Elle avait tant attendu ces retrouvailles !

La journée se déroula pour elle dans un brouillard. Le soir venu, la scripte lui glissa un petit papier plié entre les doigts.

— Pour vous, Béatrice. Faites-en bon usage.

Elle le déplia de retour dans la loge qu'elle partageait avec les autres figurantes.

Elle lut alors, en lettres capitales : *RENDEZ-VOUS CE SOIR À TABARIN. JE VOUS ATTENDRAI DANS LES COULISSES*

Le mot n'était pas signé. Quelle importance ? C'était bien lui, Anton.

55

1942

L'occupant allemand l'avait souvent répété : il convenait de rendre au « gai Paris » ses lettres de noblesse. Dans ce but, cabarets et maisons closes drainaient chaque soir une foule de militaires, soldats et officiers, qui appréciaient les spectacles des « petites femmes ».

Tabarin, situé à Montmartre, rue Pigalle, avait la cote car les danseuses y évoluaient seins nus au son des bouchons de champagne qui sautaient à la moindre occasion. Militaires allemands, collaborateurs français, gangsters corses s'y côtoyaient dans une atmosphère glauque.

Peu habituée à ce genre de faune, Béatrice se demanda si le rendez-vous émanait bien d'Anton.

Elle portait ce soir-là une robe en shantung rouge et un spencer bleu marine.

De nombreux regards masculins s'attachèrent à elle tandis qu'elle se faufilait entre les tables vers la scène. Le rideau était baissé le temps de l'entracte. Elle s'enquit auprès d'un machiniste à moustaches grises du chemin à emprunter pour se rendre en coulisses. Il toucha de deux doigts sa casquette.

— Mademoiselle Béatrice ? Suivez-moi.

Elle grimpa une volée de marches, passa sous un portant et découvrit l'envers du décor. Une danseuse portant une culotte de plumes s'appliquait consciencieusement du rouge à lèvres très vif. Deux caniches répétaient un numéro avec leur maître.

Un chanteur portant beau bien qu'il ait visiblement dépassé la soixantaine vocalisait sans paraître dérangé par l'animation ambiante.

Eberluée, Béatrice suivait son guide en s'efforçant de ne pas trébucher. Le machiniste la poussa vers une porte dissimulée par une tenture.

— Rentrez là et ne bougez pas, lui ordonna-t-il. Anton vous rejoint tout de suite.

Il s'agissait en fait d'une sorte de placard, plongé dans la pénombre. Béatrice tâtonna, discerna une patère, ainsi qu'une sorte de banc-coffre. Le placard sentait la poussière et le vernis. Elle éternua.

— Chut !

Anton venait de surgir à ses côtés. C'était lui, et ce n'était pas tout à fait lui. La porte entrebâillée révéla qu'il portait une casquette, lui aussi, un pantalon retroussé aux chevilles et des espadrilles.

— On dirait un peintre de la Butte, remarqua Béatrice, soucieuse de dissiper la gêne qui venait de l'envahir.

Anton la serra contre lui.

— Béatrice, le temps m'a paru long...

Elle jeta un regard effrayé au décor les entourant.

— Vous ne risquez rien par ici ?

Il émit un drôle de rire un peu cassé.

— Vivre devient une activité à haut risque, ces temps-ci, ne croyez-vous pas ? Venez, Béatrice, nous allons passer par l'entrée des artistes.

Elle le suivit sans plus se poser de questions. Ils sortirent du cabaret par une porte de secours et se glissèrent dans la nuit. Anton tenait la main de Béatrice serrée dans la sienne.

— Je suis de Montmartre, chuchota-t-elle.

— Moi aussi, c'est mon quartier d'adoption. Je vous emmène dans mon antre.

Elle connaissait vaguement l'impasse ouvrant sur le boulevard de Clichy[1] dans laquelle il l'entraîna. C'était le quartier bohème par excellence.

Il souleva un pot de géranium, saisit une clef.

— L'un de mes compatriotes m'a laissé sa chambre. Ce n'est pas le grand luxe, mais je m'en contente.

Elle haussa les épaules comme pour dire que cela lui importait peu. C'était vrai. A cet instant, seule comptait la main chaude et rassurante d'Anton.

---

1. A présent la cité Véron, où vécurent Boris Vian et Jacques Prévert.

Ils pénétrèrent dans une pièce où le lit semblait occuper toute la place. Il tira les rideaux occultants, tourna le commutateur. Une lumière crue jaillit, accusant la fatigue sur le visage d'Anton. Il ôta sa casquette qu'il envoya valser sur le parquet, attira Béatrice contre lui. Il huma ses cheveux.

— Quel délicieux parfum ! Rose et jasmin, non ?

Il l'embrassa, d'abord avec douceur puis avec une sensualité extrême qui fit trembler la jeune femme de désir.

— J'ai tant rêvé de ce moment, souffla-t-il.

Elle noua les bras autour de son cou.

— Embrassez-moi, Anton, encore et encore.

Depuis le jour de leur rencontre, elle en avait envie. Elle et lui, seuls dans une chambre, avec la nuit devant eux. Elle ne voulait pas savoir ce qu'il adviendrait d'eux le lendemain.

Ils basculèrent sur le lit. L'embrassant toujours, il détacha un à un les boutons de sa robe, la fit glisser à terre.

— Tu es si belle ! admira-t-il.

Le léger hâle de son visage faisait ressortir la couleur rare de ses yeux et le blond vénitien de ses cheveux. Sa lingerie raffinée, en dentelle noire, exaltait la blancheur crémeuse de sa peau.

— J'ai tant rêvé de toi, reprit-il, tandis que ses caresses se faisaient plus exigeantes.

A son tour, elle défit la boucle de sa ceinture. Avec lui, elle osait des gestes ignorés jusqu'alors.

Dans la nuit complice, ils étaient loin de la ville occupée, et des rafles.

— *Dragam*[1], souffla-t-il dans sa langue natale.

Un seul mot, qu'elle eut l'impression de comprendre.

Etroitement enlacés, ils s'unirent dans un paroxysme de sensations.

Elle demeura les yeux ouverts, à fixer une grande affiche du *Jour se lève* épinglée au mur.

Tout à coup, elle avait peur. Elle ne voulait pas connaître le même destin que les amants perdus, François et Françoise. Elle désirait aimer Anton et être aimée de lui. Pour toujours.

Elle le crut endormi et se pencha au-dessus de lui pour remettre tendrement en place une mèche de ses cheveux. Il gémit, l'étreignit plus fort.

— *Szerelmem*[2], souffla-t-il.

Avant d'ajouter :

— Lola…

Le cœur de Béatrice se glaça.

Béatrice n'avait jamais vécu en couple ni partagé le quotidien d'un célibataire. Au réveil, elle se demanda quelle attitude adopter. Anton y avait sans doute pensé car, déjà debout, il lui avait préparé du café noir très sucré, comme elle l'aimait.

— Bonjour, lui dit-il en posant un baiser sur ses lèvres.

1. « Chérie ».

2. « Mon amour ».

Elle lui sourit.

— Bien dormi ?

— Bien mieux que les nuits précédentes !

Elle jeta un coup d'œil à sa montre-bracelet.

— Je dois me présenter au studio à neuf heures précises...

— Tu prendras un vélo-taxi.

Elle fit la moue.

— Je ne suis plus parisienne, on dirait ! Tout est si... différent.

Elle avait besoin de se raccrocher à des phrases banales pour ne pas révéler son trouble. Cependant, elle n'avait pas envie de tricher avec lui.

— Pourquoi avoir quitté le tournage ? s'enquit-elle. Monsieur Carné était furieux...

— C'est un excellent comédien, car je l'avais prévenu.

— Vraiment ? Je suppose que tu avais une bonne raison.

Il soutint son regard.

— Une raison imparable, en effet : la Gestapo me recherche.

Béatrice pâlit.

— Oh non ! Que te reproche-t-on ?

— D'être communiste, et exilé hongrois. J'ai aussi accessoirement rédigé des articles jugés subversifs pour une revue cinématographique. Je suis devenu l'homme à abattre.

Même s'il affectait une certaine distanciation, il ne parvenait pas à dissimuler totalement son amertume. Elle esquissa le geste de tendre la main vers lui, sans pourtant aller jusqu'au bout. Tel qu'elle croyait le connaître, il ne supporterait pas sa compassion, qu'il risquait d'assimiler à de la pitié.

— Je m'en sortirai, affirma-t-il. Je dois juste me faire discret.

— Reviens à Tourrettes, suggéra-t-elle.

Il secoua la tête.

— Non, ce serait vous mettre en danger, ta famille et toi. De plus, j'ai besoin d'agir. J'ai rejoint un réseau de compatriotes hongrois et d'Autrichiens. Nous travaillons à la destruction du Reich.

Béatrice serra ses mains l'une contre l'autre pour les empêcher de trembler.

— Seigneur ! Et tu m'annonces ça avec une telle désinvolture !

Lola, déjà, avait fait une réflexion similaire, songea-t-il. Elle avait peur pour lui, elle aussi. Et il avait refusé de l'écouter.

Il secoua la tête, comme pour chasser cette pensée.

— Comment veux-tu que je fasse, Béatrice ? Je suis resté pour toi, parce que Jeanne, la scripte, m'avait confié que les figurants seraient rappelés. Je voulais te revoir, t'embrasser, te dire…

Il haussa les épaules, n'acheva pas sa phrase. Il se pencha, embrassa la jeune femme avant de poursuivre :

— Je ne sais même pas si nous nous reverrons, Béatrice. Dans un an, ou avant, si la guerre est finie, mais, pour le moment, je dois me consacrer à la Résistance. C'est d'un pompeux, n'est-ce pas ? Pourtant, c'est tout à fait ce que je ressens.

— Je crois que je comprends, acquiesça Béatrice.

Elle avait le cœur en miettes. Cependant, il lui fallait tenir.

— Sois prudent.

Son sourire était moqueur. Elle se reprocha ce conseil de vieille femme. Faisait-on cette recommandation à quelqu'un qui est pourchassé et a basculé dans la clandestinité ?

— Oh ! Et puis, fais bien comme tu l'entends ! lui lança-t-elle.

Parce qu'elle souffrait, et qu'elle était en colère, elle osa ajouter :

— Au fait, tu as appelé une certaine Lola cette nuit, dans ton sommeil. J'espère qu'elle va bien.

Le visage d'Anton se défit. L'espace d'un instant, Béatrice pensa qu'il allait s'effondrer, là, d'un coup.

Mais c'était mal le connaître... Les dents serrées, il lui fit face :

— Cesse de prêcher le faux pour savoir la vérité, rétorqua-t-il, visiblement furieux. Lola était la femme que j'aimais et elle est morte dans un camp. Toutes les nuits, je la revois en rêve parce que j'aurais dû rester à Budapest et la sauver.

— Tu ne savais pas...

— J'aurais dû la sauver, s'obstina-t-il. Mais cette maudite guerre m'a empêché de raisonner sainement. C'est bien pour ça que je tiens à m'investir à fond.

Un long silence s'installa entre eux. Leurs regards ne se quittaient pas.

Et nous ? pensa-t-elle. Y songes-tu ?

Elle ne dit rien, cependant.

— Je suis désolé, lâcha-t-il.

Elle se sentit un peu rassérénée.

Ils se quittèrent rapidement. Elle ne pouvait se permettre de faire attendre monsieur Carné et lui devait repartir. Ils s'étreignirent, presque avec maladresse. L'un et l'autre étaient perdus, en plein désarroi.

Il saisit un sac de marin qu'il jeta par-dessus son épaule, ferma la porte à clef et remit la clef sous le pot de géranium. Tétanisée, Béatrice suivait ses gestes en s'exhortant à tenir bon.

Il se pencha, lui caressa la joue.

— Au revoir, et pas adieu. Prends bien soin de toi.

Elle acquiesça, le cœur serré.

Il s'éloigna à grands pas. Cette fois, elle savait qu'il ne se retournerait pas.

56

1943

— Nous avons eu grand tort de nous plaindre de l'occupation italienne ! remarqua Lucien Roussel en apportant à table une bouteille du vignoble familial.

Ils étaient tous réunis au mas des Lucioles autour du gratin de cardes préparé par Eloïse. Les événements s'étaient précipités en moins d'un an. Déjà, le 11 novembre 1942 – « Apprécions le choix de la date ! » avait ironisé Emma –, les Allemands avaient franchi la ligne de démarcation et la France entière s'était retrouvée occupée. Les troupes italiennes, présentes dans une partie de la Moyenne Roya et de la Haute Tinée, avaient alors occupé les Alpes-Maritimes, le Var, les Hautes et Basses-Alpes, l'Isère, la Drôme, la Savoie et la Haute-Savoie.

Cependant, s'ils avaient opéré des rafles de résistants et d'Italiens antifascistes, les Italiens n'avaient pas réellement pourchassé les Juifs réfugiés dans le Midi.

Or, la donne venait de changer avec l'occupation des Alpes-Maritimes par les Allemands à compter du 8 septembre 1943. Ceux-ci avaient aussitôt organisé une véritable chasse aux Juifs, les traquant sans merci sans tenir compte de leur âge, de leur état de santé ou de leurs papiers.

Renée vivait désormais dans l'angoisse. Malgré ses offres réitérées, Emma n'avait pu convaincre Philippe Moulins de lui céder le pavillon. Cela la contrariait fort, car les visiteurs des Moulins entraient par le grand portail, ce qui obligeait Renée et Elyette à se cloîtrer dans la bastide.

Si elles restaient courtoises, les relations avec les Moulins s'étaient tendues. En grande partie à cause de Raphaël, qui avait fait une cour pressante à Béatrice. Celle-ci n'avait pas hésité à le remettre fermement à sa place et à lui rappeler qu'il était marié. Précision que le dernier-né de la famille Moulins avait fortement tendance à oublier. Pourtant, Béatrice et sa mère appréciaient Tatiana, discrète et dévouée à son beau-père. La jeune femme, de toute évidence, ne se faisait plus guère d'illusions à propos de son époux, qui menait une vie de célibataire.

Le sort de Renée et de sa fille préoccupait fort les Roussel. Eloïse avait proposé de les accueillir au mas des Lucioles, mais Renée redoutait de quitter la protection d'Emma. De plus, le proche voisin d'Eloïse et Lucien était curieux et bavard. Il remarquerait forcément la présence des deux réfugiées au mas.

Emma, de son côté, se défiait de Raphaël Moulins. Nina, qui allait faire les courses au village, l'avait vu paradant au milieu d'un groupe de miliciens. Elle était rentrée à la Fontaine aux Violettes le cœur à l'envers.

« C'est un malfaisant, un sale type », répétait-elle, et son accent russe ressortait sous le coup de l'émotion.

Ce climat inquiétait Emma, d'ordinaire plus sereine. Il y a Béatrice, aussi, pensait-elle. Sa fille était revenue changée de son séjour à Paris, durant l'été 42. Emma voyait bien qu'elle souffrait, et avait aussitôt pensé à une peine de cœur. Elle ne l'avait pas questionnée, cependant, par pudeur.

Les semaines, les mois s'étaient succédé. Béatrice gardait le silence, et Emma rongeait son frein.

Sa mère l'exhortait à la patience :

« Notre Béatrice a les pieds sur terre. Elle finira bien par reprendre le dessus. »

Dieu merci, il y avait monsieur Jacques et les parfums. Béatrice passait l'essentiel de son temps au laboratoire et se livrait à des calculs cabalistiques lorsqu'elle se retrouvait en famille.

« J'obtiendrai ce parfum qui m'obsède ! » affirmait-elle à sa mère. Elle précisait : « C'est comme une partition que j'aurais dans la tête et qui refuserait de prendre forme. Ça m'exaspère ! »

Sa quête s'apparentait presque à celle du Saint Graal. Emma devinait que c'était pour elle un moyen de faire diversion, tout en compatissant à la peine de sa fille.

Les mesures de rétorsion prises à l'encontre des étrangers se faisaient toujours plus drastiques.

« Il faut tenir », répétait Lucien, de plus en plus impliqué dans la Résistance locale. Son épouse et lui étaient toujours sans nouvelles de leur fils. Une douleur muette, qu'ils ne partageaient avec personne, embuait parfois leur regard. Emma voyait alors sa mère croiser les bras devant sa poitrine, dans un geste instinctif d'autoprotection.

Elle avait écrit une fois à son frère, ce qui lui avait valu en retour une missive au vitriol, stigmatisant « les mauvais Français », dont bien entendu leurs parents et elle faisaient partie. Il lui avait annoncé fièrement avoir intégré les rangs de la Milice française et se vantait d'avoir prêté le serment de « combattre la lèpre juive ».

Elle avait lutté contre la nausée. Comment son jeune frère avait-il pu se laisser embrigader ainsi ? C'était à n'y pas croire !

Elle avait donné la lettre à lire à Béatrice. Elles avaient décidé de ne pas la montrer aux parents d'Emma. Pour ne pas leur faire encore plus de mal. Une ombre avait voilé le regard de Béatrice. Elle pensait à Anton, réfugié sans papiers, communiste.

L'ennemi, pour son oncle Rémi. Un sentiment de révolte, puissant, irraisonné, submergeait la jeune fille.

A intervalles réguliers, monsieur Jacques et son grand-père ramenaient de mystérieuses expéditions des personnes au teint hâve, aux gestes mesurés, qui donnaient l'impression de chercher à se faire oublier. C'étaient le plus souvent des hommes ou des femmes seuls. Les enfants étaient confiés plus volontiers à des couvents ou des établissements scolaires, comme les institutions Jeanne-d'Arc ou Sainte-Marthe à Grasse.

Il importait cependant de cloisonner, de se défier d'éventuels délateurs. L'occupation allemande, les premières rafles, d'une violence inouïe, avaient fait comprendre aux réfugiés que Nice et l'arrière-pays n'étaient plus sûrs.

Béatrice en avait conscience, sans pour autant accepter l'idée de restreindre son activité clandestine. C'était pour elle la meilleure façon d'épauler le combat d'Anton.

A son retour de Paris, elle avait espéré être enceinte. Le scandale ne lui faisait pas peur. Après tout... elle ne ferait que s'inscrire dans une longue lignée familiale ! Mais elle n'avait pas eu cette chance. Ses règles étaient survenues exactement à la date prévue. Comme si rien ne s'était passé. Comme si Anton appartenait déjà à l'oubli.

C'était bien là le pire : ignorer où il se trouvait, s'il était encore vivant... Parfois, elle pestait, le traitait de tous les noms, lui reprochant de ne pas lui donner de ses nouvelles. Alors, elle l'entendait lui affirmer : « Dans un an ou avant, si la guerre est finie... », et s'enjoignait de garder confiance.

Avait-elle seulement une autre solution ?

57

1944

Chaque fois que, revenant de Nice, elle contemplait la façade de la Fontaine aux Violettes, Emma pensait que celle-ci méritait plus le nom de « maison des champs » que celui de « bastide ». Ou bien une « campagne », comme on disait autrefois.

Peu lui importait ! Elle aimait la façade de pierre blonde, dorée par les rayons du couchant, les persiennes peintes d'un délicat bleu grisé, le toit à triple génoise, les larges fenêtres cintrées et le mascaron ornant la porte d'entrée. Sur la terrasse bordée d'un balustre de fer forgé, les fauteuils en rotin invitaient à la détente. Les lauriers-roses et les buissons de roses fleurissaient dans une aimable profusion le parc qui aurait eu besoin de soins attentifs. Emma n'avait plus les moyens de s'offrir un jardinier à demeure et se consolait en songeant qu'elle n'aimait pas les jardins trop policés.

En contrebas de la terrasse, chantait la fontaine aux violettes qui avait donné son nom au domaine. Pierres sculptées moussues, eau retombant en légères cascades, et décor de violettes ornant la margelle de la fontaine.

C'est chez moi, pensa-t-elle, presque heureuse soudain. Pourtant, la situation était dramatique. Les rafles se succédaient à Nice, aussi bien dans les hôtels que dans la rue, ou aux terrasses des cafés. On chassait les Juifs, avec d'autant plus de violence qu'ils avaient bénéficié d'une sorte de protection tacite pendant les premières années de la guerre. Désormais, des convois quittaient régulièrement Nice, vers une destination lointaine et semée d'embûches.

Elle descendit de voiture, s'essuya le front. La chaleur était lourde à Nice, et la fatigue la rattrapait après une journée passée à tenter de satisfaire des clientes exigeantes. Il était assez facile de reconnaître les Françaises que sa mère surnommait « les putes à boches ». Celles-ci, en effet, avaient le teint frais des personnes mangeant à leur faim, et portaient des vêtements coûteux, ainsi que de superbes bijoux et fourrures, souvent volés aux victimes de leur compagnon. Emma aurait aimé refuser de les servir, sans pouvoir se le permettre, à cause précisément de Renée et de sa fille. Elle redoutait en permanence une « descente » des gestapistes ou des miliciens à la Fontaine aux Violettes et s'irritait d'être devenue aussi vulnérable.

Le nez en l'air, elle observa les gros nuages sombres qui se pourchassaient dans le ciel, se demandant dans combien de temps l'orage éclaterait.

Béatrice n'était pas encore rentrée. Elle affirmait chaque soir à sa mère qu'elle touchait au but. Elle avait en tête un parfum poudré, à base de racine d'iris et de violette.

« Il me manque encore un ingrédient, s'agaçait-elle. Si tu savais, maman, à quel point la création d'un parfum relève d'une mystérieuse alchimie : quelques grammes de trop et tout est à recommencer ! »

Créatrice elle-même, Emma pouvait partager les doutes de sa fille même si elle aurait manqué de patience pour ce genre d'élaboration. Pour sa part, elle aimait voir rapidement le résultat.

Nina l'accueillit sur le perron.

— Ça sent l'orage, déclara-t-elle avant même de la saluer. Mercure tremble dans son panier.

— Le pauvre Mercure n'est plus bien vaillant. Tout va bien du côté de Renée ?

— Elle n'a guère le moral. Les rafles s'accentuent encore à Nice. Et ce débarquement dont on nous rebat les oreilles… Nous l'aurons à Pâques ou à la Trinité ?

— Pour Pâques, c'est trop tard ! Oh ! Flûte…

Emma, se retournant, venait d'apercevoir Philippe Moulins qui se dirigeait vers la maison en s'appuyant sur sa canne. Malgré sa fatigue et la migraine qui vrillait sa tempe droite, elle s'avança à sa rencontre.

— Vous ne devriez pas sortir par ce temps, monsieur Moulins, lui reprocha gentiment Emma.

Le vieil homme esquissa un sourire.

— Que voulez-vous qu'il m'arrive ? Je suis de ce pays.

Cette dernière précision blessa Emma. Elle se sentit rejetée, et le vécut mal.

Philippe Moulins enchaîna :

— J'étais venu pour échanger quelques mots avec vous...

— Allons dans la bibliothèque. Nous y serons à l'aise pour deviser.

Il s'appuya sur la rampe en fer forgé pour gravir la dizaine de marches du perron et marqua un temps d'arrêt, le souffle court. Prévenante, Emma lui offrit son bras. Il repoussa son aide d'un geste décidé.

— Je vous remercie, madame Roussel, mais je tiens à me débrouiller seul. J'ai de ces coquetteries de vieil homme, vous savez... Attention ! J'ai dit « vieil homme », pas « vieillard ».

Il jeta un regard curieux au vestibule.

— Beaucoup de choses ont changé, ici, commenta-t-il.

Une radassière garnie de coussins en indienne avait trouvé place entre les deux fenêtres. Une table à gibier à dessus de marbre jouait la console sous un grand miroir entouré de bois doré. Des vide-poches en faïence de Moustiers recevaient bijoux fantaisie et clefs de voiture. Un tapis rond réchauffait le sol en terre cuite.

— J'espère que ces changements vous plaisent, glissa Emma.

Elle aimait bien le vieux monsieur. Il lui paraissait fragile mais elle appréciait son allure et sa bienveillance. En effet, bien qu'il ait perdu la maison ancestrale, il ne lui avait jamais manifesté la moindre aigreur ou acrimonie.

Ils pénétrèrent dans la bibliothèque, où régnait une fraîcheur bienvenue. Emma avait laissé la pièce inchangée, appréciant comme sa mère et sa fille de pouvoir puiser dans les rayonnages de livres reliés de maroquin rouge.

Un bouquet de roses blanches égayait le guéridon Empire sur lequel Emma avait posé *Pot-Bouille*, qu'elle relisait ces jours-ci.

— J'ai parfois besoin de me replonger dans mes livres favoris, moi aussi, fit remarquer Philippe Moulins.

Elle l'invita à s'asseoir et il choisit un siège « coin de feu » en bois et cannage. Elle prit place à son tour, face à lui.

— Je vous écoute, dit-elle après lui avoir proposé en vain un rafraîchissement.

Il se pencha un peu en avant. Son visage buriné était creusé. Il accusait lourdement son âge.

— Ma démarche n'est pas chose aisée. Ne la prenez surtout pas en mauvaise part car, croyez-le ou non, j'apprécie notre voisinage. Vous avez su respecter l'âme de cette vieille demeure, tout en y imprimant votre marque.

Emma ne souffla mot. Sans pouvoir expliquer pourquoi, elle se sentait de plus en plus mal à l'aise. Elle pressentait en effet que Philippe Moulins allait lui tenir des propos désagréables.

Il posa les mains sur ses genoux.

— C'est à propos de vos… protégées. Je tenais à vous informer que de nombreuses personnes sont au courant, à Tourrettes. Cela ne poserait pas de problème, vous êtes appréciée ici, et personne ne songerait à vous dénoncer. Cependant – et j'en ai terriblement honte –, je ne suis pas aussi sûr de la probité de mon fils. Raphaël est toujours en quête d'expédients pour maintenir un train de vie… dispendieux. Vous savez certainement qu'une prime est versée à toute personne qui dénonce un Juif.

Emma pâlit brutalement.

— Vous pensez vraiment… ? Seigneur ! Je nous croyais bien à l'abri derrière les grilles de la Fontaine aux Violettes…

— Tout se sait, à la campagne, ma chère enfant. Et ce qu'on ignore, on le devine.

Emma inclina la tête.

— J'ai passé mon enfance dans les monts du Lyonnais, mais dès que je me suis installée dans la capitale je me suis sentie parisienne. Ici, c'est différent. C'est pour moi comme une parenthèse durant la guerre.

— Votre fille aime le domaine, elle aussi.

— Béatrice est beaucoup plus campagnarde que moi. Elle a besoin de la nature pour créer. Nous sommes de drôles de filles, dans la famille Roussel.

— Des dames courageuses. J'aurais aimé...

Philippe Moulins s'interrompit. L'espace d'un instant, Emma pensa qu'il allait mentionner le nom de Rosine. Avait-il eu vent de leur parenté ? Spontanément, elle tourna la tête vers le portrait de sa grand-mère peint par Jakob. Le jour où sa mère le lui avait offert, elle l'avait accroché au-dessus de la cheminée de la bibliothèque. Elle avait alors songé : Tu as trouvé la place qui te revenait, Rosine.

Philippe Moulins plissa les yeux.

— La ressemblance avec votre fille est extraordinaire. Avec vous aussi, d'ailleurs.

Emma hocha la tête.

— Rosine Barelli, ma grand-mère. Elle était de Tourrettes.

Il soutint son regard.

— J'ai entendu parler d'elle il y a très longtemps. Elle a quitté la région alors qu'elle avait à peine seize ans, m'a-t-on dit.

— Pour échapper au scandale. Elle portait un enfant sans être mariée.

L'ombre de Rosine, brusquement, habitait la bibliothèque. Moulins toussota.

— On l'appelait la Lionne aux violettes, je crois.

— Vous êtes bien renseigné, persifla Emma.

Il s'inclina légèrement.

— J'ai voulu savoir qui achetait la propriété. Un juste retour des choses. Cela explique pourquoi une Parisienne comme vous désirait acquérir la Fontaine aux Violettes.

— Juste retour des choses, comme vous dites. C'était important pour ma mère, qui a beaucoup souffert de la situation. Et j'aime ce pays.

En filigrane, il y avait Rosine. La jeune fille chassée par son amant était devenue une courtisane en vogue sans jamais oublier son pays natal.

— Je suis désolé, souffla Philippe Moulins.

— Vous et moi n'y sommes pour rien, répondit Emma.

Elle espérait que l'amertume éprouvée n'était pas perceptible.

— Restons donc sur cette bonne impression, conclut Moulins en se levant.

Il s'arrêta devant le portrait de Rosine, s'inclina.

— Hommage à la beauté, déclara-t-il. N'oubliez pas, surtout : il faut trouver une meilleure cachette à vos protégées.

Le cœur lourd, elle acquiesça.

58

1944

Ils débarquèrent à la Fontaine aux Violettes le surlendemain. Deux Tractions noires franchirent les grilles à vive allure, se garèrent au pied du perron en faisant crisser le gravier.

Attirée par le bruit, Emma jeta un coup d'œil par la fenêtre de son atelier, aménagé au premier. Elle comprit tout de suite en voyant descendre des voitures des hommes vêtus de sombre, béret noir incliné sur le côté droit de la tête et mitraillette à la hanche.

La main sur le cœur, elle pensa, soulagée : Dieu merci, Béatrice se trouve à Grasse, et Renée et sa fille sont cachées du côté d'Opio.

Nina et elle étaient seules à la Fontaine aux Violettes.

Ils se considéraient comme en pays conquis, pensa Emma en regardant les miliciens fouiller toute la maison, vider le contenu des armoires, retourner les lits… Elle avait tenté de temporiser avec eux, en vain.

Celui qui paraissait être le chef revint vers elle, la gifla avec une force inouïe. Elle tomba à terre.

— Où sont les Juives ? hurla-t-il en la bourrant de coup de pied.

Recroquevillée sur le sol, Emma s'efforçait de ne pas paniquer. Nina avait dû réussir à s'enfuir par la porte de derrière. Elle avait disparu.

— Il n'y a pas de Juives ici, répondit-elle avec peine.

C'était un conseil de son père. Nier, toujours, ne pas laisser la moindre ouverture.

Elle reçut de nouveaux coups dans le ventre et les côtes, retint le gémissement qui montait à ses lèvres. L'homme était jeune, et prenait plaisir à faire mal. Emma respirait avec difficulté sous l'effet de la douleur.

— On nous a renseignés !

Le milicien se pencha, saisit la tête d'Emma et la renversa en arrière.

— Si je t'emmène à la Gestapo, ils abîmeront ta belle petite gueule. Ils n'auront pas mes scrupules. Nous sommes français, toi et moi. Tu peux bien me dire la vérité, au sujet de ta copine youpine. Elle est partie où ?

— Allez au diable ! éructa Emma, décidée à jouer le tout pour le tout.

Elle ne voulait pas que ce monstre trouve Béatrice, ni Renée. Qu'il la tue, mais qu'il laisse sa fille et son amie tranquilles.

Elle lut le désir de meurtre dans ses yeux étrécis. Il serra les mains autour de son cou. A cet instant, elle pensa à Aurélien. Lentement, il desserra les mains. L'un de ses compagnons était venu lui chuchoter quelques mots à l'oreille. Il relâcha Emma, qui retomba en arrière.

— Sale garce ! lança-t-il. On t'emmène à Cannes, ils sauront te faire parler, là-bas...

Une peur nue s'empara d'Emma. Elle ignorait combien de temps elle pourrait tenir mais elle avait si peu d'informations : le nom de son contact, celui de la personne qui avait accepté d'héberger Renée et Elyette... A la différence de son père et de sa fille, elle s'était assez peu investie dans la Résistance locale, certainement à cause de son caractère rebelle à toute autorité.

On la traîna à l'extérieur. Tout son corps lui faisait mal, du sang coulait dans sa bouche de ses lèvres éclatées.

On la jeta sans ménagement à l'arrière d'une des deux Tractions.

Une nausée la submergea. Elle avait peur, horriblement peur, et savait qu'elle était seule.

Personne ne viendrait à son secours.

Grasse est vraiment la ville des mille et un parfums, songea Béatrice, le nez en l'air, en se dirigeant vers la cathédrale. Elle y avait rendez-vous avec un contact chargé d'acheminer des enfants juifs vers des lieux sûrs. Grasse fleurait bon la fleur d'oranger, l'iris et la rose de mai, cette rose si fragile mais combien précieuse en parfumerie.

Elle marchait d'un pas pressé, parce qu'il lui faudrait ensuite prendre l'autobus pour rentrer à la Fontaine aux Violettes. Sa voiture n'avait pas démarré le matin et elle avait couru jusqu'à l'arrêt d'autobus sur la place du village. Elle se sentait bien plus libre de ses mouvements avec sa vieille Renault.

Elle aimait les façades colorées à l'italienne de la place aux Aires, où se regroupaient jadis les tanneurs, et cette douceur de vivre qui caractérisait Grasse, bien que ses habitants soient des travailleurs acharnés.

Elle gravit les marches de l'escalier à double volée menant à la cathédrale Notre-Dame-du-Puy.

Une haute silhouette fondit sur elle, la saisit par la taille et la gratifia d'un baiser passionné.

Eberluée, Béatrice chercha à se dégager.

— Chut ! Pas un mot, danger, lui souffla l'inconnu à l'oreille, tout en l'entraînant vers le parvis.

Il lui prit la main, lui enjoignit de marcher vite, sans cependant courir.

Mue par une sensation d'urgence, elle lui obéit. Il s'engagea dans une ruelle transversale, lui fit franchir une porte cochère. Là seulement, il daigna lui expliquer :

— Vous êtes en danger. Votre mère a été arrêtée, emmenée on ne sait où par la Milice. Votre maison est sous bonne garde, vous ne pouvez y retourner en aucun cas.

— Ma mère ?...

Béatrice en eut le souffle coupé.

— C'est moi qui prends des risques, protesta-t-elle, pas ma mère. Elle se contente de cacher une amie juive...

— Cela suffit pour faire d'elle une terroriste, répondit gravement l'inconnu.

Elle leva les yeux vers lui. Il était grand, brun, avait les yeux verts. Couleur de mousse, songea-t-elle, et cela l'amusa de songer à ce genre de chose en pareille situation. Son esprit battait la campagne pour ne pas évoquer Emma. Mousse de chêne... galbanum...

Elle crispa sa main sur celle de l'homme.

— Qui me dit que je peux vous faire confiance ?

Pour la première fois, il esquissa un sourire moqueur.

— Il faut me faire confiance, sans la moindre garantie. C'est la règle du jeu.

— Ma mère... reprit-elle. Que pouvons-nous faire pour elle ?

— Déjà déterminer où elle a été emmenée.

— Qui êtes-vous ?

— Jean-François Lacoste. Je vous offre l'hospitalité pour quelques jours, le temps d'y voir un peu plus clair.

— Comment avez-vous su où me trouver ?

— Grâce à monsieur Jacques. Cela vous convient ?

Elle n'avait pas le choix, se dit-elle. Mortellement inquiète au sujet d'Emma, elle le suivit dans la rue puis dans la camionnette équipée d'un gazogène dans laquelle il l'invita à grimper.

Le ciel était d'une beauté sublime, qui vous serrait le cœur.

Si seulement... pensa Béatrice, si seulement je savais prier.

Recroquevillée sur le sol de la cave où elle était enfermée depuis deux jours et deux nuits, Emma tentait de faire le vide dans sa tête afin de ne pas céder à la panique. Elle était arrivée en si piteux état qu'on ne l'avait pas encore soumise au moindre interrogatoire. Elle avait même eu l'impression que l'Allemand qui l'avait réceptionnée avait sermonné les miliciens. Elle n'était pas juive, pas résistante non plus, mais comment le prouver ? Elle avait juste essayé de protéger les siens.

Elle imaginait l'affolement de sa fille et de ses parents. Ceux-ci avaient certainement fait appel à des connaissances. Elle se rappelait les conseils de prudence de Philippe Moulins. Son fils était-il l'instigateur de son arrestation ? C'était tout à fait plausible.

Emma tentait de réfléchir, bien que tout son corps lui fît mal. Elle avait soif, plus soif que faim, se sentait sale. Souillée, même.

Lorsque la porte de sa cellule s'ouvrit, elle eut l'intuition que son calvaire ne faisait que commencer.

59

1944

— Vous me rendez les choses difficiles, madame Roussel.

L'officier allemand considéra d'un air navré Emma, qui peinait à sauvegarder sa dignité. On l'avait menacée, battue, menacée encore en lui annonçant qu'on s'en prendrait à sa fille. Elle n'avait pas flanché, même s'il était presque tentant d'imaginer que tout pourrait s'arrêter.

Je ne suis pas héroïque, pensa-t-elle.

Tout son corps lui faisait mal. Elle avait soif, brûlait de fièvre. Elle secoua lentement la tête.

— Je ne sais rien, monsieur. Ne pensez-vous pas que j'aurais parlé pour que vos… sbires me laissent tranquille ?

Il saisit un cigare dans le coffret posé sur son bureau, le huma. Ce contraste entre barbarie et raffinement révolta Emma. La veille, il écoutait un disque de Beethoven tandis que deux gestapistes la rouaient de coups...

— Comment savoir, avec vous, les Français ? Vous refusez de comprendre que nous devons collaborer contre le terrorisme.

Mon sort est déjà scellé, se dit Emma.

Pourtant, après avoir monologué durant plusieurs minutes, l'officier la renvoya dans sa cellule. Elle en fut presque déçue, tant elle avait hâte d'en finir. La perspective de subir un nouvel interrogatoire suscitait en elle une véritable panique. Plus encore que la souffrance physique, elle redoutait cet instant où elle basculait dans un état de semi-inconscience. Dans ces moments-là, elle avait beau s'efforcer de songer à sa fille, à ses parents ou même à Jason, il lui était de plus en plus difficile de surmonter la douleur.

Elle n'avait plus de larmes, plus rien ni personne à quoi se raccrocher.

Elle était seule, désespérément.

Béatrice jeta un coup d'œil exaspéré aux champs de roses que, en temps ordinaire, elle aimait parcourir. Il y avait déjà cinq jours qu'Emma avait été emmenée vers une destination inconnue, et elle ne parvenait plus à surmonter ses angoisses.

Même si son hôte l'exhortait à la patience, lui répétait que tout était mis en œuvre pour sauver sa mère, elle n'osait plus y croire. Ses grands-parents, alertés grâce au réseau de Jean-François Lacoste, ne supportaient plus l'impuissance à laquelle ils étaient réduits.

Plusieurs personnes avaient été arrêtées en même temps qu'Emma. Depuis le Débarquement, l'ennemi était de plus en plus violent.

« C'est quand la bête est acculée qu'elle est le plus dangereuse », avait coutume de dire Eloïse.

Jean-François Lacoste mettait un point d'honneur à tenter de distraire Béatrice, en vain. Il lui avait ainsi raconté que dans la famille Lacoste on cultivait les roses depuis cinq générations.

Sise à Plascassier, la bastide Lacoste, crépi rose sous toit de tuiles à double génoise, volets verts, était cernée par des champs de roses. Des roses de Damas, introduites en France au XIIIe siècle, qui avaient donné naissance à de nombreux hybrides, et des roses centifolia, ou roses de mai, qui existaient depuis le XVIIe siècle.

La cueillette des boutons floraux se faisait tôt le matin, jusqu'à neuf heures, puis à partir de dix-sept heures, jusqu'à la tombée de la nuit.

En d'autres circonstances, elle aurait apprécié la façon dont il évoquait ses roses. Elle était cependant beaucoup trop terrifiée. Cela ne l'empêchait pas de l'accompagner dans les champs et de participer à la cueillette, en protégeant ses bras et ses jambes des épines et des piqûres d'insectes. Même s'il lui paraissait presque trop convenu, le parfum des roses la séduisait.

Elle fit quelques pas en direction de la pergola, à l'assaut de laquelle grimpaient les plus beaux fleurons des roses Lacoste.

Jean-François s'y tenait, debout, contemplant d'un air désespéré une superbe rose ébouriffée qui ressemblait à une pivoine épanouie.

Elle le rejoignit, posa la main sur son bras. Il tressaillit.

— Une telle beauté... murmura-t-il. Pure, parfaite. Et, d'autre part, toute la barbarie du monde... Je voudrais tant vous promettre que tout va bien se passer, mais je n'en ai pas le pouvoir.

— Si j'allais me proposer pour prendre la place de ma mère ? suggéra Béatrice.

Cette idée la taraudait.

Il ne put réprimer un sursaut.

— Avez-vous perdu l'esprit ? Ils seraient trop heureux de vous soumettre à la torture, sans pour autant relâcher votre mère. Ce sont des monstres, Béatrice.

Elle frissonna.

— C'est bien pour cette raison que j'ai perdu le sommeil. Maman... comment vous dire ? Elle avait sa maison de couture à Paris, elle l'a vendue car elle refusait de travailler pour l'occupant. C'est une artiste, qui aime la beauté, la pureté des lignes... Comment imaginer qu'elle se retrouve livrée à ces brutes ?

Elle tremblait, d'indignation et de peur.

Jean-François posa une main apaisante sur son bras.

— Calmez-vous, je vous en prie. Je vous le répète, nous mettons tout en œuvre pour la retrouver.

Florian, un gamin de dix-sept ans qui travaillait dans les champs, vint vers eux en courant.

— Patron, de la visite ! annonça-t-il. Paraît que ça urge !

— Excusez-moi, fit Jean-François en se dirigeant vers le bureau à la suite de Florian.

Elle les accompagna d'un pas plus mesuré, eut un sursaut en reconnaissant Lucien Roussel.

— Grand-père ! Que se passe-t-il ? s'écria-t-elle en se jetant dans ses bras.

— Ta grand-mère se languissait et exigeait de tes nouvelles. Tu as une petite mine, ma chérie.

Lui-même avait les traits tirés. Ils échangèrent un sourire tremblé.

— Laisse-moi parler travail avec Jean-François. Je te retrouve sous la pergola dans quelques minutes.

Il ne fallait pas être grand clerc pour deviner qu'il avait des informations à communiquer à son hôte. Pourtant, Béatrice ne protesta pas et s'éloigna.

Lucien se tourna vers Jean-François.

— Plusieurs témoignages concordent. La voiture de ce salaud de Bertrami a conduit ma fille à la villa Montfleury, à Cannes.

Jean-François grimaça.

— Je le craignais, tout en espérant me tromper. Vous savez que c'est l'antre de la Gestapo...

— Naturellement ! Pas un mot à Béatrice, surtout !

— Je ne crois pas qu'il faille lui cacher la vérité. Elle ne supporte plus l'incertitude.

— Il le faut bien, pourtant ! jeta Lucien, irrité.

Il était à cran, et le rosiériste partageait son angoisse. La pensée qu'Emma Roussel était prisonnière des gestapistes était insupportable.

Depuis deux jours, une jeune fille avait rejoint Emma dans sa cellule. Elle était en piètre état, elle aussi, tenait à peine debout. Une longue balafre sanguinolente zébrait sa joue. Elle se laissa tomber sur le bat-flanc en gémissant. Instinctivement, Emma se méfia. Quelque chose ne sonnait pas vrai. Elle paraissait épuisée mais parlait sans relâche, racontant pêle-mêle sa jeunesse et ce qu'elle venait de vivre – elle était fille de pêcheurs antibois et avait été arrêtée alors qu'elle tentait de détrousser le sous-officier allemand avec qui elle sortait.

Une collaboratrice horizontale, pensa Emma, vaguement écœurée.

La fille se prénommait Magali et ne comprenait pas ce qu'on lui reprochait. Naturellement, elle tenta de savoir ce qu'Emma avait fait, et celle-ci confessa aussitôt son ignorance :

— On est venu m'accuser d'avoir hébergé une Juive, se borna-t-elle à dire, ce qui est totalement faux.

Magali écarquilla les yeux.

— Tu connais des Juifs, toi ? Moi, je n'en ai jamais vu.

Est-ce faire preuve d'intolérance, de la classer dans la catégorie des écervelées ignares ? se demanda Emma, peu encline, d'ordinaire, à critiquer son prochain. Cependant, si elle était parfois exaspérante, Magali lui permettait de moins penser aux lendemains.

Magali demeura trois jours et trois nuits dans la même cellule qu'Emma. Le quatrième jour, on vint la chercher en fin de matinée.

Le lendemain, ce fut le tour d'Emma.

On la contraignit à se lever et à avancer à coups de crosse. Ses yeux clignèrent à la lumière du jour. On la fit grimper dans un camion bâché en compagnie d'autres prisonnières aussi hâves et hébétées qu'elle-même.

« Schnell ! Schnell ! » hurlaient les gardes.

Emma se mit à trembler. Plus de peur que de froid, car la chaleur était étouffante.

60

1944

Les champs ondulent doucement sous la brise, comme s'ils étaient animés d'une vie propre.

Béatrice la ressent, cette vie, qui palpite dans ses veines, qui fait monter en elle comme des vagues successives de bonheur. C'est si fragile, le bonheur…

Depuis que sa mère a été sauvée des griffes de la Gestapo, elle a le sentiment de revivre. Pour l'heure, Emma est cachée dans un mazet de l'arrière-pays, non loin du col de Vence. Les maquisards ont intercepté le camion bâché qui l'emmenait à Nice en compagnie d'autres prisonnières. L'accrochage a provoqué la mort d'un résistant et de plusieurs Allemands. Les cinq prisonnières, dissimulées dans la région, ont été soignées par des médecins appartenant à la Résistance. Le jour où Béatrice a pu voir Emma, elle l'a serrée contre elle, lui a caressé les cheveux, en murmurant des mots tendres. Emma souffrait d'un traumatisme crânien, avait plusieurs côtes cassées, une épaule déboîtée. Mais elle s'en sortirait, et c'était ce qui comptait.

Ce jour, Béatrice songe que la fin de la guerre est proche. Le débarquement en Provence a fait renaître l'espoir. Partout, les maquis se sont soulevés.

— Vous allez pouvoir vous consacrer de nouveau à vos recherches, dit Jean-François Lacoste, qui vient de rejoindre Béatrice dans les champs de roses.

Elle se retourne vers lui. Il est séduisant, avec sa haute taille, ses cheveux drus et ses yeux couleur de mousse. Un homme rassurant, sur qui elle peut s'appuyer. Elle sait qu'il est épris d'elle. Il le lui a confié un soir, alors qu'elle sanglotait sur la terrasse de la bastide :

« Je désire tant vous rendre heureuse, Béatrice. »

Elle a feint de ne pas comprendre. Ce n'était pas le moment, elle était mortellement inquiète au sujet d'Emma, vivait dans l'angoisse. A présent, c'est différent. Elle est sensible à son charme, à la beauté de ses mains, longues et étroites. Elle devine qu'elles connaissent l'art de caresser une femme en lui procurant du plaisir.

Elle le regarde. Plonge sans garde-fou dans ses yeux verts. Le genre de regard qui appelle. « Viens… » Ce regard dans lequel on se dit tout, déjà.

Il tend la main vers elle, l'attire contre lui. Il y a beau temps qu'elle n'attend plus Anton, parce que c'est Anton, précisément : un exilé qui ne se fixera nulle part, en quête permanente de Lola, son amour perdu, et qui ne peut regagner sa Hongrie natale. Anton a bousculé son existence le temps d'un été, lui a rendu le goût de vivre, avant de disparaître.

Béatrice ne regrette rien de leur relation ni de ce coup de foudre qui a ensoleillé l'été 42. Mais tous deux savaient qu'il s'agissait d'un coup de foudre, intense et passager. Elle espère autre chose de la vie.

Jean-François se penche vers elle ; prend son visage entre ses mains.

— Béatrice… il y a longtemps que je rêve de ce moment.

Ses lèvres sont à la fois douces et exigeantes. Un baiser qui évoque pour elle une promesse, ou un engagement. Un baiser auquel elle répond avec fièvre. Le parfum des roses la grise. Serrée contre lui, elle perçoit son parfum, mousse de chêne et cédrat. Son regard se durcit. Elle aime cet instant où tout est possible. Les baisers de Jean-François se font plus fous, plus possessifs. Elle s'accroche à ses épaules.

— Viens.

Il l'entraîne avec lui sur le sol. Sa jupe fleurie se retrousse, révélant des cuisses fines et musclées. Sa main remonte jusqu'à son sexe, qu'il caresse lentement, savamment.

Béatrice halète doucement, sans le quitter des yeux. Leurs regards se fondent à nouveau, se fondent l'un dans l'autre. Elle lâche prise, se laisse emporter par la vague du plaisir. Ils atteignent l'orgasme en même temps, avant de se blottir l'un contre l'autre.

Essoufflée, elle ne prononce pas un mot. La main posée contre son cœur, elle esquisse un léger sourire.

Il se penche, lui dérobe un baiser. Ils n'ont pas besoin de parler pour se sentir proches, si proches. Tout autour d'eux, les cigales incitent à la méridienne…

Tout à coup, Béatrice se redresse.

— Je sais ! s'écrie-t-elle.

Elle vient de penser à ce qu'elle cherche depuis un moment. Cette fragrance mystérieuse qui lui échappait, l'empêchant de mettre le point final au parfum dont elle rêve. Combien d'heures a-t-elle passées face à son orgue à parfums, multipliant les essais sur des mouillettes en papier, jusqu'à se lever, exaspérée, et faire les cent pas dans son bureau ?

— Je file à l'usine ! lance-t-elle à Jean-François par-dessus son épaule.

Et son rire, frais et léger, s'envole tandis qu'elle enfourche son vélo.

Philippe Moulins avait toujours eu une idée forte de l'honneur. Son père, Maurice, lui avait enseigné que certaines choses ne se faisaient pas.

« Les Moulins vivent sur cette terre de Provence depuis six générations. Nous devons poursuivre la tâche de nos ancêtres », répétait-il au jeune Philippe.

Il avait désiré que son fils Raphaël vive dans l'opulence. Ce fut certainement sa première erreur. Son épouse, Léa, l'avait gâté avec excès et, plus tard, Tatiana avait pris le relais. Rien n'était trop beau pour l'héritier de la Fontaine aux Violettes.

Jusqu'à ce qu'il perde le sens des réalités, joue la propriété familiale, provoque la ruine des Moulins.

Il aurait dû le chasser, à ce moment-là. Il avait été tenté, mais sa bru l'avait supplié de n'en rien faire : Raphaël s'amenderait, il avait retenu la leçon. C'était si tentant d'y croire...

Par la suite, de nouveau, il avait fermé les yeux. Refusé de deviner que Raphaël suivait un chemin de traverse. Un jour, il avait de l'argent, une Traction...

Certes, il ne portait pas la sinistre panoplie de milicien, mais c'était peut-être pire. Dans son costume croisé et ses souliers vernis, il ressemblait à un mafioso. Il inspirait désormais de la crainte à Tatiana et ne cachait pas sa relation avec une jeune Niçoise au charme provocant.

Décadence... se répétait Philippe Moulins, accablé.

Tatiana avait aperçu son époux dirigeant l'opération des miliciens sur la Fontaine aux Violettes. Elle avait couru prévenir son beau-père. Celui-ci avait fait appel à toutes ses connaissances pour tenter de sauver Emma. L'idée que cette femme avait été livrée aux brutes de la Gestapo par son fils le bouleversait et le révoltait.

Les langues s'étaient déliées. Philippe avait ainsi appris que Raphaël s'était attribué les biens de Juifs qu'il avait lui-même arrêtés, et qu'il avait envoyé à une mort quasi certaine plusieurs familles juives réfugiées sur la Côte.

Il se serait volontiers couché pour ne plus se relever. Mais il avait encore un rôle à jouer.

Il s'était rasé et habillé avec soin. Sa chemise blanche, ornée des boutons de manchette en forme de lyre hérités de son père, la cravate rayée qu'il portait pour le baptême de ses fils, son costume croisé bleu marine, son chapeau mou assorti.

Il avait enveloppé d'un regard résolu son bureau soigneusement rangé, le dossier sur lequel il avait noté, de son écriture élégante, *Pour Tatiana*, était sorti du pavillon.

Il savait où aller.

Deux jours plus tard, on avait découvert les corps de Philippe et Raphaël Moulins dans le ravin de Tourrettes-sur-Loup. Celui du fils était criblé de cinq balles. Le père tenait encore à la main l'arme avec laquelle il s'était tiré une balle dans la tête.

Tout le village se rendit aux obsèques de Philippe Moulins. Tatiana avait souhaité deux cérémonies distinctes. Raphaël fut enterré en toute discrétion, deux jours plus tard. Seule sa veuve se déplaça.

Vêtue de noir de la tête aux pieds, elle suscitait pitié et compassion. Cependant, Emma et les siens restèrent chez eux. Emma souffrait encore de violentes migraines, à la suite des coups reçus et du traumatisme subi.

Il avait fallu remettre en état la Fontaine aux Violettes saccagée, mais Emma avait surmonté cette étape. Elle éprouvait désormais le désir de regagner Paris, de relancer son affaire. La parenthèse tourrettane l'avait profondément marquée. Elle aspirait à retrouver ses repères, à ne plus se réveiller en sursaut, paniquée à l'idée qu'on allait venir la chercher pour lui infliger de nouveaux sévices. Même si ses parents et sa fille se montraient très présents et emplis de sollicitude, Emma savait qu'elle devait prendre du champ pour se retrouver.

Elle fit ses bagages à la fin du mois d'août. Paris venait d'être libéré, elle devait rentrer. La Fontaine aux Violettes était devenue pour elle une sorte de coquille vide dépourvue de son âme.

Béatrice restait le plus souvent à Grasse. Elle avait présenté Jean-François à sa mère et à ses grands-parents. Elle rayonnait.

Enfin quelqu'un de bien ! avait pensé Emma, sans pour autant chercher à influer sur la vie de sa fille. Elle lui faisait confiance. De toute manière, se dit-elle avec une pointe d'amertume, elle-même était bien mal placée pour donner des conseils ! A quarante-sept ans, sa vie sentimentale était un désert. Elle ne pouvait pas dire que cela lui pesait vraiment. C'était ainsi, voilà tout. Depuis son arrestation, elle savourait le bonheur d'être encore en vie. Renée et sa fille allaient regagner Paris avec elle.

La vie, la vraie vie, recommençait.

61

1944

Il y a si longtemps que j'attends ce moment... pensa Béatrice.

Elle avait placé le portrait de Rosine sur son orgue à parfums. Il lui semblait ainsi qu'elle travaillait sous le regard de son aïeule. Aïeule... Quel drôle de terme pour une Rosine de trente ans !

Après avoir tant tâtonné, elle était certaine d'avoir enfin obtenu le « jus » dont elle rêvait avec, pour note de fond, celle qui retenait le souvenir, la fragrance de violette.

Elle éprouva un sentiment de jouissance intense, doublé d'appréhension. Si elle était sûre d'elle, elle redoutait le jugement des siens. A commencer par celui de monsieur Jacques, qui la poussait toujours vers plus d'exigence.

Elle avait travaillé à l'ancienne, suivant la méthode de l'enfleurage, pour obtenir de l'essence pure, absolue.

Après de nombreux tâtonnements, elle avait laissé macérer son jus trois semaines durant puis l'avait filtré, pour fixer la senteur et éliminer les cires végétales.

Elle repoussa une mèche de cheveux derrière son oreille, agita la mouillette sous son nez. Son parfum mêlait la violette à la tubéreuse avec une touche de racine d'iris.

Un nom s'imposa à elle. « Pour Rosine ».

Elle avait déjà participé à la création de deux parfums, mais aucun ne lui tenait à cœur comme celui-ci, qu'elle avait créé seule.

La pendule posée sur la cheminée du laboratoire indiquait vingt-deux heures. Elle aurait dû être rentrée depuis longtemps. Elle n'avait pas vu le temps passer. Elle rangea soigneusement son matériel, ôta sa blouse blanche, qu'elle plia et posa sur le dossier de sa chaise.

Elle prit une longue inspiration en quittant le laboratoire, huma l'air léger du soir. Il avait plu dans l'après-midi et, comme toujours, les fragrances des fleurs et de la végétation du jardin étaient exacerbées.

Elle songea alors que la vie – sa vie – était belle et enfourcha son vélo pour rentrer plus vite à Plascassier, où elle vivait désormais.

Jean-François et elle n'étaient pas pressés de se marier, même s'ils s'aimaient.

« Je tiens à mon statut de femme libre ! » le taquinait Béatrice.

Libre et rebelle, comme sa mère.

Octobre 1944

Il avait retrouvé Paris en ayant l'impression de faire revivre ses souvenirs de jeunesse. Dans un premier temps, il avait arpenté les quartiers qu'il connaissait bien, en commençant par Saint-Germain-des-Prés, à la recherche de ses trente ans et d'Emma.

Il avait débarqué en Provence avec les troupes et remonté toute la vallée du Rhône. Les années de guerre lui avaient laissé un goût amer.

A cinquante-deux ans, Jason Bryant avait le sentiment d'être passé à côté de sa vie. Certes, il avait gravi les échelons et était devenu directeur de la rédaction du *Chicago Daily News*, mais, tout au long de sa carrière à Chicago, il avait cherché à retrouver le sentiment de légèreté éprouvé à Paris. La France lui manquait et, plus encore que la France, Emma.

Ils avaient continué de correspondre, jusqu'à l'entrée en guerre des Etats-Unis. A partir de l'hiver 39, il n'avait plus eu de ses nouvelles. Toute relation épistolaire était coupée avec l'ennemi.

Il avait bataillé pour couvrir le débarquement en Provence. Son retour, quinze ans après, lui laissait un goût d'amertume. Tout naturellement, ses pas l'entraînèrent vers Roussel Modes.

Il éprouva un coup au cœur en y découvrant un commerce de chaussures. Le magasin d'Emma avait disparu, et une sourde angoisse l'étreignit.

Il poussa la porte, pourtant, tressaillit en entendant le carillon familier. La vendeuse, une quinquagénaire maussade, n'offrait pas la moindre ressemblance avec Emma. Mais… Emma avait dû beaucoup changer en quinze ans, tout comme lui.

Elle fronça les sourcils lorsqu'il lui demanda si elle savait où se trouvait Emma Roussel.

— Connais pas, laissa-t-elle tomber, laconique.

Jason lui adressa un bref salut et sortit. Le soleil de ce début d'automne faisait chanter les livrées pourpres et or des arbres. Paris retrouvait ses couleurs.

Indécis quant à la conduite à tenir, il marcha au hasard dans les rues. Il n'avait pas envie de s'installer à sa table de travail.

Il n'avait qu'un seul désir, revoir Emma.

Une foule impatiente et exigeante se pressait dans les salons du Grand Palais. On attendait beaucoup de ce Salon d'Automne qui présentait des œuvres de Camoin, Picasso et Nicolas de Staël, et était consacré aux œuvres interdites par les nazis.

Sa cigarette à la main, histoire de se donner une contenance, Emma déambulait de salle en salle, troublée comme si elle avait perdu ses points de repère. Certes, quelques clientes fidèles avaient retrouvé le chemin de son magasin, ouvert rue de la Chaussée-d'Antin, dès qu'on avait eu vent de son retour mais, sinon, elle avait l'impression de recommencer de zéro. C'était parfois difficile à accepter, d'autant que plusieurs couturiers étaient restés ouverts durant l'Occupation et que, même, certains avaient interdit leur maison aux Juifs... Ecœurée, Emma se répétait cependant qu'il fallait surmonter le passé.

A ce prix seulement elle pourrait reconstruire sa vie.

Elle s'immobilisa devant une toile de Pablo Picasso. Elle se rappelait sa jeunesse, qui lui paraissait tout à coup lointaine, les soirées passées à Montmartre, les dîners au Lapin-Agile en compagnie de Théo, puis de sa mère.

Elle s'était toujours défiée de Picasso, le considérant comme une sorte d'ogre se nourrissant de celles et de ceux qu'il côtoyait. Ce qui ne l'empêchait pas d'admirer l'artiste. Cependant, il lui semblait que sa retraite tourrettane avait aiguisé son regard. Elle avait eu l'occasion de rendre visite à Henri Matisse, réfugié à Vence à partir de 1943, et ses toiles l'avaient émerveillée. Certainement parce qu'elle y percevait une lumière, une atmosphère lui rappelant celles de la Fontaine aux Violettes.

Elle sourit comme pour se moquer d'elle-même.

Elle ne savait même pas si elle désirait conserver le domaine. Le souvenir de son arrestation était encore trop prégnant. Cette quête de leurs racines la concernait-elle toujours ?

Elle-même n'avait pas souffert comme sa propre mère ou comme Rosine. Elle se détourna du tableau ; fit quelques pas en direction de l'œuvre suivante, signée Henri Manguin et représentant des amandiers en fleur.

— La beauté pour contrer la barbarie, murmura-t-elle.

Elle sursauta alors qu'une main venait d'effleurer son poignet ; elle se retourna. Son cœur chavira.

— Oh ! fit-elle, heureusement surprise.

Malgré les années, elle le reconnut aussitôt : Jason, avec ses cheveux désormais grisonnants, sa haute taille, ses yeux gris-bleu.

Un lent sourire éclaira le visage d'Emma. Elle ne se perdit pas en phrases classiques du genre « Qu'êtes-vous devenu ? » ou « Comment allez-vous ? », se contenta de suggérer :

— Si vous m'emmeniez danser ?

Il éclata de rire.

— Emma, vous m'avez tellement manqué…

62

1945

Le ciel d'hiver revêtait une coloration particulière à Vence, à l'ombre des baous. Un délicat bleu grisé qui suscitait chez Eloïse le désir de sortir sa boîte de pastels.

Sa vue ayant baissé, elle avait laissé de côté la couture pour s'essayer au dessin. Les pastels lui plaisaient, parce qu'elle était au plus près de la matière, et avait presque l'impression de colorier avec ses doigts.

Mais cela ne suffisait pas à la distraire de ses préoccupations.

Ils devaient prendre une décision, Lucien le lui répétait sur tous les tons. Eloïse, de son côté, jouait à l'âne de Buridan. Incapable d'avancer ou de reculer, elle restait à Vence, attendant que le destin choisisse pour elle.

Au fond d'elle-même, elle savait qu'elle n'avait pas envie de retourner dans les monts du Lyonnais. Le climat de Vence convenait à ses bronches, et elle souffrait beaucoup moins de crises d'asthme depuis qu'ils s'étaient installés au mas des Lucioles.

Cependant, même si Lucien consacrait beaucoup de temps à son potager, il estimait ne pas être vraiment chez lui.

« Le poids de l'atavisme familial ! » grognait Eloïse, qui assimilait dans la même rancœur le climat du Lyonnais et sa belle-mère.

Chacun campant sur ses positions, les deux époux finissaient par se quereller. Une drôle de situation pour un couple comme le leur.

Emma refusait de prendre parti. Elle planait sur un petit nuage depuis qu'elle avait regagné la capitale. A son âge, elle n'avait de comptes à rendre à personne.

Eloïse passa la main droite sur son front comme pour en effacer les rides. Elle se sentait mal à l'aise, oppressée. Parce qu'elle ignorait ce qu'il était advenu de Rémi. Pensée qui virait à l'obsession : pourquoi avait-il fait ce choix de vie ? Certes, elle savait que de nombreux poilus avaient adhéré au mouvement des Croix de Feu et que d'autres encore étaient restés fidèles à Pétain. Cependant, elle imaginait mal son fils s'obstinant dans cette voie sans issue. Rémi avait été un garçon sensible, chaleureux et enthousiaste. Cette maudite guerre de 14 avait tout gâché, brisant net ses rêves et ses illusions. Cependant, s'il n'avait pas fréquenté la famille de Colette, peut-être se serait-il tenu éloigné de ces idées extrémistes.

Eloïse haussa les épaules avec lassitude. Il était inutile de chercher à réécrire l'histoire. Où qu'il se trouvât, Rémi devait redouter l'action des comités d'épuration.

Lucien la rejoignit sur le seuil du mas. Il paraissait las. Elle leva la main pour lui caresser la joue.

— Tu es épuisé, tu devrais te ménager.

— A quoi bon ? J'ai fait mon temps, ma chérie.

Elle détestait l'entendre tenir ce genre de discours et le lui dit. Il sourit tristement.

— Il nous faut regarder la réalité en face, mon Eloïse ; nous ne sommes plus des jouvenceaux.

— Je ne suis pas encore prête à l'accepter, s'amusa-t-elle.

Il en avait toujours été ainsi, dans leur couple. Il était le sage, elle le grain de folie.

— Béatrice et Jean-François viennent dîner demain soir, enchaîna-t-elle.

— Bien. Et que comptes-tu leur préparer ?

— Du poisson, bien sûr, j'en trouverai demain matin sur le marché. Ainsi qu'une tarte au citron, Béatrice en a toujours été gourmande.

Les deux époux échangèrent un regard tendre.

— C'est la relève, murmura Lucien. Béatrice suit son chemin, tout comme Emma. Elle deviendra un « nez » réputé, tu verras.

Eloïse opina du chef.

— Oh, je ne me fais pas réellement de souci pour elle, Jean-François est quelqu'un de bien, et tous deux partagent la même passion pour les fleurs et les parfums. Non, c'est Rémi qui me fait souci.

— Il a choisi son camp, laissa tomber froidement Lucien.

A cet instant, Eloïse comprit qu'elle devrait se battre seule.

Rémi Roussel avait longtemps cru que les Allemands gagneraient la guerre, malgré les débarquements en Normandie et en Provence. Il avait adhéré spontanément aux idées d'extrême droite, par conviction. Colette, son épouse, partageait ses opinions. Tout naturellement, en 1944, ils avaient décidé d'accompagner les ultras en Allemagne. Leur fils, André, était parti avec eux. Tous trois s'étaient retrouvés à Sigmaringen, une ville du sud de l'Allemagne, dominée par le château des Hohenzollern.

Anciens membres du gouvernement de Vichy, chefs miliciens, collaborationnistes, membres de la rédaction de *Je suis partout* s'étaient regroupés là, dans une promiscuité qui avait vite favorisé des épidémies de grippe et d'infections pulmonaires. La gale sévissait aussi, tout le monde se grattait avec plus ou moins de discrétion.

Les « officiels » logeaient au château, dans des suites glaciales. Les autres s'entassaient dans l'une des deux tavernes, dans des chambres chez l'habitant, ou encore dans des camps situés non loin de Sigmaringen.

Grâce aux relations de son père, Colette leur avait obtenu une chambre au Löwen. Rémi et André s'en éloignaient souvent pour discuter stratégie avec leurs collègues miliciens.

André se berçait encore d'illusions. De son côté, Rémi les avait perdues après avoir assisté aux querelles intestines minant la cohorte des réfugiés.

Il contempla d'un air morne la neige qui recouvrait la ville, lui conférant un aspect de conte de fées.

Cependant, les troupes alliées progressaient inexorablement vers Berlin, et des bombardements de plus en plus intenses frappaient à intervalles réguliers Sigmaringen. Malgré l'optimisme qu'ils affichaient, des hommes comme Jean Luchaire ou le docteur Destouches[1] commençaient à éprouver des doutes. L'arme miraculeuse promise par Hitler, tant attendue, permettrait-elle vraiment de reprendre l'avantage ?

Rémi s'interrogeait, sans pour autant remettre en question son engagement. Il défendait toujours une France forte, dans le sillage de l'Allemagne, une France de race blanche, d'où les Juifs, les communistes et les terroristes seraient exclus.

Colette se blottit contre son époux.

---

1. Louis-Ferdinand Céline.

— Il fait si froid ici, gémit-elle.

A quarante-deux ans, elle était encore ravissante, avec ses cheveux blonds noués en chignon et ses yeux clairs, couleur d'aigue-marine. Dès le jour de leur première rencontre, Rémi était tombé fou amoureux d'elle.

Il la serra contre lui avec force.

— L'hiver ici est redoutable. Blottis-toi sous l'édredon, tu souffriras moins du froid. Nous ne rentrerons pas tard, André et moi.

Elle lui adressa un pâle sourire.

Elle avait froid, et elle avait peur. On racontait des horreurs à propos des Russes. Et les Alliés... que leur feraient-ils si par malheur ils s'en prenaient à Sigmaringen ?

Pourtant, elle n'avait pas le sentiment d'être coupable de quoi que ce soit. Elle avait élevé leur fils, tenu son ménage, et défendu les idées inculquées par son père.

Etait-ce sa faute si elle détestait les nègres et les Juifs ?

Colette Roussel n'avait pas de problèmes de conscience.

63

1945

L'orchestre enchaînait les musiques entraînantes. « In the Mood » et « Moonlight Serenade » de Glenn Miller, ou « Rum and Coca Cola » des Andrews Sisters.

Essoufflée, Emma s'arrêta quelques secondes.

— Je me demande si je n'ai pas passé l'âge de ce genre de danse ! s'écria-t-elle en riant.

Jason la serra contre lui.

— Nous sommes jeunes, Emma ! Et, en même temps, nous avons beaucoup d'années à rattraper.

Ils échangèrent un regard complice. Leurs retrouvailles avaient un goût de miel. Les épreuves subies avaient permis à Emma d'apprécier la tendresse, les attentions de Jason. D'autant qu'il envisageait sérieusement de rester en France.

« Il y a tant à faire de ce côté de l'Atlantique », lui avait-il expliqué.

Elle aimait discuter avec lui de géopolitique. Pour lui, en effet, la victoire des Alliés entraînerait fatalement la constitution de deux blocs, l'Est et l'Ouest. Comme elle, il avait été profondément marqué par la découverte de la réalité des camps d'extermination. Il avait écrit un article à la fois émouvant et révolté à propos d'une jeune rescapée de dix-huit ans qui avait perdu toute sa famille à Auschwitz et à Dachau.

« Si je ne me bats pas pour survivre, ils auront gagné », avait-elle confié à Jason.

« Ils », les barbares, les monstres qui avaient perpétré tous ces crimes...

Depuis son arrestation, la vision d'Emma avait changé. Certes, elle avait résisté à sa manière, mais en dilettante, sans se sentir réellement impliquée, à la différence de son père et de sa fille. Désormais, elle savait qu'elle s'investirait beaucoup plus dans les combats de l'après-guerre. Jason l'avait aidée dans sa prise de conscience.

— J'ai envie de vous, osa-t-elle lui dire alors qu'elle admirait sa silhouette athlétique.

Un large sourire éclaira son visage.

— Emma, *honey*, je vous adore !

Ils quittèrent la salle enfumée en riant, hanche contre hanche.

Dehors, Paris sentait le lilas et le chèvrefeuille.

La vie pouvait être belle, malgré tout...

Emma, j'ai longtemps hésité avant de t'écrire cette lettre. Nous avons des idées si différentes, toi et moi.

Cependant, nous sommes frère et sœur et nous nous entendions bien, jadis. Tu as fait ton chemin, c'est bien. Colette et moi nous sommes accrochés à notre idéal. La situation s'est dégradée comme tu le sais, nous avons dû quitter brusquement Sigmaringen, où nous avions trouvé refuge, et après un périple assez mouvementé par la Suisse et l'Italie du Nord nous allons partir pour l'Argentine avec André, notre fils. J'espère que nous nous plairons sous d'autres latitudes. Nous devrions y retrouver d'autres compagnons de lutte.

Peux-tu transmettre ce courrier à notre mère ? Je sais que père ne voudra rien entendre mais maman, peut-être… Je lui écrirai dès que nous serons installés.

Portez-vous bien, tous. Ne vous inquiétez pas, nous survivrons.

Emma replia lentement la lettre de son frère. Si elle était soulagée qu'il ait pu échapper au piège de Sigmaringen, elle était effondrée de constater que les récents événements n'avaient pas influé sur ses convictions. Comment pouvait-il continuer à soutenir un régime comme celui de Vichy ? N'avait-il donc rien compris ?

Elle allait téléphoner à ses parents pour les tenir informés des nouvelles reçues. Elle garda la missive plusieurs secondes entre ses mains. Elle ne connaissait presque pas son neveu André, Rémi ayant vite pris ses distances avec sa famille après son mariage avec Colette. C'était son frère, bien qu'elle éprouvât un étrange sentiment d'irréalité. Avait-il commis des exactions comme Raphaël Moulins et la plupart des miliciens ? Cette idée suscitait en elle un profond malaise.

Curieusement, elle lui donnait aussi envie de vivre avec intensité l'instant présent.

Ce n'était même pas une revanche.

Plutôt un besoin. Viscéral.

Le flacon, en verre taillé à facettes couleur d'améthyste, avait été conçu et fabriqué par une jeune maître-verrier de Biot.

Béatrice le caressa du bout de l'index, avec respect et incrédulité.

« Pour Rosine » était son jus, sa création. Elle était parvenue à concrétiser ce qu'elle recherchait depuis plusieurs années. Son parfum ne ressemblait à aucun autre. Si l'on pouvait y déceler la fragrance de la violette, il recelait aussi de la rose centifolia, de la tubéreuse et de la racine d'iris.

Pour elle, il reflétait à merveille les années de guerre passées à Tourrettes et à Grasse, liberté et crainte mêlées.

Monsieur Jacques, toujours fidèle au poste, avait accepté de commercialiser « Pour Rosine » et sa mère le distribuerait dans sa boutique. On lui promettait une belle carrière mais, pour Béatrice, le plus important était d'avoir réussi à restituer ce parfum dont elle avait eu l'intuition le jour où elle avait visité la Fontaine aux Violettes. C'était pour elle à la fois un défi et un accomplissement.

La porte du laboratoire qu'elle s'était aménagé chez Jean-François claqua. Elle se retourna. L'homme qu'elle aimait donnait l'impression de prendre toute la place ! Elle alla l'embrasser en lui souriant tendrement.

— Ça te plaît ? lui demanda-t-elle une énième fois.

Avec une autre personne, il se serait agacé, l'aurait brocardée... Mais il n'agirait jamais ainsi avec Béatrice. Il l'aimait.

Il acquiesça et enchaîna : il devait se rendre à Grasse chez un parfumeur réputé et ne savait pas quand il serait de retour.

Après son départ, elle remit de l'ordre dans son bureau-laboratoire, sortit sur la terrasse. Une averse était tombée deux heures auparavant, et les parfums en étaient renforcés. La fin du printemps donnait à Béatrice l'illusion de pouvoir recréer toutes les fragrances – fruits et fleurs mêlés – de la terre. Parfois, sa naïveté la faisait sourire. A d'autres moments, elle songeait que tout était possible.

Sur une impulsion, elle décida de se rendre chez ses grands-parents. Eloïse avait réussi à convaincre Lucien de rester au mas des Lucioles. Toute la famille se retrouvait à la Fontaine aux Violettes pour les grandes occasions. Emma y descendait souvent avec Jason. Il possédait une Bugatti type 57 qui lui permettait de rallier Tourrettes dans la journée, un véritable exploit pour Béatrice, qui conduisait avec prudence. Elle estimait Jason et était heureuse que sa mère et lui se soient retrouvés. Emma allait beaucoup mieux et avait recouvré son dynamisme et son allant, même si, parfois, son regard s'embrumait et fuyait, loin, vers un ailleurs inaccessible. Dans ces moments-là, Béatrice souffrait pour sa mère. Elle avait l'impression de connaître par cœur la route menant à Vence. Elle aimait son pays d'adoption et n'envisageait plus de retourner à Paris. D'ailleurs, leur vie, à Jean-François et à elle, était désormais enracinée entre Grasse et Plascassier.

Cela lui convenait. Elle avait l'impression d'avoir apprivoisé le bonheur, après avoir beaucoup tâtonné. Elle n'éprouvait plus de pincement au cœur lorsqu'il lui arrivait, de loin en loin, de songer à Anton. Etait-il retourné en Hongrie ? Elle le souhaitait pour lui.

Elle était allée voir au cinéma le dernier film de Marcel Carné, *Les Enfants du paradis*, et, presque malgré elle, avait scruté le générique. Le nom d'Anton n'y figurait pas.

C'était mieux ainsi.

Beaucoup mieux.

Elle gara la voiture à l'entrée du mas des Lucioles.

La camionnette de Lucien n'était pas là. Son grand-père devait être parti chercher des graines à Cagnes, à moins qu'il ne se soit rendu à son club d'échecs. Ses grands-parents avaient chacun une nature indépendante et « ne se collaient pas », comme disait Eloïse.

Béatrice découvrit avec surprise le cabriolet Peugeot 202 d'Emma, garé au pied du perron.

— Maman ? Tu es là ? s'écria-t-elle, se dirigeant vers la terrasse qu'une treille ombrageait.

C'était le rendez-vous de toute la famille dès le retour des beaux jours.

Emma s'élança à la rencontre de sa fille et la serra dans ses bras. Elle rayonnait dans une robe couleur tango, sur laquelle elle avait jeté un cardigan marine.

— Tu es belle, la complimenta Béatrice, sincère.

Emma sourit.

— Merci, ma chérie. Je te retourne le compliment. Le bonheur te va bien. En revanche, tu pourrais t'habiller un peu mieux !

Béatrice portait un pantalon en toile et un sweater bleu. Elle haussa légèrement les épaules.

— On ne fait guère de frais de représentation, par ici. Comment va Jason ?

— Il travaille à un reportage sur les camps. J'ai fui, ça me déprime trop. De plus, j'avais du courrier pour toi, maman, ajouta-t-elle en se tournant vers Eloïse.

Celle-ci pâlit en découvrant l'écriture de Rémi sur l'enveloppe que sa fille lui tendait. Elle s'éloigna de quelques pas. Lorsqu'elle rejoignit Emma et Béatrice, ses yeux brillaient de larmes mais elle se tenait bien droite, et Emma pensa qu'ainsi sa ressemblance avec Rosine était troublante.

— Ils survivront, déclara Eloïse avec force. C'est ce que Rémi écrit. Après tout, c'est un Roussel, il tient toujours parole.

Elle crânait, bravache, même si ses deux compagnes devinaient à quel point elle souffrait. Son fils, bien qu'elle condamnât ses choix, demeurait son fils.

— Il faut que je vous montre quelque chose, enchaîna Emma.

Elle les entraîna vers sa voiture, les fit monter et démarra en trombe. L'air était empreint de douceur, le ciel d'un ton délicat de bleu, comme pastellisé.

Elle prit la direction de Tourrettes, gravit la côte menant à la Fontaine aux Violettes.

La propriété, sous la garde d'un couple du village, était bien entretenue.

— J'aime cette maison, murmura Emma.

Béatrice chercha instinctivement du regard son vieux chien. Mercure était mort un an auparavant, abattu dans son panier par les miliciens. Il lui manquait toujours et elle n'avait pu se résoudre à le remplacer.

— Regardez !

Emma, sans se soucier de ses sandales en daim, marcha jusqu'au champ d'oliviers. A l'abri des feuillages argentés, les violettes que Lucien avait plantées l'année précédente formaient un tapis de feuilles serrées, qui fleuriraient en février prochain.

Eloïse s'agenouilla sur le sol.

— Oh, Rosine, c'est pour toi que mon Lucien a travaillé…

Elle s'essuya les yeux.

— J'aurais tant voulu qu'elle revienne ici, au pays des violettes…

Emma, pour sa part, refusait de se laisser attendrir. Elle fouilla dans le panier qu'elle avait posé sur la balustrade de pierre, en sortit trois flûtes et une bouteille de champagne embuée.

— A Rosine ! s'écria-t-elle après avoir versé le champagne dans les flûtes.

Les trois générations de femmes Barelli-Roussel levèrent leur verre en répétant :

— A Rosine !

Le soir tombait lentement sur la Fontaine aux Violettes. Eloïse était la seule à avoir connu Rosine mais elle était parmi elles, silhouette furtive portant une robe claire et un grand chapeau de paille.

L'âme du domaine.

Composition et mise en pages
Nord Compo à Villeneuve-d'Ascq

MIXTE
Papier
FSC FSC® C003309

Imprimé en France par EPAC Technologies
N° d'impression : 4550414334519
Dépôt légal : octobre 2019